「十三五」国家重点图书出版规划项目
国家社会科学基金重大项目「中国近代日记文献叙录、整理与研究」
（项目编号：18ZDA259）阶段性研究成果

中国近现代稀见史料丛刊【第八辑】

张剑 徐雁平 彭国忠 主编

徐敦仁日记

（清）徐敦仁 著

张剑 整理

本辑执行主编 徐雁平

凤凰出版社

图书在版编目（CIP）数据

徐敦仁日记 / (清) 徐敦仁著 ; 张剑整理. -- 南京: 凤凰出版社, 2021.9
（中国近现代稀见史料丛刊. 第八辑）
ISBN 978-7-5506-3468-8

Ⅰ. ①徐… Ⅱ. ①徐… ②张… Ⅲ. ①日记—作品集—中国—清代 Ⅳ. ①I264.9

中国版本图书馆CIP数据核字(2021)第147689号

书　　名	徐敦仁日记
著　　者	(清)徐敦仁 著　张　剑 整理
责任编辑	樊　昕
装帧设计	姜　嵩
出版发行	凤凰出版社(原江苏古籍出版社) 发行部电话025-83223462
出版社地址	江苏省南京市中央路165号,邮编:210009
出版社网址	http://www.fhcbs.com
照　　排	南京凯建文化发展有限公司
印　　刷	江苏凤凰通达印刷有限公司 江苏省南京市六合区冶山镇,邮编:211523
开　　本	880毫米×1230毫米　1/32
印　　张	7.625
字　　数	198千字
版　　次	2021年9月第1版
印　　次	2021年9月第1次印刷
标准书号	ISBN 978-7-5506-3468-8
定　　价	72.00元

(本书凡印装错误可向承印厂调换,电话:025-57572508)

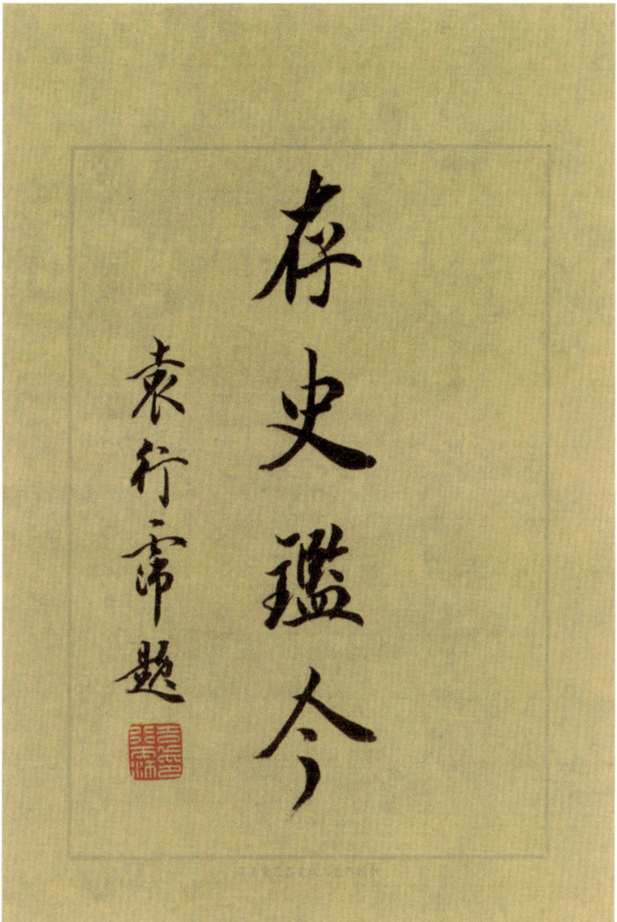

袁行霈先生题辞

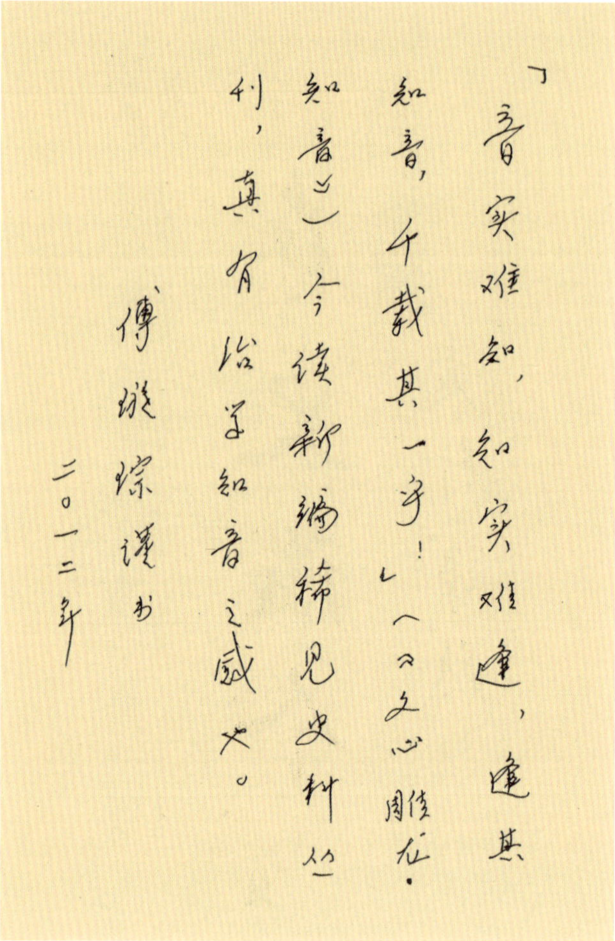

「音实难知，知实难逢，逢其知音，千载其一乎！」（《文心雕龙·知音》）今读新编稀见史料丛刊，真有治学知音之感也。

傅璇琮谨书

二〇一二年

傅璇琮先生题辞

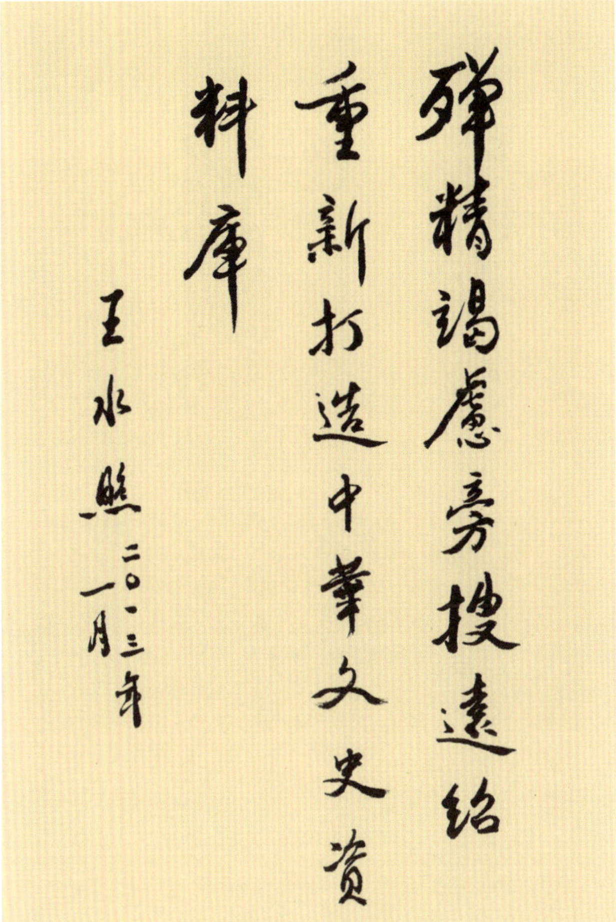

王水照先生题辞

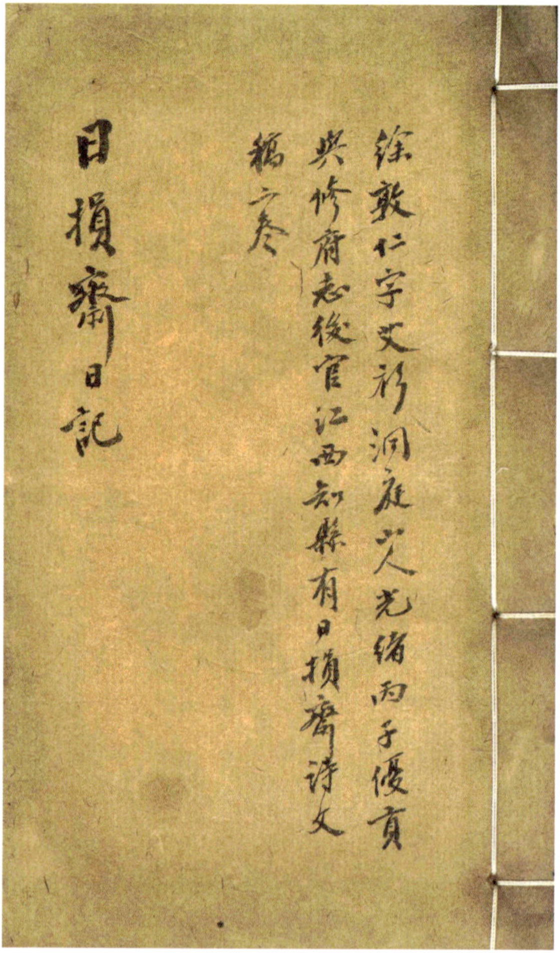

《日损斋日记》

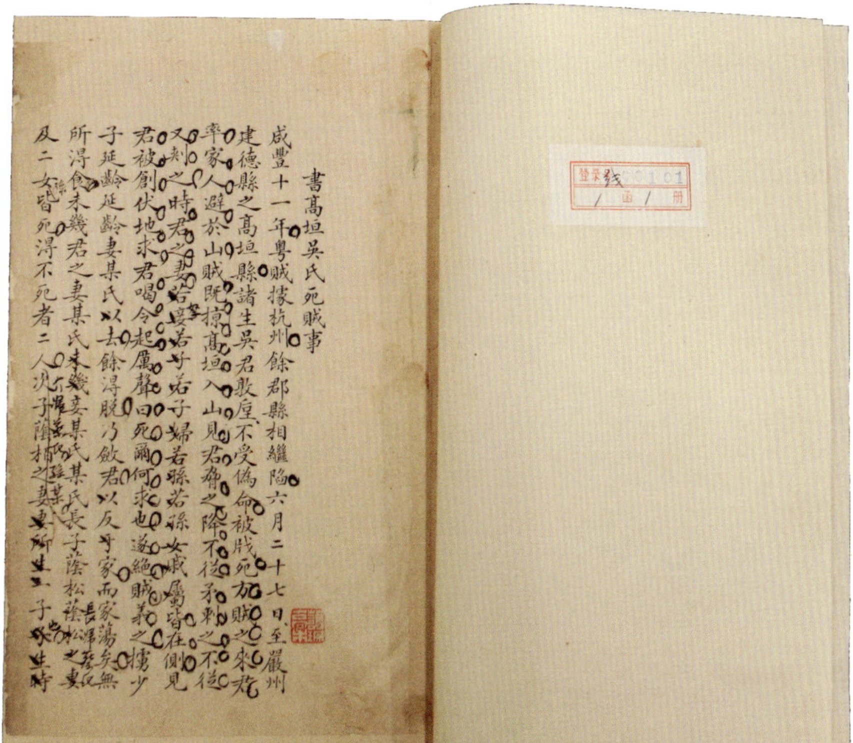

《日损斋诗文稿》

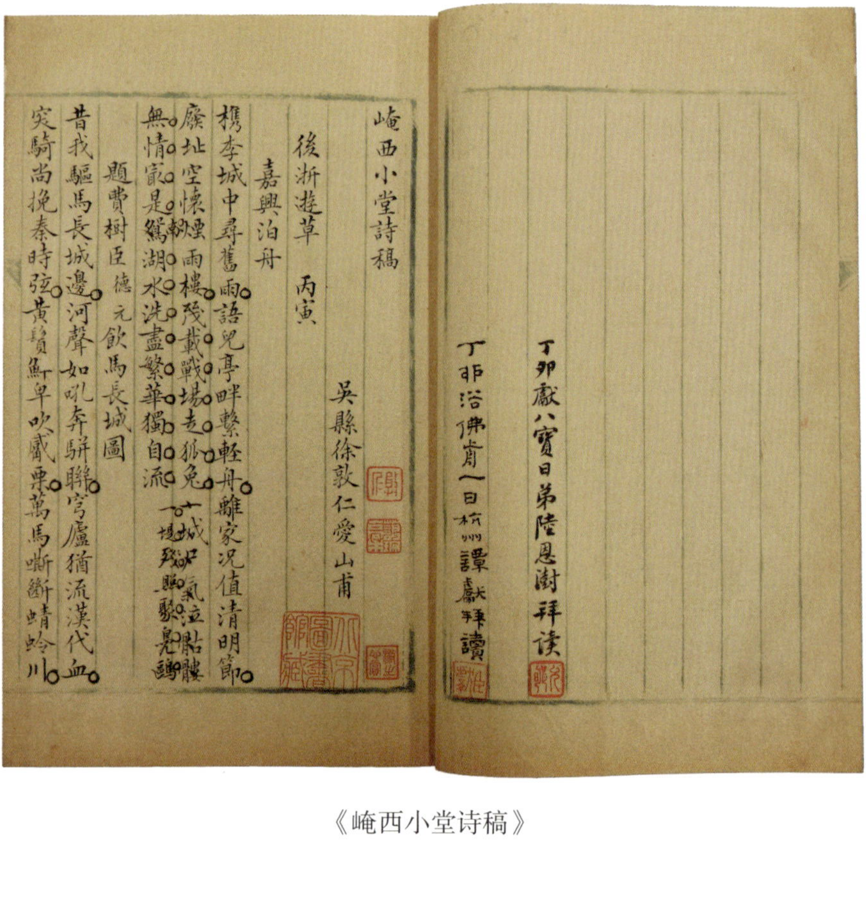
丁卯獻八寶日弟陸恩澍拜读

丁卯浴佛前一日杭州譚獻拜讀

崦西小堂詩稿

吴縣徐敦仁愛山甫

後浙遊草　丙寅

嘉興泊舟

檇李城中尋舊雨。語兒亭畔繫輕舟。離家況值清明節。

廢址空懷煙雨樓。殘載戰場走狐兔。一城殺氣泣骷髏

無情最是鴛湖水。洗盡繁華獨自流。一堤殘照聚鳧鷗

題費樹臣德元飲馬長城圖

昔我驅馬長城邊。河聲如吼奔駢聯。穹廬猶流漢代血。

突騎尚挽秦時弦。黄鬚鮮卑吹觱栗。萬馬嘶斷蜻蛉川。

《崦西小堂诗稿》

《中国近现代稀见史料丛刊》总序

在世界所有的文明中，中华文明也许可说是“唯一从古代存留至今的文明”（罗素《中国问题》）。她绵延不绝、永葆生机的秘诀何在？袁行霈先生做过很好的总结：“和平、和谐、包容、开明、革新、开放，就是回顾中华文明史所得到的主要启示。凡是大体上处于这种状况的时候，文明就繁荣发展，而当与之背离的时候，文明就会减慢发展的速度甚至停滞不前。”（《中华文明的历史启示》，《北京大学学报》2007年第1期）

但我们也要清醒看到，数千年的中华文明带给我们的并不全是积极遗产，其长时段积累而成的生活方式与价值观具有强大的稳定性，使她在应对挑战时所做的必要革新与转变，相比他者往往显得迟缓和沉重。即使是面对佛教这种柔性的文化进入，也是历经数百年之久才使之彻底完成中国化，成为中华文明的一部分；更不用说遭逢“数千年来未有之变局”、“数千年未有之强敌”（李鸿章《筹议海防折》），“数千年未有之巨劫奇变”（陈寅恪《王观堂先生挽词序》）的中国近现代。晚清至今虽历一百六十余年，但是，足以应对当今世界全方位挑战的新型中华文明还没能最终形成，变动和融合仍在进行。1998年6月17日，美国三位前总统（布什、卡特、福特）和二十四位前国务卿、前财政部长、前国防部长、前国家安全顾问致信国会称：“中国注定要在21世纪中成为一个伟大的经济和政治强国。”（徐中约著《中国近代史》上册第六版英文版序，香港中文大学2002年版）即便如此，我们也不能盲目乐观，认为中华文明已经转型成功，相反，中华文明今天面对的挑战更为复杂和严峻。新型的中华文明到底会怎样呈现，又怎样具体表现或作用于政治、经济、文化等层面，人们还在不断探索。这个问题，我们这一代恐怕无法给出答案。但我们坚信，在历史上曾经灿烂辉煌的中华文明必将凤凰浴火，涅槃重生。这既是数千年已经存在的中华文明发展史告诉我们的经验事实，也是所有为中国文化所化之人应有的信念和责任。

不过，对于近现代这一涉及当代中国合法性的重要历史阶段，我们了解得还过于粗线条。她所遗存下来的史料范围广阔，内容复杂，且有数量庞大且富有价值的稀见史料未被发掘和利用，这不仅会影响到我们对这段历史的全面了解和规律性认识，也会影响到今天中国新型文明和现代化建设对它的科学借鉴。有一则印度谚语如是说："骑在树枝上锯树枝的时候，千万不要锯自己骑着的那一根。"那么，就让我们用自己的专业知识与能力，为承载和养育我们的中华文明做一点有益的事情——这是我们编纂这套《中国近现代稀见史料丛刊》的初衷。

书名中的"近现代"，主要指 1840—1949 年这一时段，但上限并非以一标志性的事件一刀切割，可以适当向前延展，然与所指较为宽泛的包含整个清朝的"近代中国"、"晚期中华帝国"又有所区分。将近现代连为一体，并有意淡化起始的界限，是想表达一种历史的整体观。我们观看社会发展变革的波澜，当然要回看波澜如何生，风从何处来；也要看波澜如何扩散，或为涟漪，或为浪涛。个人的生活记录，与大历史相比，更多地显现出生活的连续。变局中的个体，经历的可能是渐变。《丛刊》期望通过整合多种稀见史料，以个体陈述的方式，从生活、文化、风习、人情等多个层面，重现具有连续性的近现代中国社会。

书名中的"稀见"，只是相对而言。因为随着时代与科技的进步，越来越多的珍本秘籍经影印或数字化方式处理后，真身虽仍"稀见"，化身却成为"可见"。但是，高昂的定价、难辨的字迹、未经标点的文本，仍使其处于专业研究的小众阅读状态。况且尚有大量未被影印或数字化的文献，或流传较少，或未被整合，也造成阅读和利用的不便。因此，《丛刊》侧重选择未被纳入电子数据库的文献，尤欢迎整理那些辨识困难、断句费力、裒合不易或是其他具有难度和挑战性的文献，也欢迎整理那些确有价值但被人们习见思维与眼光所遮蔽的文献，在我们看来，这些文献都可属于“稀见”。

书名中的“史料”，不局限于严格意义上的历史学范畴，举凡日记、书信、奏牍、笔记、诗文集、诗话、词话乃至序跋汇编等，只要是某方面能够反映时代政治、经济、文化特色以及人物生平、思想、性情的文献，都在考虑之列。我们的目的，是想以切实的工作，促进处于秘藏、边缘、零散等状态的史料转化为新型的文献，通过一辑、二辑、三辑……这样的累积性整理，自然地呈现出一种规模与气象，与其他已经整理出版的文献相互关联，形成一个丰茂的文献群，从而揭示在宏大的中国近现代叙事背后，还有很多未被打量过的局部、日常与细节；在主流周边或更远处，还有富于变化的细小溪流；甚至在主流中，还有漩涡，在边缘，还有静止之水。近现代中国是大变革、大痛苦的时代，身处变局中的个体接物处事的伸屈、所思所想的起落，藉纸墨得以留存，这是一个时代的个人记录。此中有文学、文化、生活；也时有动乱、战争、革命。我们整理史料，是提供一种俯首细看的方式，或者一种贴近近现代社会和文化的文本。当然，对这些个人印记明显的史料，也要客观地看待其价值，需要与其他史料联系和比照阅读，减少因个人视角、立场或叙述体裁带来的偏差。

知识皆有其价值和魅力，知识分子也应具有价值关怀和理想追求。清人舒位诗云“名士十年无赖贼”(《金谷园故址》)，我们警惕袖手空谈，傲慢指点江山；鲁迅先生诗云“我以我血荐轩辕”(《自题小像》)，我们愿意埋头苦干，逐步趋近理想。我们没有奢望这套《丛刊》产生宏大的效果，只是盼望所做的一切，能融合于前贤时彦所做的贡献之中，共同为中华文明的成功转型，适当“缩短和减轻分娩的痛苦”(马克思《资本论》第一卷第一版序言)。

《丛刊》的编纂，得到了诸多前辈、时贤和出版社的大力扶植。袁行霈先生、傅璇琮先生、王水照先生题辞勖勉，周勋初先生来信鼓励，凤凰出版社姜小青总编辑赋予信任，刘跃进先生还慷慨同意将其列入“中华文学史史料学会”重大规划项目，学界其他友好也多有不同形式的帮助……这些，都增添了我们做好这套《丛刊》的信心。必须一提的是，《丛刊》原拟主编四人（张剑、张晖、徐雁平、彭国忠），每位主编负责一辑，周而复始，滚动发展，原计划由张晖负责第四辑，但他尚未正式投入工作即于 2013 年 3 月 15 日赍志而殁，令人抱恨终天，我们将以兢兢业业的工作表达对他的怀念。

《丛刊》的基本整理方式为简体横排和标点（鼓励必要的校释），以期更广泛地传播知识、更好地服务社会。希望我们的工作，得到更多朋友的理解和支持。

2013 年 4 月 15 日

目　录

一位晚清书启师爷的风雅生活
（代前言）

“师爷”是清代对官员（主要是地方主官）私人聘请的具有专门知识和才能的佐理人员的俗称，其正式称谓一般作“幕宾”“幕友”“幕客”等。“师爷”之名明代已见，但彼时不指幕府人员，而是多用来指称学官①。如明弘治十五年（1502），李英任山海卫教授时，曾作《初至答拜诸生家诗》：“昨谒诸生数十家，醉驼羸马日西斜。邻妪唤侣分灯火，霜叶惊风落帽纱。耆老欢迎南学士，儿童争看李师爷。谁云山海文风薄，恩义今朝百倍加。”②明末凌濛初的拟话本小说集《二刻拍案惊奇》卷二十六“懵教官爱女不受报，穷庠生助师得令终”中，差人亦唤曾任沂州学正的高广为“高师爷”。降及清代，“师爷”之称渐与“幕客”“幕友”相通，如康乾间人李百川所著《绿野仙踪》第二回，写冷于冰成为当朝宰相严嵩的书启幕宾后，他人即唤其为“冷师爷”，这也从一个侧面说明“师爷”并非地方官员幕友的专称。

关于师爷的研究，近几十年来已有不少重要成果，如缪全吉《清代幕府人事制度》（台北“中国人事行政月刊社”1971 年版）、项文惠

---

① 陈志勇《师爷》第一章《师爷溯源・师爷称谓的出现》举出明末《太和县御寇始末》卷下和《醒世姻缘传》第六十二回中的两个例子，认为“师爷先是指地方学校之教官，后来又将在私学中从事授业的馆师也称做师爷……明代的师爷称谓，源自学师、教师”（见该书第 3—4 页，中国社会出版社 2009 年版）。但书中所举《醒世姻缘传》中例子，亦是学官。目前似还未发现明代有以馆师指称师爷的材料。

② 詹荣《山海关志》卷六《人物六・名宦六之一》，嘉靖十四年葛守礼刻本。

《绍兴师爷》(南京出版社 1991 年版)、郭润涛《官府、幕友与书生——“绍兴师爷”研究》(中国社会科学出版社 1996 年版)、高浣月《清代刑名幕友研究》(中国政法大学出版社 2000 年版)、李乔《中国师爷小史》(学习出版社 2011 年版)、尚小明《学人游幕与清代学术》(社科文献出版社 1999 年版,东方出版社 2018 年增订版)等。但是,在刑名、钱谷、书启三大类常见师爷的研究中,与文学关系密切的书启师爷的研究相对薄弱,有较大的开拓空间。本文拟以晚清一位书启师爷徐敦仁的日记为中心,对书启师爷的生活世界及相关问题做一探讨。

一 生平与著述

徐敦仁,民国《吴县志》卷六十六下有传:“徐敦仁,字艾衫,洞庭山人,光绪丙子优贡,亦与修府志,后官江西知县,有《日损斋诗文稿》二卷。”[①]《清代朱卷集成》恰好收有其光绪二年(1876)丙子优贡朱卷,履历小传云:“徐敦仁,字厚伯,号爱杉,一号小崦,行一,道光己丑年十一月二十一日吉时生,系江苏苏州府吴县优行廪膳生,民籍。……世居洞庭西山北徐村东宅河。”[②]

由此我们可知,徐敦仁系江苏苏州吴县洞庭山人,字艾衫、厚伯,号爱杉、小崦,曾参与修订苏州府志,光绪二年优贡,在江西做过知县,著有《日损斋诗文稿》二卷。朱卷载其生年为道光九年己丑(1829),系官年,官年虽有小报年岁的陋俗,然徐氏并未减岁。考之光绪十五年刻本徐敦仁《日损斋诗文稿》(此本流传较广,但各藏馆多注录为“日损斋文稿一卷诗稿一卷”,以下正文简称《诗文稿》),其中《祭周君文》序云:“周君名锡禄,字静甫,吴县诸生,以实录馆誊录议

① 曹允源等总纂《民国吴县志》,民国二十二年(1933)版。

② 顾廷龙主编《清代朱卷集成》,台北成文出版社 1992 年版,第 370 册,第 297 页。

叙盐大使,同治丙寅某月日卒于京师,其生也在戊子,长余一年。”[1]戊子为道光八年(1828),为周锡禄生年,周氏长徐氏一岁,可断定徐敦仁确实生于道光九年己丑(1829)。

除《诗文稿》存有刻本外,徐敦仁传世作品尚有《崦西小堂诗稿》,今藏国家图书馆,该本注录为同治抄本,实系稿本,蓝丝栏,诗稿正文首页首行题“崦西小堂诗稿”,下钤“敦仁”朱文方印、“蔼珊稿”白文方印、“散之心赏”朱文方印,仅收诗十首,其中七首见于《日损斋诗文稿》。徐氏还有《日损斋日记》稿本三册(以下简称《日记》),今藏上海图书馆,起同治七年元旦,止同治九年除日,每年一册,记其受聘为四川布政使蒋志章(后升陕西巡抚)书启师爷后,在川陕的生活经历[2]。从上述徐敦仁朱卷、诗文、日记,再结合其他史料,可对其家世及生平有大致把握。

徐敦仁家族的始迁祖为徐三奇,号乐静处士,宋祥符时自浙江兰溪县迁居洞庭西山,绵延至明代中期始有显宦徐缙出,徐缙(1482—1548),字子容,号崦西,弘治十八年(1505)进士,官至吏部右侍郎,赠礼部尚书,谥文敏,赐葬灵岩山,著有《经筵讲义》六卷,诗文集二十卷。徐缙是徐氏家族无人能及的辉煌存在,徐敦仁自号“小崦”,命名其诗稿为“崦西小堂诗稿”,皆有追慕徐缙之意。徐缙之后,徐氏一脉又长期不显。徐敦仁的父、祖皆为从九品的小吏,至徐敦仁一辈稍有起色,徐敦仁同胞兄弟六人:敦仁、敦义、敦礼、敦智(改名宝晋)、敦信、敦常。宝晋中同治十二年癸酉举人,充咸安宫教习,后为浙江候补知县,奖叙同治衔加二级,曾署上虞县知县;敦义、敦信为太学生;

---

① 徐敦仁《日损斋诗文稿》,光绪十五年江西书局刻本。

② 该日记收入《上海图书馆藏稿本日记丛刊》第二十五册,国家图书馆出版社 2017 年影印版。本文所引日记原文,皆据此。

敦礼为附贡生;作为长兄的徐敦仁,也以优贡身份出任过知县[①]。徐宝晋之子徐沅,为光绪二十年甲午科举人,光绪二十九年癸卯经济特科进士,曾任山东聊城知县,津海关监督等,著述丰富,为近代知名文学家,堪称徐氏家族的殿军。

徐敦仁的科举之路充满了坎坷。咸丰八年(1858)戊午,年刚而立的他与好友凤锡纶(字天石)一同北上,入京应顺天乡试,铩羽归(《诗文稿·北行程记序》)。自此五应顺天乡试,皆不售。同治五年丙寅,徐敦仁的朋友周锡禄去世,徐作文悼之,序云:"与君同游庠同应举,先后凡五次被放亦同也。"(《诗文稿·祭周君文》)同治七年闰四月廿六的《日记》详细记载了五次乡试的时间:"悉洪文卿已得状头,可谓有志竟成,犹忆戊午、己未、辛酉、壬戌、甲子五次同应北闱,旅馆栖迟,同悲毷氉,而甲子南闱捷后,四年之间成败迥殊,为文卿喜,又自伤老大矣。"他与洪钧(文卿)共同参加了咸丰八年戊午、咸丰九年己未、咸丰十一年辛酉、同治元年壬戌、同治三年甲子顺天乡试,自己五次被放,而洪钧在同治三年中举,过了四年又中状元,而自己却谋食异乡,不禁感慨自伤。同治九年九月五日的《日记》还记载了他安慰落榜的朋友李子芋,不由同病相怜:"三更后挂榜,子芋落第……慰子芋,就枕追忆五次被放,不能成寐,雨声颇大。"科举的失败给徐敦仁带来的伤害是沦肌浃髓的。

虽然科举屡遭败绩,但徐敦仁的诗文才能却颇受时人推崇。他的《书高垣吴氏死贼事》一文被凤锡纶推为堪比司马迁,"序次简古,通身全是筋骨,子长子长",诗歌被沈铿赞为"风骨道上,音节苍凉不懈,而及于古。《圆圆曲》搜前人所未到,《轮船歌》穷物态所难言"[②]。

---

① 关于徐氏家族及其成员的考述,据徐敦仁朱卷外,还参考了徐宝晋乡试朱卷(《清代朱卷集成》第 110 册)、徐沅乡试朱卷(《清代朱卷集成》第 190 册)。

② 《崦西小堂诗稿》卷首,稿本,中国国家图书馆藏。

著名词家谭献还赠诗两首:

爱杉我良友,为别十年馀。云物依长剑,风尘老素书。空文垂复尔,吾道问何如。安得西湖畔,白头来卜居。

爱杉如古贤,志欲为世用。歌哭千秋心,文章九鼎重。白眼浊醪空,青春芳草梦。三万六千顷,胸次与谁共。[①]

尽管友朋赞语有溢美之嫌,但其长于诗文也是事实,否则很难想象谭献会使用"歌哭千秋心,文章九鼎重"这样分量很重的字眼。徐敦仁蹉跎科场的同时,不得不为生计奔波。同治三、四年间,冯桂芬主讲苏州惜阴书院,徐敦仁应该在此学习过,同治十三年冯氏去世后诸门人所作的祭文中,徐敦仁即列名其中。他还曾两次游浙,《崦西小堂诗稿》所收诗歌首行题为"后浙游草(丙寅)",说明他至少来过浙江两次,第二次来浙时在同治五年丙寅,其中《客中冬至》诗云:"瞥眼星杓转,人还异地留。一年今夕永,八口砚田谋。……"砚田笔耕,大约不是依人作幕即是教授私塾。他还于同治六年丁卯春应考杭州诂经精舍、紫阳书院,《日记》同治八年八月廿六日曾回忆:"夜录《丁卯春杭州日记》一月,时考诂经精舍、紫阳书院,兴会淋漓,借寓城南务署,步行出入动辄一二十里,足力不疲,且闲居窘迫,而时作胜游,亦

① 《日损斋诗文稿》卷首徐敦仁识语。谭献日记手稿中亦载有此二诗,文字稍异,光绪五年五月廿九日:"阅徐爱杉诗文稿数篇,题诗二章,曰:'爱杉我旧友,为别十年馀。云物依长剑,凡尘老素书。空文垂复尔,吾道问何如。安得西湖畔,白头来卜居。''爱杉如古贤,志欲为世用。歌哭千秋轻,文章九鼎重。白眼浊醪空,青春芳草梦。三万六千顷,胸次与谁共。'"按本文所引谭献稿本日记内容均为吴钦根博士整理和提供。

一乐事也。”他与谭献的结识应在此时①。

同治六年丁卯十月，蒋志章被授四川布政使，遂聘徐敦仁为书启师爷，携之入川；同治八年己巳十二月，蒋志章升任陕西巡抚，又携徐入陕；同治十年辛未十一月二十二日，蒋卒于任上，幕府星散。徐敦仁于次年回到家乡②，参与纂修《苏州府志》，负责“军制”和“第宅园林”两门的撰写③。后又参加光绪二年江苏贡生试，获优贡第一名，入京朝考一等，引见，于当年七月以知县用④，签分江西候缺。徐沅朱卷载其曾署广信府贵溪县知县，但当为光绪十五年左右事，因该年始刻《日损斋诗文稿》于江西官书局。光绪二年至其莅任贵溪知县之前，徐氏可能仍以游幕为生。谭献稿本日记光绪五年四月三十日载：“辰，入署杂治，吴徐敦仁来访，谈久之。徐君字爱山……今客傅公幕府。”证明至少光绪五年，徐敦仁是在安徽布政使傅庆贻的幕府。

徐敦仁的日记和诗文集皆命名为“日损斋”，应取自《老子》“为学日益，为道日损”之语，似乎他自我的期许在于道德立身。然而他能长期托身巡抚、布政使较高级别的官员幕府，却主要得力于他的文学才华。据《日记》，他著有《后浙游草》《蜀游草》诗稿；据徐宝晋朱卷，他还著有《随园骈文补笺》《琅环仙馆诗文稿》《琅环仙馆骈文》等，今多不传，但可看出其对诗歌和骈文的熟稔，而诗文尤其是骈文正是书启师爷必备的基本功。

---

① 谭献稿本日记光绪五年四月三十日载：“辰，入署杂治，吴徐敦仁来访，谈久之。徐君字爱山，优行贡生，考授县令。予监院诂经精舍时，爱山就试，曾结文字交者。”

② 《日损斋诗文稿·凤天石传》：“辛未秋八月，余在秦中闻君赴，哭之而恸。逾年归，复哭君于家。”

③ 李铭皖、谭钧培修，冯桂芬纂《同治苏州府志》卷首总目后之题识，光绪八年江苏书局刻本。

④ 《日损斋诗文稿》诗稿末二首诗题为《六月十八日恭应保和殿御试》《七月初二日引见蒙恩以知县用恭纪》。

二　行记与诗歌

《日记》首册开篇即云："同治七年岁次戊辰，时年四十，就铅山蒋璞山方伯书记入蜀，去腊十有七日行抵南昌。方伯眷属在省城，僦戴莲士先生状元府旧宅居之，留予度岁，门榜曰'荆嘉山房'，堂曰'览珠'，予所居乃堂之西院也。"次册开篇又云："同治八年，岁在己巳，时四十一岁，就书启馆，在四川藩幕。"清代书启师爷又可称"书记""书札""书禀""记室"等，由此也可以坐实徐敦仁书启师爷的身份。

幕主蒋志章（1813—1871），字恪卿，号朴山、璞山，江西铅山人，为著名诗人蒋士铨的曾孙，道光二十五年乙巳进士，改翰林院庶吉士，历任广东督粮道，署布政使，两广盐运使，四川按察使，同治六年由浙江按察使转任四川布政使。由于蒋氏全家暂居江西南昌，故徐敦仁于同治六年腊月十七日赶到此处与他们会合。

同治七年正月廿六日，蒋志章携带家眷、幕客，分乘四船出发。这次旅行路线可分为五程：(1) 南昌—吴城—南康—湖口—九江，时在二月初六日；(2) 二月初十日在九江乘火轮船，经蕲州、黄州，于二月十一日至汉口。(3) 定六只荆艕子（一种湖北当地的客船），于二月十五日开行，过襄口、荆州、宜都、宜昌，二月三十日至沙市。(4) 换四舱川艕三只，另有任彬自雇一船，三月三日启行，三月十日入峡，备历三峡之险，三月廿四日始抵万县上岸。(5) 三月廿八日雇轿启行，又历蜀道山川跋涉之难，于四月十二日抵达成都。

作为以文笔见长的书启师爷，在近三个月的"山川跋涉"中，徐敦仁的主要活动除了为蒋志章起草重要的书启禀稿外，就是观书、游览和写作，每过名胜，凡有靠岸和停歇之机，他总要登临凭吊一番，然后载入日记，有时还赋诗留念。如同治七年三月初十日记：

> 晴，风利。三十里过平善坝，为入峡之始。峡凡三上水者，先过西陵峡，又名归乡峡；又三十里过南沱，又三十里黄陵庙，又

三十里三陡铺泊，未刻过一小滩。今日峡中行九十里，乱峰插云，荒江走石，境甚奇峭。午前所见皆是石山，色赭而黑，类螺蛳形者甚多。山顶山腰间有洞六，午后所见诸山，土戴石，石戴土，形状诡诞，令人目眩。山上间有人家，石罅耕土，或艺二麦，岸上牵船，自成一村，不知人世风波也。维舟时尚早，同人上岸闲行，谒古黄陵庙，庙系别建，非诸葛武侯所记黄牛庙也。同人夜谭，堃翁苦吟竟至达旦。

三峡七百里，两岸奇峰连绵，怪石林立，绝不同于江南的秀山媚水，怪不得徐敦仁会有"目眩"的感觉，该日所记简洁生动，宛如小品文，特别是同行的幕宾李显祖（堃翁）诗兴大发，竟至苦吟达旦，令人忍俊不住。而徐敦仁亦有诗纪之：

门户控三楚，夔巫形势强。山川赖疏凿，云雨本荒唐。石色千年黑，江流一雨黄。行人方入峡，枉说是归乡（西陵峡又名归乡）。（《巫峡》）①

此时尚未遇险，故写景抒情尚有泛泛之感，然"石色千年黑，江流一雨黄"已颇见笔力雄浑。三月十六日和十八日，徐敦仁一行连遇二险，先是十六日过拖肚子滩，由于纤夫拉纤过紧，致使四号船覆，幸抢救及时，"人俱无恙，而船随流水而下，直至巫峡方止"。然后十八日入夔峡，"峡中危石参天，森然可怖，视前二峡尤奇，有黑石峡，石大而色黑，滨水欹斜如欲坠者。……将抵夔关，忽起大风"，三号船又阁浅穿漏，舱中进水，差点覆沉，三月廿一日，二、三号船各断纤一次，着实惊心。徐敦仁有七古长诗记其事：

---

① 徐敦仁诗歌未加特别说明者皆引自《日损斋诗文稿》。

> 昨日覆一舟,今日覆一舟。舟覆则已矣,我心增烦忧。人生天地同浮沤,生死有命何容愁。轻身涉险古有戒,曷为掷同瓦注万里来遨游。又况山高有白帝,滩恶称黄牛。蜀中山水天下险,瞿唐滟预怪石森戈矛。既不同张骞凿空持使节,乘槎博望争封侯。又不同相如高车驷马,题桥名字夸千秋。不过饥饿落拓出随大夫后,元瑜记室仲宣作赋同登楼。沉舟侧畔傥竟葬鱼腹,数茎瘦骨何以归山丘。我于此时且作达,不须楚人对泣空学新亭囚。波涛仗忠信,我心终无忧。夷险视一致,陆沉随神州。记昔驱车上帝里,奔腾曾乱黄河流。前年归装附番舶,豪情直欲凌沧洲。河伯海若亦俱相怜惜,惟彼江神何遽作我羞。更闻成都古天府,山川形胜前贤古迹一一资冥搜。杜陵出峡复入峡,至今尚有草堂留。苏家父子俱蜀产,宦游踪迹穷边陬。行百里者半九十,长风破浪安能休。吁嗟乎,长风破浪安能休,我心终自增烦忧。君不见昨日覆一舟,今日覆一舟。(《两日见峡中覆舟者二心用惴惴作诗自广且警焉》)

诗从覆舟说起,自问:为何以身犯险,万里入蜀?接以自答:不是如张骞、司马相如那样持节出使,而是如阮瑀、王粲那样依人作幕,实为生计所迫。复又自怜:风波险恶,有可能葬身鱼腹无法回归家乡。然后再三自慰:一是既来之则安之,不须自哀,此心安处,夷险一致;二是回忆昔年曾渡河海,皆能无恙,此次渡江,想亦会得江神护佑;三是蜀中人杰地灵,值得凭吊效仿的前贤甚多。最后又回到当下,虽然理性告知应该解脱,但面对“昨日覆一舟,今日覆一舟”的事实,心中还是难免烦忧。全诗颇有李白歌行的气势,但结句却不似李白飘逸出尘,而是复归眼前现实,这也是宋代以降诗歌更加日常化的一个例证。他还有一首《过峡》七律:“奔流直下下牢关,峡束重重控百蛮。峰峻石穿天上路,滩高浪滚雪中山。人同虎豹分崖住,身与蛟龙夺命还。深夜一灯照孤睡,瓮头人鲊梦刀环。”也杂糅了浪漫与沉郁、想象与现实，但终归于三峡最险处的“人鲊瓮”滩头，孤独的游子如与蛟龙博命般的危险，思乡情深萦于魂梦之中。末句化用苏轼“自过鬼门关外天，命同人鲊瓮头船”（《竹枝词》）和秦观“身在鬼门关外天，命轻人鲊瓮头船”（《鬼门关》），颇为帖切。

当然，峡中之旅也并非尽是风高浪急、提心吊胆，也有风和浪软、赏心悦目之处，如《峡中当无滩处舟行亦平喜作》一诗云：

> 漫言三峡皆奇险，亦有平漪百里馀。沙软客行江底路，日斜人钓石中鱼。酒斟琥珀浇愁垒，窗拓琉璃读道书。一样客怀差可喜，小诗自写滴蟾蜍。

水平沙软，夕阳迟迟，江清石净，宛若一体。岸边钓者钓的仿佛是石中的鱼儿，舟中游子杯中是如琥珀般晶莹的美酒，手中执的是超脱尘外的佛道之书，推窗外窥，水天一色，世界清明，游子顿时忘却尘虑，身心俱澄，充满欣悦，好诗也不由自主地流淌而出。证以三月廿三日记，知此诗描写的可能是云阳县一带的风景：

> 晴。辰刻开船，风顺，是日所见山稍觉平远，水亦略平。未刻过下岩寺，石壁凿三迦叶像，有石洞二，中结龛，有塔有钟，在洞口，山上平冈，人多结屋以居，周围石壁上齐如削，大类城堡，或于山巅建孤庙，山之半土中嵌石，宛如带之围腰，宽狭相称，如曾经刀尺者，山之麓间有平阳，外围以石，如筑堤，长数里，又见水涯石陂衺延数里，石铺漫衍如云气叆叇，亦奇观也。行百二十里，近巴阳峡泊，过小江口约三十里，万县界。阅《随园诗话》数卷，春日迟迟，赖此消遣耳。

不同文体表达功能不同，一般来说，同一人对待同一件事，在不同文体中传递出的信息有所差异，这种差异，有时相辅相成，有时却相反相成。如陆游的"《入蜀记》展现的是陆游理性、深思、好学、好交游的形象,而入蜀诗特别是进入夷陵以前的诗,则呈现出的是一个充满悲伤、无奈、怨恨的十分情绪化的陆游形象"①,正反合观,方窥真相。徐敦仁的日记与诗歌中传达的情绪虽是趋向一致的相辅相成,但其日记重事而诗歌重情,如果仅看诗,便无由知具体时地;如果仅观日记,亦无由生动感受作者心境。徐敦仁所作诗歌并未载入日记,因此更需要诗、文合观,才能全面把握作者的经历和情绪。

三月廿八日,由万县启程山行,徐敦仁《日记》云:"晴。黎明起,装毕行李,辰初启程,计大轿二乘,四轿十三乘,小轿二十八乘,每乘加纤夫四名,小轿则三人抬,无纤,行李百二十扛,每扛两人,铺程另用红扛,上有盖如轿,以蔽雨,共计夫约六百名,万县办差。"蒋志章尚是为政清廉的官员,然亦须动用六百名力夫为之服务,清廷地方官员的接待任务之重为我们留下了深刻印象。蜀道的崎岖,徐敦仁日记中亦有记载:"下午过佛立山,石级直上斗绝,上坡至巅,出轿步行下坡,上下共约十馀里。"(三月三十日)"是日所行只十里平地,馀皆崇山峻领,且雨后路滑,时有倾跌之虞。"(四月二日)不过,更为形象具体的描写却见于他的一组《自万县至成都山行杂成》:

蟠龙山峻插青天,上有平畴数顷烟。斫破琉璃种瑶草,云中荷锸是神仙。

远系长绳到日边,笋舆还用十人牵。百盘到顶袒而示,汗血功勋在两肩。

鲇鱼上竹方险岭,瞎马临池又下坡。一落直愁千万丈,立身高处怕蹉跎。

① 吕肖奂《陆游双面形象及其诗文形态观念之复杂性——陆游入蜀诗与〈入蜀记〉对比解读》,《绍兴文理学院学报》2011年第1期。

万山排列势巑岏，苍翠如披画本看。行到最高峰一望，不成丘壑不成峦。

刺桐花落千山白，勺药花开十里红。分付舆人行缓缓，两边消受有香风。

白日长征夜梦还，说将奇景到乡关。一声杜宇千三路，半月肩舆十万山。

以“神仙”形容山巅的耕作者，以“汗血功勋在两肩”形容轿夫纤工，以“苍翠如披画本看”形容山峰颜色，以“万山排列”“十万山”形容山峰绵密，以“千山白”“十里红”“一声杜宇”形容到处的花香鸟语，都能感受到徐敦仁是以赞赏而非畏惧的心情看待这次山行。蜀道虽难，但到底不像三峡舟行动辄有性命之虞，因此会有如此诗意的表达。四月十二日，徐敦仁一行成功到达成都，徐氏当天日记云：“是役也，自南昌到成都凡行八十日，舟凡三易；自九江到汉口坐火轮船一昼夜；起陆，坐笋舆半月。山川跋涉，风露侵陵，峡中又目睹沉舟两次，心中时觉怦怦，所喜布帆无恙，一路化险为夷，濡笔记此，以志天幸。”从明天开始，他将在成都迎来新的生活[①]。

三 书启与文事

在大多数关于师爷的研究论著中，皆认为刑名师爷地位最为重要，钱谷师爷次之，书启师爷只能追陪其后，收入也远逊于前两者。但是论者没有注意到三者之间的动态变化，刑名师爷主掌司法，钱谷师爷主掌赋税，皆与民生息息相关，因此在州县幕府中，两者的位置的确比书启师爷优先；但是省级以上的幕府，通常并不负责直接的案件审理和赋税征收，往往只是处理州县层层上报的有

① 《日记》还记载了同治九年徐敦仁由川入陕的过程，但是由于途中诗作未见留传，缺少诗歌的参照，故此处不论。

关文书,因此刑名师爷与钱谷师爷的重要性有所减弱。相反,书启师爷主掌上下应酬文书,直接关乎所佐主官在人际交往是否失礼,是否会因此赢得声誉或遭受损害,而且大幕主官有较多向皇帝上奏折的机会,关于文书的格式和措辞有严格的规定,因此此类幕府中书启师爷的地位反而看涨,报酬也颇可观。金安清《水窗春呓》"书契圣手"条云:"往时官场承平之际,上下皆重文字。凡贺禀贺启,皆骈丽绝工,一记室,脩有千金者。即才学之士,得以遨游公卿,得高价。其好声气者,则书札遍天下,幕客率数十人,各司一技。"[①]徐敦仁《日记》亦云:

> 阴,北风,气候甚凉,与前数日大不相同。缮存奏稿二扣。仲会来夜饭,为写折扇一柄。葆翁述方伯意,书启二席,每席节礼向有六七百金,新延孙鸥舫得一分,其一分欲分二百与篗之。(同治七年四月廿一日)

由上可知,蒋志章的四川布政使幕府,正式的书启师爷即有两席,每席仅节礼即有六七百金,加上每月脩金,一年收入确有千金之数。不过不知什么缘故,徐敦仁的一份节礼中,要分出二百两给篗之,或许篗之也帮助徐敦仁起草文书,故须给他一定报酬;另一书启师爷孙湛(鸥舫)是举人出身,徐敦仁尚是秀才,这可能也是原因之一。金安清与徐敦仁皆生长于道咸同光之世,两人的记述相互参证,可为我们深入了解这一时期大幕书启师爷的情形提供帮助。

书启师爷的主要任务自然是为幕主起草"书""启""禀""札"各种文体。今据《日记》,将徐敦仁同治七年至九年为蒋志章起草文书的数量,分年月列表如下(个别日期徐敦仁仅记概数,如"稿数件""稿十馀件",逢此则在该月数量后标"+",表示大于此数):

① 金安清《水窗春呓》,中华书局 1984 年版,第 44 页。

	一月	二月	三月	四月	五月	六月	七月	八月	九月	十月	十一月	十二月	合计
同七	12	11	5+	15 46 (闰)	34	7	11	35	42	35	44+	25+	322+
同八	18	17	21	44+	33	20	6	60	33	8	33	42	335
同九	36+	45+	53+	32+	58+	28	25	65	34	22 25 (闰)	17+	44+	484

这些文书，包括面向皇帝上的各类奏折，如同治九年元月十三日“夜，为中丞改定谢恩折稿，至四更方毕”；十一月廿九日“写元旦贺折并安折六扣及封”；十二月一日“写密考折并清单”，初五日“写片一件，又重写密考折、清单各一件，密考折至末行误一字，又重写”，初八日“重写奏调张秉堃、周瑞松夹片，约二百馀字，午刻折弁行”。

也包括面向督抚州县各衙门的例行文书，如同治七年二月一日“起曾爵相、李爵帅禀稿二件”，三月十九日“起万县复稿及致首府稿”，同治八年四月十八“起各省巡抚节稿八件”。

还包括为蒋志章代拟的各类私人信件，如同治八年十二月四日“礼尚万稿一，改贾中堂、陈三太太稿各一，唁稿一，部属稿一”，同治九年正月廿五日“为中丞写兰谱一封，一严渭春中丞树森，一周渭臣军门达武”，四月十四日“信稿三件，又中丞嘱缮三姑姑信一件，姑姑者，姑母也”，九月十三日“作贺左宫保十月初七日五十九寿辰信，颇费工夫，尚觉典雅”。

文书的性质五花八门，文体要求也不尽相同，颇能考验书启师爷的才能和经验，有时不得不借重他人的力量。如同治七年九月廿八日：“稿二件，一理番厅公事，一谢简州猫，笔墨绝不同也。”一公一私，一庄一谐，风格大相径庭。再比如同治九年二月三日：“作字至漱芳处，问折例。”蒋志章由布政司转升巡抚，所上奏折格式会有相应变化，为了稳妥，徐敦仁就曾向已故大学士彭蕴章的堂侄彭毓棻(漱芳)寻找帮助，彭毓棻当时在四川总督吴棠处做幕宾，与徐敦仁谊属同乡，是合适的请教对象。

文书数量，以年而论，呈逐年增长态势，特别是同治九年数量有明显增加，大概是因为蒋志章升任陕西巡抚后，地方时局不靖，需要处理的各类文书增多之故；以月而论，五月和八月的数量较其他月份为多，这主要是因为端节、中秋节是问候应酬较为集中的节令。值得注意的是，草拟各类文书并非书启师爷的唯一职责。从徐敦仁《日记》看，他至少还部分承担了以下文事活动：

1. 录写呈批

如同治八年十月廿八日："录批数件。"廿九日："录批十馀件。"十二月初三日："录呈批二十馀件。"廿六日："录批三十馀件，长者八。"

2. 代阅各地禀复稿

如同治九年五月七日："阅各处禀复稿三件。"二十七日："阅各处禀三十馀件。"

3. 批改书院试卷

如同治七年闰四月十六日："阅书院超等三十卷，为拟批十五卷。"十月十九日："覆阅书院卷一束，百馀本。"十月廿日："覆阅书院卷一束，百馀本，俱不佳。"同治八年十月廿三日："夜，阅书院卷三十本。"十月廿四日："定书院卷甲乙。"十月廿六日："夜方伯嘱编书院卷超特等八十名名次。"同治九年四月十日："阅卷二十本，略更原定名次，拟前十名批。"

4. 代拟诗文联语

如同治七年闰四月廿四日："为方伯和朴山将军原韵诗七律一首。"六月初七日："作《洗马池图》七律一首，代方伯题恒容斋(保)画。"同治八年九月十二日："葆述方伯意，欲代作舒母墓志，固辞。"(实未辞掉，《诗文稿》中收有其代蒋志章所撰的《舒母张太夫人墓志铭》)同治九年九月廿二日："灯下作《陕西武乡试录序》。"廿三日："改正武试录序，录送中丞。"闰十月十日："代中丞书对一联。"十二月十日："为中丞撰挽林方伯太夫人联句。"

5. 编校书籍

蒋士铨与袁枚、赵翼并称"江右三大家"，其《忠雅堂集》有乾隆、嘉庆、道光、同治、光绪等多种刻本，其中同治八年至九年间成都刻本，有其曾孙蒋志章跋(亦徐敦仁代作)云：

> 先曾祖太史公《忠雅堂诗文集》，旧板向弆藏园，园在江西省城进贤门外。咸丰癸丑，遭兵燹，亭榭花树、图书尊鬲，俱为灰烬，而诗文板亦化劫尘。数年来同人索刻本，率无以应。同治戊辰，承宣入蜀，乃谋重付剞劂。诗集家传，有手订原稿，携行箧中，独完好如故，公暇偕徐爱杉茂才敦仁、孙鸥舫大令湛，对雠覆校，间依原本，改正一二，以从其朔。噫！先太史公一生忠鲠，卒以病废，功业未有见于时，而至今读其诗文者，往往叹息不置。则先太史公之借以自见于世，与世之欲有以见先太史公者，皆于是乎在。重锓之役，固小子所不敢辞也。刻诗集竟，继刻文集，工未竣，有巡抚三秦之命，匆匆卒业，鱼豕之讹，恐不免焉。尚有《四六法海评本》待梓，九种传奇欲翻刻，志而未逮，且俟异日。同治庚午孟春曾孙志章谨识。①

有些藏馆据"同治庚午孟春"这一题识时间，将其定为同治九年庚午刻，稍嫌笼统。所幸此跋提到的重刊过程，在徐敦仁《日记》里有非常详细的记载，今举其要者如下：

同治七年六月十八日："方伯持《忠雅堂》诗、文集各一部嘱校。"知重新校刻始于此日。

---

① 邵海清校、李梦生笺《忠雅堂集校笺》附录三，上海古籍出版社 1993 年版，第 2506—2507 页。

六月廿二日:“试五色笔。将校《忠雅堂诗》。”廿四日:“方伯将《忠雅堂墨稿》嘱校,其中未刻诗尚多。”知其校本为蒋志章家传稿本,即蒋跋所云“诗集家传,有手订原稿”。

七月初五日:“校诗,自初一起,毕庚辰至癸未四年一册,附《簪笔集》一卷。”十二日:“校诗。剞劂氏已移入署中七圣祠,明日动手翻刻。”知七月十三日开始刻版。

十月初三日:“校《忠雅堂诗》一卷,将原稿二册及鸥舫所校第四本送缴。”知徐敦仁与孙湛(鸥舫)分任校勘。

同治八年正月廿七日:“葆翁持《忠雅堂诗稿》来嘱重校新板误字。”知至此已将诗集刻出新版,并刷出蓝样做二次校改。

三月十三日:“鸥翁校过《忠雅堂诗》二本,复为重阅一遍。”三月廿四日:“较《忠雅堂》补遗诗及词一本毕,约五六日工夫。”知校勘之认真及具体进度,按三月廿四日记中“较”与“校”通。

五月十一日:“《忠雅堂诗集》修补始竣。”知至此二校毕。

六月廿一日:“方伯来谭,嘱重校《忠雅堂诗》。”知此日开始三校。

六月廿三日:“校《忠雅堂诗》,修补者尚不少。”七月初十日:“《忠雅堂诗集》修补竣工。”知此日三校毕。

八月廿七日:“杨会元堂来刷《忠雅堂》。”知此日开始正式刷印《忠雅堂诗集》。

九月初五日:“校《忠雅堂文集》三篇。”此为《日记》中所载校《忠雅堂文集》之最早时间。

同治九年正月初三日:“方伯得升陕抚喜信。”二月初三日:“中丞嘱作诗集跋。”六日:“为中丞作跋,付刊。”知蒋跋实系徐代作而成。十二日:“同中丞索《忠雅堂文集》三部,一送仲英,一送幼耕,一自留,《诗集》二部送仲英。”知至此文集已经刷印出来,但《日记》中未见丝毫二校、三校记录,估计是匆匆一校后即予印出,文集错讹处自然会多于诗集。此即跋中所云:“刻诗集竟,继刻文集,工未竣,有巡抚三秦之命,匆匆卒业,鱼豕之讹,恐不免焉。”

综上可定，诗集为同治八年八月印行，文集则为同治九年二月印行。

李乔《中国师爷小史》将师爷分为政务性师爷和专门性师爷两大类，又细分为若干小类[①]，徐敦仁既有书启师爷、书禀师爷、章奏师爷的政务性特点，又有阅卷师爷、著书师爷的专门性特点，身兼多能，因此甚得蒋志章倚重。

四 读书与临帖

缮写奏折是大幕书启师爷非常重要的工作，因为奏折的对象是皇帝，司其职者不仅要求文字典雅工切，而且要求书法华贵挺秀。徐敦仁两者兼擅，不排除有天赋成分，但更多还是来自后天的爱好和努力。从《日记》中即可感受到，除了襄助幕主各项文事，读书与临帖是徐敦仁生活的两个主项。

据《日记》，可粗略统计三年中徐敦仁所读之书（书名后的括号内的数字，为该书或该书部分内容在《日记》中出现的次数，仅出现一次者不标）：

经部：《周易》(4)、《尚书》(5)、《礼记》(6)、《诗经》《左传》(6)、《公羊传》《穀梁传》《尔雅》、清李骅、陆浩《春秋左绣》、屈曾发《万言肆雅》、瞿树荫《经字考略》。

史部：《国语》《国策》(3)、《史记》(7)、《汉书》《通志》《宋史》、明郑晓《吾学编》、清吴乘权《纲鉴易知录》(17)、杜诏《读史论略》(21)、冯辰《恕谷(李塨)年谱》、蒋士铨《忠雅日记》《清容居士行年录》(4)、吴锡麒《史隽》、梁绍壬《两般秋雨庵随笔》(2)、陈钟祥《岷江纪程录存》、宣维礼《游峨眉日记》、李元度《先正事略》(4)。

子部：管子《封禅篇》、公孙龙子《指物论》、南朝刘义庆《世说新语》(5)、唐孙思邈《千金宝要》、宋苏轼《酒经》《东坡杂著》(3)、洪迈

① 《中国师爷小史》，第17—30页。

《容斋随笔》、王应麟《困学纪闻》(2)、明吕坤《呻吟语》、清周鲁《类书纂要》、允禄、吴襄《子史精华》、张埏《息影偶录》(2)、李汝珍《镜花缘》。

集部:汉三国文、《古诗十九首》六朝颜延年诗、王僧虔文、任昉文、庾信赋(4)、唐李白诗(4)、杜甫诗(12)、韩愈诗文(11)、柳宗元文(3)、樊宗师文、宋欧阳修文、曾巩文、苏洵诗文(2)、苏轼诗文(3)、明杨慎《升庵全集》(10)、清王夫之诗、仇兆鳌《杜诗详注》、方苞《古文约选》、沈德潜《国朝诗别裁》(2)、胡骙《石笥山房集》(15)、旷敏本《岣嵝文草杂著》、邓元煐《邓春圃诗》、袁枚《小仓山房诗》(4)《随园古文》《随园诗话》、蒋士铨《忠雅堂集》(70)、吴锡麒手书日记残本及骈文尺牍草稿、洪亮吉《北江诗话》(2)、恽敬《大云山房文稿》(22)、顾莼《律赋必以集》、刘沅评古文、冯询诗稿、彭蕴章《彭文敬公集》(2)、傅信之《古文摭逸》(10)、梅庵和尚诗集、蔡嘉玉《蜀中丛稿》(3)、何栻《真气集》《文波集》、顾复初《乐馀静廉斋诗文词》(8)、凤锡纶《味道堂诗文稿》、徐同善《小南海诗钞》、沈锵《袖海诗评》、刘愚《惺予文存》、王权古文稿(2)。

可以看出,徐敦仁所读之书,集部最多,史部和子部的说部次之,经部最少。经部以《尚书》《礼记》《左传》出现次数稍多,亦不过五六次。而史部中的《史记》《纲鉴易知录》《读史论略》以及集部中杜甫、韩愈、杨慎、胡骙、袁枚、蒋士铨、恽敬、顾复初等人的作品,出现频次均较经部诸书为高。这既是他工作性质使然,同时也反映出其知识趣味,他似乎更愿意做一位文士而非学者。

徐敦仁所读书籍的来源,一部分出于自己购藏。如同治七年九月六日,他买"大板《纲鉴易知录》一部四十本,计银三两",之后便不断出现阅读此书的记录。但也有很大一部分是友朋赠送。以同治七年为例,元月十八日,蒋志章送其《忠雅堂集》,在入蜀两个多月历程中,此书遂成为其经常翻阅之物;抵达成都后,防局委员顾复初送他自著的《乐馀静廉斋诗文词稿》,之后《日记》中陆续出现他对该书的评价:“读幼耕《乐馀静廉斋诗文词稿》,中有见道语,非率尔操觚者。”(四月廿五日)“终日阅幼耕诗文,觉其诣力颇深,迥非时流所及,盖亦有道行者也。”(四月廿七日)“阅幼耕词及古文略毕,自评词第一,我谓不如诗。”(四月廿八日)另一书启师爷孙湛赠送《古文摭逸》,徐敦仁也曾认真阅读:“鸥送《古文摭逸》,观之颇有未见者。”(六月二十二日)“阅《古文摭逸》二本毕。”(八月廿三日)“阅《古文摭逸》‘阴符’‘内经’‘握奇’等篇。”(八月廿五日)“阅《古文摭逸》毕,篇为断句,尚有奥者未尽当也。”(八月廿七日)

至于受幕主或友朋委托校勘书籍,自然对该书会有更精细的研读。《日记》曾记载徐敦仁校《忠雅堂集》有所收获的一个例子:

> 夜,细观《清容居士行年录》,悉“藏园老人”出处,大凡《忠雅堂诗》开卷刻《零岩寺》二律,隔数叶有《万年桥觞月》一首,向以为于吴中风景措语不类,久蓄疑窦,今知寺在山西,桥在江西,非吾苏之寺之桥也,乃恍然大悟,始知读书之难,往往知二五而不知为十,前人注李、杜、韩、苏诸家诗,众说纷纭,其中不可解者仍难了然,亦苦于不能得当日之情景,但以臆揣度耳,如《忠雅堂此》二诗,无行年录以证之,一经后人附会,其误岂浅鲜哉?(同治七年九月廿六日)

友人任葆棠见之感佩,批注其上云:“读诗能如此留心,是得诗中三昧者。”缪荃孙的父亲缪焕章也委托徐敦仁校过恽敬的《大云山房集》,最后徐敦仁“标出所校《大云文》十册内讹字一百五十馀,题误三处”(同治八年十月十三日)。

至于临帖,更是生活常态。徐敦仁本就工于书法,刚至成都时,他人生地疏,未顾及此,只是偶然临帖:“偶临何义门先生字迹一过。”(同治七年四月二十日)但是很快他就制定了将临帖作为日常功课的计划:“定明日为始,须早起,先用临池功,不然无专攻之业,将何以自立耶?”(闰四月十七日)之后,除了事务繁忙、身体不适等特殊情况,徐敦仁基本上将临帖坚持下来。他临帖的对象有唐代欧阳询、虞世南、钟绍京、李邕、徐浩、颜真卿、怀素,宋代的米芾,元代的赵孟頫,明代的董其昌,清代的何焯、梁诗正、张照(得天居士)、梁同书、陈希祖、钱襄、郭尚先等。尤其对钟绍京的《灵飞经》、赵孟頫的《黄庭经》、张照临的宋徽宗《牡丹诗帖》、董其昌的《成道记》等楷书名作用力甚勤,这可能出于缮写章奏的考虑。其三年间临帖的大致历程如下:

同治七年四月至六月间,徐敦仁多临摹何焯字,“觉其用笔之秀挺,盖不可及也”(六月七日)。然后又临摹了欧阳询的楷书《皇甫君碑》,居然做到“笔法结体大半相合”(六月十一日)。七月十三日,他在蒋志章处看到梁同书所撰“楷书蒋适园公、心馀先生、钟安人、修隅公墓志四本,笔势坚密,沈着可宝”,于是借来临写一过。九月,他又临摹了米芾和梁诗正的书法,亦能做到“临芗林(梁诗正)书,颇有笔意”(廿五日)。十月,临米芾外,又加临赵孟頫,“临米札,并松雪帖,颇得手”(十月一日)。十一月五日,从蒋志章处借到董其昌墨迹,不断揣摩体悟“终日临香光字,约十数纸,计千馀字,原册计廿四叶,有大有小,有纵有敛,有平正有欹斜,共一千馀二十八字,笔法备矣”(初六日),“临思翁墨迹一过,觉与《成道记》笔意一色,夜取此帖,将用笔之法点出,向所见为石刻失真者,今悟实有此种笔格,与墨本一一符合,细参其意,进一解矣”(初七日),“终日临思翁字,然终觉不能简净,其用笔如绵里藏针,力不外露,故不易肖也”(初八日),“临思翁字一过,觉《步虚词帖》临杨少师者,笔法虽稍变,实一鼻出气也”(初九日)。从十一月十五日开始直至岁末,徐敦仁皆以临董其昌《成道记》为主。

同治八年正月十三日,徐敦仁临《成道记》已“毕第三过”,廿四日“在一小书坊买《云麾碑》《不空碑》、怀素草《千字文》、东坡书《柳州庙碑》四种”,廿五日阅所买各帖,“参其用笔之法”,廿六日在《成道记》外,每日加临徐浩《不空碑》。至二月初二,临《成道记》“毕第七过,稍进”，初八日借到董其昌临“《天马赋》卷子，终日对临两过，颇有所得”，至廿三日“临《成道记》八页，始能用悬腕法，觉运笔稍有力”。至三月初五，停《不空碑》，仍单临《成道记》。至五月十三日临完第十四遍后，此帖临写始变得断断续续，但十七日加临董其昌所书《步虚词》，二十五日加临董其昌《正阳门关帝庙碑》。六月七日买得张照墨刻，此后临《正阳碑》外，又杂师张照笔法。七月廿一日复得张照临宋徽宗《牡丹诗帖》，遂以临此帖为主，间临赵孟頫、董其昌。至九月二日总结云：“临字将一年，功无间断，多及千纸，竟少进地，或以泛临全帖，领会故难，今日易一法试之，择字之结构，用笔可以为法，将偏旁相同者，竭数日之力，只临两三字，必待其笔意吻合，脱手随写，无处不合，再临别字，既专且精，功夫或易长进，以后当守此法。”又决定以临楷为主，“缓学行书”（九月十三日）。于是之后《日记》多见“临楷书”“临楷字”“临楷”等字样，而仍以临董其昌、何焯、梁诗正、张照为主，间临李邕《云麾碑》。至十一月三十日复感慨：“计自去冬起临帖已满千纸，不可谓不勤，惟姿地不高，进步无几，且常欲换帖，未能专力一家，亦一病也。”但十二月他又临欧阳询《皇甫君碑》、褚遂良《圣教序》、钟绍京《灵飞经》、赵孟頫《黄庭经》、董其昌的《西湖诗帖》《灵飞经》《天马赋》、张照《牡丹诗》等，仍是杂临诸帖。

同治九年正月间，徐敦仁多临赵孟頫《黄庭经》。但不久忙于治行装、辞友朋，出川入陕，中遂辍笔，至三月廿二始在西安抚署安定下来。三月廿三日，他开临赵孟頫《赤壁二赋帖》及清钱襄（讷生）楷书：“临钱讷生大楷一页，松雪《赤壁》一页，以试笔。”其后复临赵孟頫《黄庭经》，“笔致稍蕴藉”（四月五日）。四月八日起临《黄庭经》外，又多临各帖行书，间临王羲之《曹娥碑》、梁诗正石刻、王文治墨刻。西安多碑林，六月初九，徐敦仁“又至碑林观石刻回，买小唐碑十四种”，之后主临唐碑，有所获。如六月廿三日云“临唐碑四百字，笔格稍变，似砖铭”，廿六日云“临唐碑四百字，有笔意”。八月多临赵孟頫《黄庭经》和张照《牡丹诗》。九月添临欧阳询《虞恭公碑》，九月十三日拟

“以后当专力于《虞公碑》《黄庭》,或可稍立间架,并得笔力也”,实未认真执行。如十七日又临赵孟頫《兰亭十三跋》,廿三日“终日临《兰亭十三跋》,一周。灯下复作字甚多,觉赵比董为易,试从事数月,看功效何如”,之后即临赵孟頫《黄庭经》。十月廿七日,他在城隍庙买得霍树清小楷帖一本,以为“极得《黄庭》笔意”,于是模写近月。十一月、十二月临写更杂,计临虞世南《用笔赋》、颜真卿《十二笔意》《祭侄季明文》、欧阳询、米芾、董其昌、张照、霍树清诸家。

观徐敦仁临帖历程,颇有见异思迁之感,似乎正如其所自语“未能专力一家,亦一病也”,“灯下阅一年所临各种帖,无甚进境”。但某种程度上又系自谦之语,徐敦仁实从不同书家获益匪浅。如“临鲁公《十二笔法》二纸,颇挥霍有致”(同治九年十一月十二日),“临虞小楷二百字,颇有静穆之致”(同治九年十二月三日)。转益多师、不主故常,未必便是毛病。其优贡朱卷后考官赞云:“八法之工,尤属一时之冠。银钩铁画,既擅其长,金马玉堂,行膺其选。”即肯定了徐敦仁书法上的造诣。当然,从书法崇古的传统看,徐敦仁所临重在馆阁帖学一派,未必能入大方之眼,然而作为书启师爷,这又是必然的选择。

五 收支与笃亲

徐敦仁的收入,《日记》中并无特别明确的记载,但是可以据相关内容大致推算出来。

同治九年八月廿九日《日记》载:“与葆面谭脩帐,今年除川支六十,陕支百四十,尚馀六十金矣。”三者相加,全年脩金当为二百六十金;加上前引书启“每席节礼向有六七百金”,全年收入当有千数左右,即使除去给矱之的每年二百金,徐敦仁每年收入也至少有七八百金。节礼少量来自幕主所送,如同治九年五月初四载“中丞节礼四金”,但绝大多数应来自布政使司下一级衙门。如同治七年四月廿五日:“葆棠交夔府节礼八两来。”说明系府一级所送节礼;五月初六日:“是日共收到八两节礼二分,四两节礼二十分。”未详何者所送,但至少也应是府道厅一级，不会是更下一层的县级。今存清末县级衙帐中，有送府幕师爷的礼单："府刑席，洋八元，又随二元；府钱席，又随二元；府发审席，洋八元，又随二元；府书席，洋四元，又随一元。"[①]然并无送省级幕府师爷的记录。节礼是清代典型的陋规之一，可说是师爷最主要的收入。

也许由于蜀富陕贫的区域经济发展不平衡及陕西战争频仍等因素，同治九年蒋志章升任陕西巡抚后，徐敦仁等师爷在陕幕中的节礼反而急剧减少了。同治九年五月八日："中丞分节礼十四两七钱二分来，午节只七十馀金，五人分，仅有此数，较川中远矣。"八月廿四日："秋节礼分十五两四分，欠平三钱。"三节中每节仅十五两左右，统合三节每年不足五十两，确实与川幕每年可得六七百金有天壤之别。徐敦仁一度想谋兼文案增加收入："与葆谈预支及兼文案事，托转达中丞。"（九月初七日）然无果："星翁来围棋，胜，与谈家用事，文案仍无分，亦无法也。"（九月廿九日）可能由于节礼的大幅度下降，蒋志章不得不考虑增加幕宾每年的脩银："小园谈加脩一百事，似有不能多用之意，乃与语，大凡光景不离一难字也。"（十一月三十日）但节礼来自地方，脩银却要蒋自己负担，蒋为政廉明，甚至自己都有欠帐："马慕尧来，为中丞逋事。"（十二月九日）加脩对他压力可想而知，倒真是从上到下，"光景不离一难字也"。

以徐敦仁同治七年、八年每年收入约八百两，同治九年收入约三百一十两（二百六十两脩银加五十两节礼）计，三年中他的总收入约为一千九百一十两。而统查《日记》中徐敦仁关于支出的记录，最大宗的是寄银给家乡的亲人：

同治七年五月初七日："葆棠至新泰厚饮，为予带家信，托寄

① 钟小安《求仕·游幕·佐治——绍兴师爷手稿整理研究》上篇《师爷手稿整理原件影印》第七部分《杂记》，中国社会科学出版社 2019 年版，第 126 页。

汇银七十两。”

十月十八日:“交新泰厚并银百五十两。”(同治七年《日记》后附清单)

同治八年二月初十日:“寄银三百四十两。”(同治八年《日记》后附清单)

八月十八日:“库纹百两,交葆翁托新泰厚号带上海。”

十月十八日:“并银贰百两,交新泰厚。”(同治八年《日记》后附清单)

同治九年二月初十日:“并银五十两,由新泰厚。”

六月廿五日:“漕平足银一百两,托蔚丰厚寄上海。”(同治八年《日记》后附清单)

往家寄银达一千一十两,占其总收入的近百分之五十三,如果加上价值颇昂的汇费,则此项花销更巨。

徐敦仁虽系孤身游幕,但他至少是八口之家的家主,同治五年《客中冬至》诗“八口砚田谋”可以为证。另外,徐氏在苏州吴县是一大族,仅徐敦仁就有胞兄弟六人,其小家庭之外的亲族之累恐怕亦复不少。因此,徐敦仁虽然自奉不厚,但日记中仍不断提醒自己:

自去冬日兰溪动身,至今端节,计用银二十六两,番饼二十六元,钱十八千矣,虽未浪费,款亦巨也。(同治七年五月十一日)

核清出入数目,今年已用去百二十金矣,以后书帖亦不宜买,方可节省也。(同治八年十月廿七日)

夜,写上年在川出入总数,一年两月共用二百金,虽有应酬及买书帖正用,亦甚费也。(同治九年九月廿日)

算清三月起用数,亦四十金矣,尚宜节省。(同治九年九月廿日)

同治八年十个月中花费一百二十两，每月平均十二两；而同治八年元月至同治九年二月，计一年零两个月，共用银二百两，每月平均十四两多一点；由于入陕收入剧减，同治九年三月至九月，共用银四十两，每月平均用银不足六两。然而徐敦仁感到仍有节省之必要。作为书启师爷，他不时需要购买些书籍法帖及文房用具，因此所费稍多。如同治七年八月廿八："买《容斋随笔》一部，去银四两。"十二月十三日："以三两伍钱银买玉方（陈希祖）字一幅。"同治八年元月廿四："买《云麾碑》《不空碑》、怀素草《千字文》、东坡书《柳州庙碑》四种，计银一两。"二月十日："买笔墨，用银二两五分。"二月十一："买旧书画扇面五张，计银三两五钱。"六月七日："买得天居士墨刻八册，去银四两五钱。"七月十二："买兰石大行书小幅八条，去银三两。"七月十九："买《玉虹楼残帖》六本，银贰两五钱。"十月十日："买《杜诗详注》一部，二两五钱。"即使如此，每年此项开支不过二三十两，买的也多是残本或非善本，根本不入藏书家法眼，但徐敦仁仍告诫自己"书帖亦不宜买，方可节省"。普通文人游幕之不易，于此可窥一斑。

徐敦仁将所得钱款大半寄家而非用于自我消费，起码说明他对亲情看得很重，家庭责任感很强。《日记》中专门列有三年来他与家乡亲友书信往来的清单，大致统计如下：

同治七年发信 30 次（41 封），收信 34 次（44 封）。
同治八年发信 21 次（57 封），收信 25 次（38 封）。
同治九年发信 30 次（61 封），收信 24 次（50 封）。

平均每月（同治七年、同治九年分别有闰月）发信和收信都在两次左右，而每次收发信，常附带其他几人信件。如同治七年六月二十八日："写润弟信二，三叔、寿儿信各一，芝函信二，稚枚信一，四弟信一，共八函，计二十七纸，每纸约二百馀言，终日方毕。"一次发信中，竟有六人八函。同治九年腊月二十六日："夜接本月初三马递家信，计三叔、明斋叔、笠第、润弟、寿儿、袁絜斋父台六函,悉家中均好。”则是接家信一次,内附六人之函。虽然天隔一方,但鸿雁不断,亲情永继,成为徐敦仁重要的精神生活支柱。

不仅是对族人,对于姻亲,徐敦仁也非常顾念,愿意尽力帮助。他的大舅蔡嘉玉,道光二年(1822)优贡,同治《苏州府志》有传:“蔡嘉玉,初名习安,字静甫,道光壬午优贡,四川汉州知州,署巴州、邛州,有蔡青天之目,终浙江温州知府。道光中尝捐田数百亩入宾兴局,暮年家居贫瘁,至鬻所居椽瓦户扉以食。或以告汉、巴、邛三州人,三州人鸠数百金(寓)[寄]吴资之,未几卒。”[①]《府志》仅言“或以告”,但未言是何人将蔡嘉玉晚年生活拮据的状况告知汉、巴、邛三州人士,从而有了“鸠数百金”以助之的佳话。今据《日记》,始知汉、巴、邛三州集资活动的策划者和发起者都是徐敦仁。

同治八年四月十二日,徐敦仁欲重刻大母舅蔡嘉玉的《蜀中丛稿》,并将其中相关内容分赠蔡曾任职并有惠政的汉、巴、邛三州官绅,再由徐氏拟一启事为之告助,幕友任玉森(葆棠)以为可行。次日,徐敦仁又将《蜀中丛稿》请蒋志章览阅,并告欲重刻告助事,蒋“深以为可“。获得幕主和幕友支持的徐敦仁,很快紧锣密鼓地行动起来:十四日“以《丛稿》交会元堂主人杨姓重刊”,十五日“灯下为母舅作《小启》一篇”,十六日“终日改昨作《小启》,颇费裁剪”,十七日“又略改《小启》,录正,请方伯阅”,廿六日根据任玉森的意见,欲重改《小启》,廿七日“重改《小启》”,廿八日“终日改《小启》,仍未定稿”,直至五月二日始“录正启稿,付会元堂写样本刻”。可谓慎之又慎。

五月廿三日,先刻成蔡嘉玉的《纪事诗》和徐敦仁的《小启》各百本,以五十本托同幕钱谷师爷张德泰(建侯、建翁)“面交新任巴州李洁泉(璲)带去劝助”,张德泰虽祖籍江苏武进阳湖,但从小长于四川,熟悉当地风土人情。廿六日“以《纪事诗》《小启》分送同人”。六月一

① 冯桂芬纂《苏州府志》卷八十四《人物十一》本传,光绪八年江苏书局刻本。

日:“《纪事诗》《小启》刷齐三百五十套,以百套托建翁函致汉州陈子俊,以八十本托建翁、沈吟樵(宝锟)、吕静甫(烈嘉)函致邛州陈芝田。”虽然有布政使司的背景,但徐敦仁仍要委托与当地官员熟稔者先予说项,以期事情顺利。

但迟至九月初四日,才有第一笔捐助款二十两送来,系前任巴州知州陈鸿绪所赠。初五日“曹星涛送母舅六两”。曹系布政使司库厅官员,也是徐的朋友。而徐寄予厚望的汉、巴、邛三州尚无动静。于是十一月十六日,徐敦仁再托闵西塘帮忙:“以母舅事托西翁。”闵家三世在蜀皆为刑名师爷,人脉较广。同治九年正月初七日:又托张德泰“作函催汉、巴、邛三处母舅告助款,发马封”,马封系驿站寄递紧要文书所用,可见徐敦仁心情之急迫。此时蒋志章升迁陕西巡抚之命已下,告助事如延至入陕后,显然更加无望。

在多位友朋的帮助和催促下,公私捐助银两始陆续而来。正月十一日:“幼来送母舅银十两。”十六日:“章雅瀛送母舅六金。”廿八日:“建翁来,交到陈芝田送母舅银三十两,邛州各局公送三十两。”二月初六日:“汉州寄到母舅助款二百四十四两。”总计得款三百四十六两。二月初七,他的同乡亢如堉(生甫)委署自流井,徐敦仁又以母舅事请托,十二日,还交给亢“《纪事诗》三十本,《小启》三十本,托到自流井任告助”。

然而随着徐敦仁离蜀入陕,尽管他仍未忘记此事,七月二十七日还托人带信入川,询问亢如堉,但巴州和自流井处的捐款却杳无音讯,日记中再无收到相关款项的记录,一场由徐敦仁发起的众筹活动至此也就基本结束。

关于捐款一事的叙述视角,《苏州府志》与《日记》存在着一公一私的有趣差异。《苏州府志》叙述了一个官有德民有义的动人故事,蔡在官勤政爱民,且捐田赞助宾兴局(无偿资助当地士子参加科举考试的公益性基金),退居回乡后宦囊如洗,贫无所居,其实暗示了蔡嘉玉的清廉;而描写汉、巴、邛州人自发捐款数百金,助其安度晚年,既是对义民的表扬,又暗示了蔡嘉玉的德政使民众难忘,故能善有善报。《苏州府志》教化风世的目的是明显的。《日记》则详述了从同治八年四月至同治九年二月,徐敦仁如何百般努力,动用多种人脉,甚至"假公济私",历时十个月,才筹到了来之不易的三百多两银子。《日记》展现的是人事的复杂和徐敦仁对亲族的笃爱。如果《苏州府志》将"或以告"改为"蔡甥徐敦仁以告",则转公为私,无法彰显道德教化的力量,作为地方官府主修的志书,显然不愿采用这种叙事视角。

应该指出,像徐敦仁这样利用一些隐性资源,为亲族谋得利益的行为,在当时社会和人情认知中是被默许甚至鼓励的。但是,如果幕府师爷不知轻重,做出有损幕主形象之事,也会被幕主无情解雇。徐敦仁的幕友李子芋就因致信西安知府公然干预司法,而被蒋志章辞聘:"子芋为祁家讼事致信首府,外议沸腾,主人辞之。"(同治九年九月廿五日)仅从师爷雅称"幕友""幕宾"的字面意思看,师爷似乎可与幕主平起平坐,但毕竟寄人篱下,更多主动权事实上掌握在幕主手中。有些论者一味强调幕友的自由性和主动性,淡化了其依附性,其实是不全面的。

馀　论

以上几节考述了徐敦仁的生平与著述,并从行旅、歌咏、读书、临帖、家信、笃亲以及佐襄文事几个侧面,重点展示了其生活中风雅的一面。它自然不能包举徐敦仁生活的全部,更不意味着其他面相的研究缺少价值。比如徐敦仁的官场见闻及人际交游网络、徐敦仁的吃喝玩乐等,也都是笔者深感兴趣而在本文中无法详细论述的,仅在此揭示一爪半鳞。

徐敦仁虽是诸生,但作为布政使和巡抚幕中的书启师爷,接触面相当广泛,即使是一二三品的方面大员,《日记》中也不乏记载。如同治七年九月十二日:"吴制军来拜,隔牖观之,身中,面丰厚,鬓斑,语音甚低,久坐方去。"记载了四川总督吴棠来拜会蒋志章时,幕后师爷隔窗而窥的感受。与之类似,同治八年正月廿一日:“翁廉访升陕西藩台,夜来拜。”同治八年十月四日:“李爵相来拜。”也应是翁同爵、李鸿章来拜会蒋志章的省称。而同治九年左宗棠的数次送礼:“左宫保送湖笔、燕窝,作谢稿一件,颇用心。”(十月廿日)“起谢左宫保貂褂稿一件。”(十一月初六)“起贺左宫保抚马回并送丽参、鱼翅稿。”(十一月廿九日)馈赠对象同样应是幕主而非幕宾。《日记》中的左宗棠似乎颇懂礼尚往来,与坊间所传其不通人情世故的骄狂形象并不一致。对翁同爵与蒋志章关系的前后变化,《日记》的记载颇堪玩味:

> 灯下为方伯写兰谱,系送翁方伯者。(同治八年二月初八日)
>
> 方伯得升陕抚喜信。(同治九年正月初三日)
>
> 陕西翁玉甫方伯双红履历并夹单禀到,去春在川与主人为同寅,又换帖,今则上司属员,所谓官场如戏也。(同治九年正月初五日)

同治八年正月,翁同爵由四川按察使升陕西布政使,与四川布政使蒋志章成为同级官员,于是两人结拜为换帖金兰的兄弟,以便在官场能够相互照应;同治九年正月初三,蒋志章刚得升陕西巡抚之信,初五日,翁同爵以下属身份所上的禀单即到,所谓的兄弟情义不过是可以互利互惠的由头,看来确实官场如戏。但中国官场等级森严,规矩繁多,一不小心就会触了霉头,甚至葬送政治生涯或生命,又实非真如戏也。

徐敦仁的收入大半寄家养亲,自己就不得不力图撙节。据《日记》统计,三年来购买衣服的开支尚不足百两,可谓俭省;但是《日记》中关于其饮食的记录,却给人以相反的印象:

> 方伯请署中诸同人燕菜,满汉两席,约三十馀金,同集十二人,小有醉意。(同治七年闰四月十八日)

昨醉未醒,终日昏昏多睡。方伯三堂设席,集同人饮鱼翅二席,共十四人,不敢多饮,恐病酒也。(同治七年五月十日)

是日同人醵分预祝关帝生日,在七圣祠演戏一天,叫两班子,早面二席,夜鱼翅二席,皆设建侯房,同人欢饮。(同治七年五月十二日)

建侯斋中集饮,同坐七人,烧鸭甚佳,食之过量。……回坐片刻即睡。腹痛大作,盖食多所致,后宜慎之。(同治七年七月七日)

酒肴俱极精美,主人醉吐,予亦醉饱过度,早睡,夜起如厕,四更许不寐至旦。(同治七年八月廿三日)

同人重游花市,在二仙庵集饮,翅席三桌,西塘办,公分……共二十人,肴颇精美,乘醉而归。(同治八年二月十四日)

居然饮食精美,不断享用价值不菲的大餐,甚至因醉酒、饱食导致身体不适,徐敦仁对口腹之欲似乎颇不节制。不过仔细研究会发现,这种场合或为公款消费,或为他人买单,或为众人公摊,其实自己出资有限,徐敦仁多是在慷他人之慨。某种程度上也可说徐敦仁是出于社交需要不得不参与各种宴会,从而导致"被醉饱"。

《日记》中还有不少反映徐敦仁游玩的文字。他不仅行役途中多登临名胜赋咏感怀,而且居川陕幕府时,也常结伴出游成都、西安的佳处。如成都的武侯祠、杜甫草堂、薛涛井、蜀王旧城、骆公祠、满城、锦江,西安的碑林、城隍庙、喇嘛寺、多将军庙等,徐敦仁都曾流连观赏。同治七年八月廿四日的草堂之游被徐视为"入蜀第一快事",《日记》中的记录堪称一篇优美的游记:

早阴,午刻淡日,下午晴。黎明起,宿酲未解,肩舆出东门,与建、鸥二君三人坐扁舟泛锦江,时水落,浅不过尺许,砂石齿齿,自东而南过万里桥,又西至青羊宫上岸,步入草堂寺,时葆翁等十数人已先到，盖舟行不及舆马速也。寺不及游目，草堂在寺西偏，门榜曰“杜公祠”。入门绿竹万竿夹径，径曲而幽，步其中间，如入仙境，遂登诗史堂小憩。堂三楹，甚轩敞，茶话片刻，谒少陵神龛，中坐塑像，东偏一龛祀放翁，有碑石刻像。龛上何子贞学使撰对云：“锦里春风公占却，草堂人日我归来。”盖以何水部自比。堂前有杨蓉裳增祀放翁碑，文甚古雅。堂之东为晨光阁，西恰受航，深而狭，两边开窗，式如舟。少北而西一亭，新建曹方伯六兴所建，榜署“草亭”，亭高可眺，四围水竹，由恰受航折而南为水槛。临流观鱼，投饼饵池中，则金背鱼大尺许，争浮水面，唼唼有声，间有甲族来争食，可得物外趣。再南为春水舍，舍之东为竹斋，与诗史堂相连。堂之外有花树，有桥，桥之外为门庭，亦三楹，甚轩敞。堂之东有平台一，其西有屋三楹，皆可坐，门外可望浣花溪、百花潭。草堂之胜，在水竹颇有野趣，然四望无山，并无大奇。天下村庄野树类此者无虑万亿，而此一席地竟以杜陵得名，所谓地以人传也。是日葆翁为主人，同集十六人，分两席，席设竹斋，菜系酒馆包办，却无习气，美不胜收，蟹粉、鱼翅尤为杰出，畅饮至申刻方罢。重至祠堂、草亭一行，同人始散，予仍与建翁、鸥翁泛舟而归，回署已上灯矣。此游为入蜀第一快事，当纪以诗。

写景状物，简洁传神，并由此引申出“四望无山，并无大奇。天下村庄野树类此者无虑万亿，而此一席地竟以杜陵得名，所谓地以人传也”的意旨，颇见高明。《日记》中所云“当纪以诗”，应即《诗文稿》中所收《同人游浣花草堂鸥舫作七古一首即次其韵》：

桤林漏日西风凉，蓼花两岸烟苍苍。锦江绕郭若衣带，高歌孺子清沧浪。江流滚滚去不返，水鸟拍拍飞且翔。前路草庵望不远，深情潭水终难量。会稽公子有逸兴，招邀近局连朝忙。客十五人主则一,云霞冠佩芙蓉裳。健步或携绿竹杖,善骑亦控青丝缰。联翩共集草堂寺,罗列肴核高筵张。数丛竹树风飒飒,一池荇藻鱼洋洋。醉后题诗壁可疥,兴来怀古情偏长。当时杜陵西入峡,布衣稷契老此堂。同谷七歌弟妹远,浣花一曲溪流香。蓬莱宫阙渺何许,莴苣莱把聊堪尝。至今独留诗史笔,更谁能挹天瓢浆。残膏剩馥幸沾溉,少时吟兴犹能狂。饥驱踪迹略相似,乱离天宝同苍茫。吴中只馀半间屋,秋风狼藉莼鲈乡。旧时燕子飞不到,空寻门巷乌衣王。长洲麋鹿几兴废,苏台花草无芬芳。桃源不复有鸡犬,麻姑重到悲沧桑。浮生转是此间乐,酒徒随处皆高阳。

诗文对读,更能增进我们对一百多年前杜甫草堂的了解,也更能感受到前人对草堂的爱惜之情。

徐敦仁与他的同僚还颇喜爱音乐。《日记》中常有"冒雨至鸥舫斋中听诸君度曲"(同治七年四月廿二日)、"夜,堃臣斋中同人度曲"(同治七年五月初八日)、"夜至建侯斋听同人度曲"(同治七年六月初三日)、"同人咸集度曲"(同治七年重阳)、"夜,八人同饮,饮罢又度曲"(同治八年二月廿四日)。有意思的是,他们多是自度曲,而非外招乐伎。《日记》召伎侑酒的文字只有一处:"为葆翁做生,西塘主办,五人公分,主客共八人,侑以双鬟琵琶杂弄。"(同治八年四月廿一日)系幕友集体为任玉森过生日的喜庆活动,并非与伎狎游。似可见出蒋幕诸人多才多艺,风流而不下流。徐敦仁本人立身更谨,三年川陕游幕,皆未携家眷,但《日记》中从未有踏足青楼的记录,相反,倒是记载了两次梦遗现象:"半夜遗"(同治七年七月七日),"夜,一品锅甚佳,饮数杯,头小晕,蒙被睡,遗"(同治九年十一月一日),一次在七夕,一次在酒后,皆情性容易摇动之时,这也从侧面暗示了其私生活的检点。因此,本文以"风雅生活"入题,应该能概括出以徐敦仁为代表的部分书启师爷的特点吧。

整理凡例

整理所用底本为上海图书馆藏《日损斋日记》影印件，其正文及人名索引整理凡例大致如下：

一、据《中国近现代稀见史料丛刊》惯例，将正文书名改作《徐敦仁日记》；

二、据《中国近现代稀见史料丛刊》要求，正文所有整理文字除特殊情况外，均使用规范简化汉字，避讳字酌改回本字；

三、在正文原年、月、日后增加公元纪年，以圆括号括注其后；

四、正文夹注原为双行小字，今改用小五字体单行排印；

五、正文原稿确定误字者，以圆括号“（　）”括出误字，后继以方括号“[　]”括出改字，但明显的形近误字径改；原稿有脱字者，所补字亦用方括号“[　]”括出；原稿有衍字者，用“【　】”括出。

六、正文后附入徐敦仁诗文稿两种及其朱卷，以便读者研究。

七、索引仅为日记正文中人物姓名、字号或其他称谓之索引，并按音序排列；

八、索引以姓名为检索主体，姓名之后括注《日记》中出现的字、号、别名、习称、昵称、官称、简称及其他称谓；

九、凡《日记》中出现的字号或其他称谓，亦列为检索条目，并与其姓名的主索引条目互见；

十、凡《日记》中仅出现字号或其他称谓者，尽力考出其姓名，列为主索引条目；暂时未能考知者，则径列字号或其他称谓为检索条目。

十一、人名后所列数字为该人物在《日记》中出现之年月日（公元纪年），如“窦鸿仪（仲兰）1868.2.3”，即表示窦鸿仪出现在《日记》1868年2月3日。

同治七年戊辰(1868)

同治七年岁次戊辰，时年四十，就铅山蒋璞山方伯书记入蜀，去腊十有七日行抵南昌。方伯眷属在省城，僦戴莲士先生状元府旧宅居之，留予度岁，门榜曰“荆嘉山房”，堂曰“览珠”，予所居乃堂之西院也。

元旦(1868年1月25日) 瑞雪作花，溦雨自东。予以在服中不与庆贺，起不甚早，盥毕，供香烛拜天，望拜家中尊长。而方伯率一家及诸亲串俱枉贺，同乡宋咏周亦来，因去答拜。咏周见示谷人祭酒手书日记残本及骈文尺牍草稿、手辑《史隽》，虽断卷，颇可采取；其日记在嘉庆十八年，时掌教扬州，年六十八矣。

初二日(1月26日) 晴。叶韵翁来，徐颂阁学使枉贺。阅吴兰雪先生嵩梁所画《月林清影图》，题咏甚多，王梦楼太守、藏园老人俱有诗。

初三日(1月27日) 晴。出门拜年。任葆翁、蒋彝翁、叶韵翁、范秋翁、学使署五处。为方伯起信稿三件。夜，葆翁公馆戏，回已十二点钟矣。

初四日(1月28日) 晴。起稿三，录送。同咏翁、篯之至近处花园闲步，又登荆嘉山，盖煤灰堆积而成阜，非山也。夜谭。城外火起，即灭。

初五日(1月29日) 阴，晨起。至都土地庙烧香，后独步到万寿宫、百花洲、顺化门信步。饭后又至百花洲、长松园茶，阅《石笥山房诗》。

初六日(1月30日) 晴。饭后同篯之由贡院前至观音阁，阁在东湖之中，渡以竹桥，景颇幽畅。回，长松园茶。天暖，阅石笥诗。稿一。夜任公馆戏。

人日(1月31日) 晴。接子旌十一月信。方伯来谭。广东王补帆方伯过此赴任。

初八日(2月1日) 阴。同咏翁访梅庵和尚于永福寺，年六十一，貌甚古朴，能诗，有刻稿，手植花竹，得清幽之致。出寺又至东湖左右间行，归作诗一首赠梅庵。

初九日(2月2日) 阴，小雨。作书至学院取对，其联句云："陶铸性灵，组织风雅；斟酌信义，原本山川。"即付胜友斋装潢。写昨作诗访梅庵，不值。书虞臣折扇。

初十日(2月3日) 阴。起致绥之侍御、芍亭仆少、竹塘师信稿。宋咏翁招饮，坐中有滇南窦仲兰明府，本城谢蕙泉，小醉，归即睡。仲兰。印鸿仪，咏翁联襟。

十一日(2月4日) 雨，戌时立春。稿三。自写信十八纸，计六函，述入蜀事。郝门政有广东之行，送茶点之物。

十二日(2月5日) 雨。封绥之、芍亭、四弟信，托范秋翁带京。又封集翁、三弟信递兰溪，时秋翁欲解饷入都也。三、四弟信内皆有诗。

十三日(2月6日) 雨，下午止。同夏伯翁到永福寺与梅庵谭诗，承赠诗稿二本，又番禺冯子良太守询诗稿十四卷，归读之，颇各有所长也。梅庵云前时诗友尚多，近渐寥落，只冯子良、李芋仙大令士棻两人相往还矣。

十四日(2月7日) 雨。写三叔、二弟、五弟、寿儿、润弟、三叔祖、母舅、岳母、芝函信九函，计二十一纸，约有五千馀言也。

元宵(2月8日) 晴。饭后上街买物，灯市不甚热闹，夜，方伯设席，酒罢至任公馆戏，晤陈仲墀[①]。

---

① 疑即陈锡谷(仲会)。

十六日(2月9日) 雨。小有疲倦,终日闲坐,意兴索然,昨夜深且醉,未解宿酲故也。

十七日(2月10日) 雨。饶声之全到抚州去。至建德观访沈蔚卿明府恩华,云张培三仪部已作古人,可叹。又至扁担巷。

十八日(2月11日) 晴。方伯赠《忠雅堂诗集》。阅何悔馀栻《真气》文、《文波》诗两集,专讲对仗,颇有堆垛之弊。夜,伯平示七古一首。是日由信局寄家信,连竹师信共十函。葆翁邀饮,小醉。

十九日(2月12日) 晴。为矱之、咏卿书便面。稿一。录近作六首与梅庵存永福寺。同咏周至府学前买竹箱、瓷器。

二十日(2月13日) 晴。晨起检束行李,至午刻竣。饭后跃龙桥买端砚,又至百花洲拜别苏翁祠,见祠壁有女士七律二首。宋咏翁送花笺茶果。夜录正诗二首。

廿一日(2月14日) 阴。稿一。至宋咏周花园闲话。部署诸事毕。傍晚至永福寺别梅庵和尚。

廿二日(2月15日) 阴,清晨同伯翁至任公馆彝庭、韵虞、咏周处告别,回早饭,饭罢小雨,乘肩舆出惠民门登舟。同舟四人,德兴董选臣孝廉廷猷、舒端甫主政大章及葆棠与余也。方伯同眷属一船。伯平同荫臣眷属一船。矱之同南丰李堃臣显祖、新城陈仲辉锡谷一船。彝庭诸君俱至舟中送行,是日维舟盐局门前。

廿三日(2月16日) 小雨。饭后上岸闲步,适有小舟唤渡,与选臣、矱之同作螺墩之游,有清华寺,已为兵火所毁,寺中七龄童子临川李宗濉"寿"字石刻尚存。

廿四日(2月17日) 逆风未开。饭后独步进城,看骨董铺、书坊,冒雨而归。

廿五日(2月18日) 阴,午刻放晴。饭后同选翁游百花洲,遇同县张莳孙参军,云到江右已四十年,始而官,继而幕,乱后全家被难,剃度为僧,住持昭忠祠,有一子自贼中逃回,仅十七岁,斯人身世真如泡影也。

廿六日(2 月 19 日) 大雨。清晨开船,六十里樵舍泊。樵舍为宁庶人娄妃投水殉节处,《忠雅堂》有五古一首,《九种曲》中有《一片石》,即此事也。

廿七日(2 月 20 日) 晴。未刻抵吴城,泊,同诸君上岸,至令公庙,门榜“人伦天道”四字,登望湖亭,匾额、楹联题咏甚夥,丁巳彭雪琴少司马玉麟重建,亭下有鸿雪轩,颇幽敞,购得新建曹地山先生石刻六纸而回。望湖亭最高,匡庐、鄱阳湖俱在目中,眼界为之一拓,当补以诗也。是日行百二十里。

廿八日(2 月 21 日) 晴。大南风,顺风扬帆,渡鄱湖,过南康,郡城在望。城外有宋时落星墩,县名星子以此,见庐山,面目惜为云气所蔽,峰峦不甚了了。见大孤山,俗呼鞋山,因风大,抵大孤塘小泊,风稍缓,开船至湖口县对岸大王庙泊。大孤山孤峙湖中,初看似鞋,忽如钟如磬如利锥。山上有塔,初看在山腰,忽在山顶,随舟行为变化,远近正侧不一其形,作诗颇可摹写。是日又见虾蟆石上圆下削,特立无偶,亦奇观也。葆棠、端甫先由岸路到九江问轮船,是日行一百八十里。夜,风浪大作,眠不安枕。

廿九日(2 月 22 日) 晴。大南风,暖甚,至大王庙傍晚,风稍定,同矱之泛小舟,渡湖登石钟,由湖口县成德门进,山上有昭忠祠、绀园,亭榭甚多,皆彭雪翁所建,惜匆匆未及细探也。夜,风雨交作。

二月朔日(2 月 23 日) 风转西北,天气仍寒。饭后上岸,登厕即回。夜,起曾爵相、李爵帅禀稿二件,颇有组织。

初二日(2 月 24 日) 清晨开船,西风甚大,行十里即泊舟。方伯来谭,知葆棠已说轮船定妥,到汉口每人五两,行李除每人担许外,多带四五十担可不计也。夜,风雨交作,眠不能稳。夜作七古一首。

初三日(2 月 25 日) 大风,雨雹,甚寒,较之前月杪气候大不相同。起稿三。舟中闲坐,兀摇不定。

初四日(2 月 26 日) 大风,雷雨冰雹交作。终日闷坐,不能开窗。读《忠雅堂诗》二卷,《上滩》五古一首,酷似昌黎。

初五日(2月27日) 风势稍缓。第四号船初二日同发,被逆风引去,距数里停泊,今晨以找船加纤夫拢来。

初六日(2月28日) 顺风,黎明开船,午刻抵九江,自湖口到此计六十里,出湖口数里,地名十八号,为入江之始,东下则金陵,上溯由九江达汉口,江面颇宽。九江首县为德化,有税关,西门外有夷房,但不及上海、宁波之多耳。傍晚上岸一行。夜,德兴董云梯登榜、德化蔡筠庵鋆来。

初七日(2月29日) 晴。晨独步进城,见塔、李二忠武庙。饭后城外街市闲行。夜作《泊九江》七律一首,《九江杂诗》七绝四首。定附轮船到汉口。

初八日(3月1日) 雨,旋止。傍晚上岸剃头,路甚泥滑。日间阅《忠雅堂诗》。

初九日(3月2日) 雨甚大。午刻过行李上拨船。夜无襆被,不能成寐,至五更寒甚。

初十日(3月3日) 小雨即止。午刻婺源火轮船到,即过行李上船,船价每人五两。夜,月色颇好,风不甚大,时时出舱闲看,至丑初方睡。床如书架,每架两层,每层睡两人,皆在两旁。舱中设长桌二,为起坐饮食之所,每日一粥两饭,俱有小菜,较海船为便适。

十一日(3月3日) 晴,有风。辰刻抵汉口,共行江面五百四十里,计过蕲州、黄州等处。下午过行李上荆艕子,共六号,船价每二十馀千,泊米厂码头,上岸吃茶。

十二日(3月4日) 阴,风。清晨肩舆到大水巷金庭公店,适育泉太公、申生叔公、澹如叔俱在馆,又有乡亲数人,相与话十年前事,不胜今昔之感。夜即宿馆,灯下写家书,并芝函信,录诗六首,托育泉公寄山。

十三日(3月5日) 小雨,天气甚寒。下午写楹帖四联,馆中联句云:"汉上相逢,把臂原非萍水;山中久别,关心先问梅花。"赠育泉公联句云:"平心参物理,冷眼看人情。"终日在馆畅谭,座上有植里李炳文、东村徐云琳、横山孙启宇，皆在楚贸易者，善堂兄仍在上海开乾元麻庄，郑闾台丈洋行名“长春”，寄家信皆可托也。

十四日(3月6日) 飘雪花，更寒。早起写便面。饭后肩舆登舟，舟泊龙王庙。下午澹如叔、申生叔公俱到舟中送别，托澹叔买洋布、皮丝，用银四两、洋一元。

望日(3月7日) 风小。清晨开船，到武昌，泊文昌门外。即同端甫、选臣、荫臣上岸，步上黄鹄山，黄鹤楼已为贼毁，遗址仅存，有益阳胡文忠公祠，由祠而上，有纯阳、华佗等庙。在茶楼茗话片刻而返。到船即雨，并落雪珠，春寒特甚。署督李瀚章、署抚何璟、藩王文韶、臬郑兰、粮道丁守存、盐道何维健、府黄昌辅，附记。

十六日(3月8日) 雨，午刻止，风不大。清晨开船，三十里到转口小泊，又行十五里，已抵暮，泊萧家湾。自转口以上皆是内河，水势颇急，逆流而上，舟行费力，路亦稍纡，然江湖之险自可免矣。春寒更甚。

十七日(3月9日) 晴，清朗可喜。辰刻过黄龙矶，晚泊襄口下十里东湖。小雨。是日行百里。

十八日(3月10日) 雨，仍寒，风亦不利。行二十里即泊，问榜人，云地名鹭丝湖。夜读《小仓山房诗》。

十九日(3月11日) 雨，自昨夜起雷声，至辰刻始止。是日方伯五十五生辰，具柬祝寿，承送烹鲜酒面，与诸君同饮。未刻冒雨开船，行二里许即泊。李堃翁过舟象戏，颇费精思。自是日起四望无山。

二十日(3月12日) 晴，风顺。巳刻过汉阳沟，深仅尺许，宽不过三四尺，盘旋纡曲，舟行甚艰。出沟仍入河路，南为汉阳县，北为沔阳州，隔岸相望。未刻到坪坊，本可前进，因第二号船在沟中折柁，即泊，约行五十里。起稿三。

廿一日(3月13日) 细雨，风顺带横。申刻抵锅底镇泊，岸上有郭地司署，是沔阳分州，计行六十里。终日象戏。夜重改信稿，录正,又作《黄鹤楼》七律一首。睡将五鼓,同人已鼾声大作矣。

廿二日(3月14日) 小雨,风顺。舟行比昨日为平,七十里至小港泊,下午风转逆。湖北稿三。

廿三日(3月15日) 雨,午刻晴。五十里至詹家口,天色已晚,即泊。阅《镜花缘》,颇可消遣。

廿四日(3月16日) 晴。五十里徐家湾泊,绿杨两岸,青涨半篙,茅屋数家,菜花千顷,途中风景颇似江南。夜,方伯过谭。

廿五日(3月17日) 晴。十五里柳关小泊,关系荆宜施道监督,过关入荆州监利县界,渡大小碟子湖,水光云影,须眉可鉴,如赐镜湖一曲也。又五十里至曹家湾泊。伯平有七律一首,同人各次韵奉答,诗成击钵,意妙抽丝,亦一时逸致也。

廿六日(3月18日) 晴。上午过青湖,行一百二十里,张家河泊。伯平示叠韵诗一首。夜雷雨大作,眠不安枕。

廿七日(3月19日) 雷雨,至午刻始止,申刻微漏日光。是日仍泊张家河未发。改定和韵诗,简伯平。阅《桂林霜》《冬青树》《一片石》等曲。夜小饮,堃翁、端翁棋东也。

廿八日(3月20日) 雨,下午风大而逆。三十里章家塘泊。重改《黄鹤楼诗》,定稿。阅《临川梦》,颇有了悟。伯平示《和黄鹤楼诗》。

廿九日(3月21日) 晴。十五里鸭鸡庙小泊,有木桥,舟不能过,去桥上横木,乃行。过长湖,约六十里,宽约十里,深二三尺,无风,舟行甚迟,深昏即湖边泊。和葆棠《监利道中》七律一首。

晦日(3月22日) 阴。巳刻过沙门桥,村名郑家庄,桥洞不高,荆艕去樯方过。午刻抵沙市,泊关帝庙前,上岸,剃头,入市闲行。至楚昭王庙,见有苏州蔡源丰酱园槽坊,适健为舅公在内,晤面,畅谭一切,与先君子同庚,须发已皓然矣,出山已十馀年,家眷侨寓益阳,因询楚中诸亲友,抵暮而返。和伯平《鸭鸡庙》五律原韵一首,又改定亭字韵诗。沙市未经贼扰,街面甚为齐整,有二三府及巡司署,有盐局,九成川盐、淮盐搭销一成，每斤价八十馀文，较江浙昂贵多矣。五更又雨。

三月朔日(3月23日) 细雨，巳刻止。移泊财神庙前。写三叔信二纸，芝函信一纸，并诗三纸、计十首，又兰溪局带来光洋，用馀四元，自沙市以上皆不用，封入信内，托健为舅公付信局寄去。饭后到源丰坐谭片刻，因船已雇定，欲过行李，即回。路甚泥滑。到船知新泰厚票号张普照兄已为雇定四舱川艕三号，价大者一百八十金，次每一百四十金，皆四舱，舱开两铺，同舟增李堃翁、陈仲翁，凡六人，头舱设一桌，为起居之所，较荆艕为宽舒。行李过坝约里许，每挑夫价三十六文。申刻登舟，舟泊拖船埠，乃官码头也。

初二日(3月24日) 小雨，午刻止。终日舟中闲坐，阅《雪中人》院本，乃铁丐吴六奇事。

上巳(3月25日) 阴，天气甚寒。未刻解缆，行十里许，宝塔湾泊。上岸闲行，有工部中关，水边有铁犀。方伯送越酒、蒸蹄到船，夜小饮。阅《空谷香》曲，系谱姚梦兰为顾家侧室事。

初四日(3月26日) 晴。巳刻开船，风逆，行四十馀里，泊烟市，又名下姚店子。阅《香祖楼》上卷，乃叙新城陈家纳妾事，中称仲文字约礼者，即陈约堂先生守诒，仲会之高祖也。

初五日(3月27日) 晴。顺风，行一百十里，泊董市，松滋界，时已深昏。阅《香祖楼》下卷。伯平示七律、五律各一首。

初六日(3月28日) 晴。风顺，行九十里，过枝江县，城在山上，隔江遥望，有两塔。自襄口下即不见山，今日始见平远峰峦。阅《香祖楼》毕。和伯平五、七律各一首。泊白杨。

初七日(3月29日) 轻阴阁雨，春光澹沱宜人。十五里过宜都县，遥见城郭，申刻舟行石壁下，其高数仞，屹立如堵墙，景甚奇峭。按《地志》，宜都有虎牙山，下有虎牙滩，此其是欤？今日四面见山，层峦叠嶂环绕，高低不一，觉步步引人入胜，山上棠梨作花，小桃破蕊，又寒食近矣。阅《第二碑》又名《〔后〕一片石》《四弦秋》两种。晚泊，计行一百里，地名临江河。

初八日(3月30日) 晴。辰刻抵宜昌，同人进城闲行，至墨池书院，登文昌阁，又到小北门，访尔雅台，由培元善堂入城中，皆石路，回舟，又上岸剃头。伯平示纪游诗八首。宜昌守聂，光鉴，四川人。东湖令骆。维彬，广东人。宜昌为古夷陵，十五里南津关即下牢也。

初九日(4月1日) 晴。早起，同人登南门城楼关帝庙烧香，庙中塑立马望荆州像，神色如生。又登试院魁星阁，城中屋宇一望无遗。回舟早饭。巳刻开船，行数里磊口泊，舟人到宜昌添雇柁工、纤夫，方可入峡。今日先酬神饮福。同人以不开行，拉游江边诸山，数间茅屋，一湾流水，于此避世，可作秦人洞也。夜作《舟中杂诗》七绝六首，又集《忠雅堂》句，和伯平七律一首。

初十日(4月2日) 晴，风利。三十里过平善坝，为入峡之始。峡凡三上水者，先过西陵峡，又名归乡峡；又三十里过南沱，又三十里黄陵庙，又三十里三陡铺泊，未刻过一小滩。今日峡中行九十里，乱峰插云，荒江走石，境甚奇峭。午前所见皆是石山，色赭而黑，类螺蛳形者甚多。山顶山腰间有洞六，午后所见诸山，土戴石，石戴土，形状诡诞，令人目眩。山上间有人家，石罅耕土，或艺二麦，岸上牵船，自成一村，不知人世风波也。维舟时尚早，同人上岸闲行，谒古黄陵庙，庙系别建，非诸葛武侯所记黄牛庙也。同人夜谭，堃翁苦吟竟至达旦。阅陈息凡钟祥《岷江纪程录存》数页。

十一日(4月3日) 阴，无风。今日为看峡中诸景，同人俱早起。卯刻开船，二十里过塔洞滩，午正过虾蟆碚，其形甚肖，有泉自石中出，品为天下第四泉。未初过马肝峡，崖上有石如缀疣，如肺叶，舟人呼为牛肝马肺。峡中石壁峭立，重见叠出，曲曲环抱，前疑无路约十里许，山川至此奇绝不可名状。申刻过新滩，滩有三，先过第三滩，至二滩泊船，上岸闲行，宜昌同知驻此，地属归州，居此者不下数百家。回舟，旋过二滩顶，头滩泊，水流奔驶，终宵颠簸，不能安枕，与前时大王庙之泊相似。

清明(4月4日) 晴。早起行李盘滩,上岸,茶肆小坐,并至川主宫、万寿宫一行,看空船上滩,谓之空舲峡,信然。未刻上船即开,过兵书峡、黄牛峡、屈溪、香溪,有昭君村,又经老归州,至归州泊,离城尚远。是日行四十五里,凡过小滩两三处,自新滩以上皆峭石壁立,悬崖曲折,至香溪始见土山,四望峡口如门扇开豁,外宽内狭,凡两重,中间一山当前如屏扆,甚觉奇怪。

十三日(4月5日) 阴,淡日。早起,望归州城,午刻过叶滩,春涨尚小,石露水面,平铺如毯,约长里许,旁有一石如笔架,屹立水际,舟行其间,尚无拘阂,过此即滩,水势之急稍逊新滩。同人上岸闲步,见座船因纤断回流半里。过滩即上船开行,过石门、巴斗滩、牛口,至巴东县泊,离城尚远。是日行九十里,自石门以上出西陵峡。夜,月色甚佳,天气亦暖。

十四日(4月6日) 阴,时有日光,和暖无风。卯刻开船,过关渡口、楠木园、万牛溪、鳊鱼溪,到碚石场泊,自鳊鱼溪以上已入川境。是日行百二十里,自关渡口入巫峡,又层峦叠嶂,四面环抱,与新滩口上大略相同,而两崖危石壁立,奇形怪状,变幻不测,知造物之生山川,真无一复笔也,惜无化工之笔,不能巧为形似耳。

望日(4月7日) 阴,小雨。三十里青石洞,又三十里巫山县,维舟片刻,又行数里泊。是日舟行巫峡中,望巫山十二峰隐约可数,峰各有名,惜为云雾所蔽,不甚了了耳。

十六日(4月8日) 晴。巳刻过拖肚子滩,时适饭罢,舟欹特甚,馀肴盆碗悉坠地碎,皆有惊恐意,幸纤夫倒行数步,宽其纤绳,得以平正。同人因此上岸,徒步数里,至茅店小憩。无何见四号船到,三号船因过滩时桡折,须加修整,迟到时许。到后四号船先开,才行一二里,忽有倾覆之虞,并无风波,特纤紧曳倒耳,险哉。急呼五板船,又另雇小船救之,人俱无恙,而船随流水而下,直至巫峡方止。时第一、二船在前,三号船在后,距覆舟之所俱不过二三里,见此俱为心悸不敢动,然又不能停泊,因诵唐人"沉舟侧畔千帆过"之句,仍复前进,行数里乃泊。方伯及诸同人俱步行上船,惊魂方定。四号船系任彬自雇,家眷四人,行李甚多,除金银未散失外,已丧资数百金矣。搭船者二,一江西客,挟货物二千馀金,丧其大半;一成都文殊寺僧,丧经藏一箧,其僧先自后舱出,仅湿双趺,邀至三号船,作蒲团坐,神色尚如常也。泊舟后,方伯以三号船太旧,坚邀选翁与余过二号船头舱,堃翁、端翁、仲翁、葆翁四人过头号船尾楼,厚意不可负,从之。其三号船让与任彬眷属,寺僧及贾客亦附舟同行,此则方伯拯人于厄之意也。

十七日(4月9日) 晴暖。任彬晒水中捞起衣箱。至午正开船,过保子滩、油闸碛,至戴溪泊,计行四十馀里,终日昏昏欲睡,意兴索然。

十八日(4月10日) 阴,有雨意。由戴溪入夔峡,峡中危石参天,森然可怖,视前二峡尤奇,有黑石峡,石大而色黑,滨水欹斜如欲坠者。有风箱峡,石壁数仞,中裂一缝,类风箱者六,嵌缝内木质宛然,自下而上累如棋,第二如启签扇,舟人云或启一二,或启三四,过者见之,其数不定。将出峡,见滟滪石大如象,兀立江边,近视约高二丈许,舟行其旁,上水无碍,若下水舟须对之而行,及到柁随流转,否则必触,故有"对我来"之说。出峡见白帝城,上有庙,望白盐、赤甲两山,过鱼复浦,舟人指视八阵图遗迹,不甚可辨。其地有盐井三处,列灶约数十户,云前时井水本苦,三年前有神示梦,味变为盐,煮之可食,附近居民皆赖以谋生,非古所谓盐井也。将抵夔关,忽起大风,舟停浅滩数刻,风定复行,酉刻抵码头。方伯上岸拜客,夜小饮,夔府首邑、奉节县送上下酒席共六桌。是日计行三十里,遇风时,三号船又阁浅穿漏,舱中进水,塞以衣衲,行李幸未受湿,因将书箱等尽行过船,今日三号船穿,幸从方伯之命,免受虚惊,谚云"船到江心补漏迟",洵不诬也。

十九日(4月11日) 晴,暖甚,可穿夹衣。饭后同人上岸,由西门进城,城在山半,登陟颇艰,过鲍春霆军门超爵府时,土木之工未毕，因进府一览，因有公事，未及游永安宫即归。起万县复稿及致首府稿。夜大风，舟维不稳。是日午晚饭皆奉节县供张，有莴苣、蒜苗、蚕豆已老，节物亦稍有不同也。时云贵督张凯嵩亦养疴居夔。

二十日(4月12日) 阴。头号船换柁，三号船补漏，且风大而狂，待至午正开船，府县皆送至十里外。是日泊关刀峡，计行二十里，日间先过一滩，不知何名，自此山势渐平，石亦渐少，山上间有耕种矣。夜小饮，二更后雨。

廿一日(4月13日) 早，雨未止，午后略放晴。过安平场、三块石滩、哑巴滩等处，计行百里泊，舟人云地名"瓷庄子"。是日二、三两号船皆断纤一次，幸非急流之所，舟即拢岸，川路之险，时刻可虞，心亦不能太平矣。

廿二日(4月14日) 阴。二十里过庙矶子滩，长三里许，人皆上岸，肩舆而过。又十里过东阳滩，约里许，水势之急，与新滩相同，惟庙矶较长，舟人有"有庙矶无东阳"之说，夏秋水涨反是。又三十里抵云阳县泊，城在山巅，山不高而迤长如蚯蚓然，故古名朐朋，城中楼阁参差，民居栉比，自下望之，一览无馀。夜饮重庆酒，肴蔌亦俱可口。

廿三日(4月15日) 晴。辰刻开船，风顺，是日所见山稍觉平远，水亦略平。未刻过下岩寺，石壁凿三迦叶像，有石洞二，中结龛，有塔有钟，在洞口，山上平冈，人多结屋以居，周围石壁上齐如削，大类城堡，或于山巅建孤庙，山之半土中嵌石，宛如带之围腰，宽狭相称，如曾经刀尺者，山之麓间有平阳，外围以石，如筑堤，长数里，又见水涯石陂袤延数里，石铺漫衍如云气叆叇，亦奇观也。行百二十里，近巴阳峡泊，过小江口约三十里，万县界。阅《随园诗话》数卷，春日迟迟，赖此消遣耳。

廿四日(4月16日) 晴，甚热。卯初开船，起坐推窗看石陂，又十数里过徐塔洞、大小竹溪，未刻抵万县，将到，先见一塔一亭对立江口。是日风顺，计行六十里，自夔府到此共计三百六十里。申刻肩舆上岸，与选、堃、端、仲五人住城隍庙街公馆，邑令王明府德嘉来拜，未见，夜饭送全席，卧房尚宽释，风波之险，获衽席之安，客心可稍慰矣。

廿五日(4月17日)　晴，热甚。饭后意欲出游，不果。收拾箱笼付扛夫，至二更方竣，复与诸君夜谭，睡已四鼓。是日下午微雨即止。做夹袍褂。复各府稿一。

廿六日(4月18日)　晴。早起独步出城，至万川书院，颇幽敞，有丁卯解元刘家谟匾，有浙东陆璣万县令，宣公之后。咸丰六年碑记，文尚清老，云岷江发源于松潘寒盼寨之架通岭，四千馀里，入夔关，其所并列流有四百二十馀所云云。又至火神庙，回，又至文昌宫，亭榭颇有布置，山川城郭一览无馀，为邑中胜处。回时堃、仲二君尚未起。下午至街上一行，并至大公馆闲谭，回，雷雨。夜，象戏。

廿七日(4月19日)　阴，微雨。上午至城隍庙一观。终日象棋。夜闻邻舍哭声，与钟鼓之音相间而作，谓为唱孝歌，此蜀中之陋俗也，他处则未闻。

廿八日(4月20日)　晴。黎明起，装毕行李，辰初启程，计大轿二乘，四轿十三乘，小轿二十八乘，每乘加纤夫四名，小轿则三人抬，无纤，行李百二十扛，每扛两人，铺程另用红扛，上有盖如轿，以蔽雨，共计夫约六百名，万县办差。二十里高粮铺，又三十里佛寺铺，午尖即行，二十五里三正铺，又二十五里分水塘宿。是日皆在山中盘旋，路尚平，间有上下坡，下午过一小山，尚不甚峻，到宿站后雨颇大，不久即止。

廿九日(4月21日)　晴。早起开行，路甚泥滑，下坡颇艰，四十里葫芦坝尖，入梁山县界，邑令吴明府春焜先到尖所，又行六十里梁山城内宿，住试院内，房屋颇敞。到后起复川东道稿一。下午先过一小山，又上一高山，约上下三十里，名盘龙山，山半有白兔亭，云乾隆时曾表献双白兔以为瑞。到此甚险，因出轿步行，见“天子万年”及“蜀道难”石刻在悬崖上。山上有田，一路桐花满谷，罂粟花亦遍野，五色斓斑，颇有可观，其红者远观如芙蕖数顷，过山以后平路约十里，遥望四面峰峦，吟眸一豁。梁山县城在万山中，民居稠密，城内外铺户亦繁，由陆入川者此其冲途也。夜，谭至丑初方睡。

晦日（4月22日） 晴，下午阴。卯初开行，是日脚夫由梁山更换，四十里老营场尖。端甫断杠后到。下午过佛立山，石级直上斗绝，上坡至巅，出轿步行下坡，上下共约十馀里。山顶有若关者二，又过一小山，方得平地，共行四十里，至袁驿宿，地面颇热闹，门前东望，有寨在山顶，名福星，四面雉堞，宛如城郭。起复绥定府稿一。早睡。是日在山中行，所见多竹林树木，满山几无罅处，可见蜀中多材木也。梁山县送席，有香橙，味甚甘。

四月朔日（4月23日） 晴热。卯初起行，廿五里石硚铺尖，大竹县界。又二十五里过黄泥塥茶尖。上岭，不甚高，又经二小岭，计五十里，到大竹县城中，宿考棚内，房屋不及梁山之大，店铺街市不甚悬殊。绥定府顾观察开第，上元人。亦来城中，邑令王。济宏。夜雷雨。

初二日（4月24日） 早起，宿雨未收。卯正开行，旋有晴意，过九盘寺，岭甚险峻，上而下，下而复上，凡四五起落，四十里礁硐塘尖，渠县界，邑令吕，荫椿。尖后三十里李渡河宿。是日所行只十里平地，馀皆崇山峻岭，且雨后路滑，时有倾跌之虞，下午下坡步行数里，舆中西晒亦甚难耐也。到李家渡四望无高山，眼界一变。是夜宿店，屋尚高大，二更许将睡，大风忽起，屋瓦俱飞，既而雷雨交作，大如翻盆，屋漏如注，襆被悉沾湿，人立屋中几如露处，约时许风稍定，避漏移床，易五更勉强就枕而已。

初三日（4月25日） 晴热。卯正开行，路甚滑汰，过李渡河，河甚浅，昨夜新涨，仅通小艇。过河后仍有小岭，山谷中急流奔腾，色赭如猪血，路旁时有芍药花，四十五里吴家场尖，亦名有庆场，市颇热闹，又四十五里青石镇宿。五人同榻一房，二更出户，见星斗满天，卜明日晴矣。

初四日（4月26日） 晴，下午有风。自青石镇开行，十里许入蓬州界，五十里罗家场尖，尖后六十里跳墩场宿，入南充界十里，蜀人有“场期”之说，凡市虚之所皆曰“场”，犹北人之称“集”也。到馆入市闲步，出里门，见门榜曰“关风楼”，有硚曰“长乐”，硚下水声潺潺也。是日所行仍有平岭，不甚险峻，南充令李、璲。蓬州牧李迪吉，号子惠，浙人。皆顺庆府属。

初五日(4月27日) 晴，清朗，微风。三十里东关场尖，为时甚早，又六十里渡河，抵顺庆府宿。府有内外两城，城外俱毁于贼，城为德兴杨庆伯方伯重雅力守得保。到后先住公馆，少顷方伯邀饮，与诸同人移住考棚，屋颇宽敞。夜饭同席吴淮甫南阳人系从省来接方伯，亦今日到此，顺庆府李太守名宝书。是日共行九十里，到宿站尚是未初矣，高山大领，路较好走故也。

初六日(4月28日) 晴。早行，出顺庆城数里，见金泉山上岭有崖上石刻“德洽梁州”四大字，为金太守作。又过三四岭，五十里五龙场尖，又五十里入蓬溪县界，又二十里至县城外宿，城在山上，邑令潘明府。先珍，壬子科江西解元，星子县人。下午仍有小岭，是日行百二十里，平地不过十馀里耳。

初七日(4月29日) 阴，午后微雨。卯正行，出蓬溪县城，有蜀孝子程孟宗故里碑，三十里槐花场早尖，午后过大小金台山，大者峻视佛立山之半，在金山场外数里，过金台后得平畴十馀里，二麦已黄，有刈在田间者，时有盐井，土人以轮盘取井水煮为盐，亦自然之利也。七十里至大榆渡，过河，宿太和镇，地属潼川府射洪县，邑令廖。保恒，江西人。夜写全帖手本数事，睡将子正，雷雨交作，终夜不止。

初八日(4月30日) 辰初开行，雨甚大，三十里高横铺尖，尖后仍冒雨行，三十里过景福院，入三台县界，停轿片刻，渐有霁色，又三十里观音桥宿，时已薄暮。是日凡过数岭，虽不甚峻，然路甚滑汰，舆中人殊觉战战也。

初九日(5月1日) 早微雨，行数里即止。三十里罗板桥尖，下午晴，七十里大磉礅宿。入市闲行，至禹王宫，见一石碑刻骈文，尚绵丽有度，地属中江县，邑令徐。璞玉。是日选翁有寒疾，晚饭后葆翁来，亦倩端翁诊脉，在寓中服药一剂，畅谭至三鼓，冒雨而去，选翁呻吟达旦，行路两月有馀，冲风冒雨，病者已数人矣，可见征人之况瘁也。

初十日(5月2日)　清晨细雨，旋歇，狂风大作，笋舆往往飞去其盖，不能安坐，五十里兴隆场尖。下午晴，先过两山，又行平地约十里许，天气宜人，风景颇佳。过一浮桥，长约半里，入三江镇里门，宿赵家渡，地甚殷繁，属金堂县，县令□□①。是日省中官员到此接新宪者已不啻数十人矣，下午行四十里，到尚早。

十一日(5月3日)　阴，下午晴。辰初行，泥深尺许，舆夫插脚甚艰，四五里辄一歇，至未正才行五十里，抵新店子宿，地属新都，邑令廷桢，旗人。是日皆行平地，然较之崎岖山路更觉难走。旅舍有柚子花一株，清香满庭，墙外凤尾竹数竿，娟娟可爱，因为时不早，路亦难行，即以尖站为宿站。夜已就枕，又起，写手本二事。

十二日(5月4日)　晴。辰刻行，二十里到二台子茶肆小憩，地属成都，又三十里抵省，先过驷马桥，出舆观碑题，见遂宁张相国鹏翮有七绝一首，刻石桥堍，过桥五里进北门，城中又约六七里，到皇华馆卸装。馆中凡屋两所，予与端、选、堃诸君榻于左边，大堂之两旁轩窗颇敞。是日行五十里，初行二十里泥滑与昨路同。是役也，自南昌到成都凡行八十日，舟凡三易；自九江到汉口坐火轮船一昼夜；起陆，坐笋舆半月。山川跋涉，风露侵陵，峡中又目睹沉舟两次，心中时觉怦怦，所喜布帆无恙，一路化险为夷，濡笔记此，以志天幸。夜睡甚早。

十三日(5月5日)　立夏，晴。葆棠得家信，二月十三日生子。方伯暨家眷未刻进城。下午与诸君移榻第三进，分住两房。夜，吴淮甫来同席。

---

① 原稿留空待补，今以方框代之。按同治三年至六年徐璞玉知金堂县，同治八年叶用霖署金堂县，同治七年不详。

十四日(5月6日) 晴,夜雨。终日无事,灯下起稿一件。葆棠托淮甫荐一仆来。三鼓后将睡,葆翁又来,就枕已四更矣。

望日(5月7日) 晴和。辰刻方伯接印,礼毕,午刻回公馆,同人衣冠往贺。与堃翁各起到任折稿一扣。仲会来夜饭,二更许去。

十六日(5月8日) 阴。接芝函二月十九日由浙省递到一信,知已卸龙头场篆,回省时将返山一行,内附三弟二月初二日兰溪信,悉家中大小均好,四弟曾有信来,馆况尚可,顺弟初次应试,心中稍慰。起各府厅州县通稿四件。

十七日(5月9日) 晴。写正折稿一扣。钱席张建侯、德泰。书席孙鸥舫湛进馆,建侯阳湖人,鸥舫山阴人,皆生长四川,未履乡土者。夜写致宋咏周信,为鲍子事,交葆棠附寄。伯翁来谭,至子正睡。

十八日(5月10日) 阴,燥热。写四弟信,述入川近状,嘱致力学问,托葆棠发马封递山西学幕,初到匆匆,未曾细述。缮正折稿自存。

十九日(5月11日) 早晨细雨即止。阅家藏手卷中黄勉之省曾五律十二首,酷类徐、庾。夜,伯翁来谭,同人俱四更后睡。是日葆棠进署开库,有戏。

二十日(5月12日) 阴晴参半。读《忠雅堂诗》。有暇,偶临何义门先生字迹一过。葆棠生日,午后始知,未往祝。夜,张建侯携越酒来同饮,与堃翁诸君痛谭时务。黄昏雷雨大作。

廿一日(5月13日) 阴,北风,气候甚凉,与前数日大不相同。缮存奏稿二扣。仲会来夜饭,为写折扇一柄。葆翁述方伯意,书启二席,每席节礼向有六七百金,新延孙鸥舫得一分,其一分欲分二百与馥之。

廿二日(5月14日) 晴。早起部署书簏。午正同堃、选、端进署,署中房屋颇大,共堂五进。大堂不开正门,从旁出入,二堂东偏一花厅,西偏一库,三堂东为签押房,西为帐房,四堂为上房,五堂有楼,仙人所居,空之,三堂之东有花厅、有书房,下房凡数落,三堂之西有花园，今住防剿局委员，有书房数落，署中屋皆旧，不甚修整。堃、端、选三人住三堂之东厢，予住三堂之西偏，小屋三间，一为卧房，并安几席，一为起居之所，其后一小间住仆人，院落虽小，亦颇幽静。库席兼办防局文案孙少甫汝锜，湖州人。到馆，夜同席。进署三日，皆县中供应。夜睡稍早，有雨。

廿三日(5月15日) 晴。孙少甫来。拜防局委员顾幼耕复初，同乡，能诗，芝函老友。少尹，并拜少甫。仲会来，借去梁芗林相国行书帖一册。是日请端翁定向移床，屋中几席粗备。

廿四日(5月16日) 晴。少甫学生王柏年来。幼耕来，送诗文词稿四本。写三弟信，劝集勋辞局差，自叙入川近状，买地定亲等话，计三纸，递兰溪县。写润弟信，说寄银目下先为接应，冬办葬事，并三、四弟亲事，阿昆许字及与稚枚结亲事，并写信面底，计五纸，递用头司。适接四弟三月十二由太原递来一信，述学幕中有溧阳彭心梅，极好金石；去冬河防疏懈，捻匪窜入平阳、蒲州一带，时张学使按临汾州，颇有惊惶，近已平靖，将出棚按试辽、沁、潞、泽、平定州等处，复增数语封发。夜，为葆棠起稿二。小有头晕。

廿五日(5月17日) 晴。借葆钱三千，还清端、选一千三百文。云贵督张月卿制军凯嵩准开缺，起禀稿一；又起川北道包炜复稿，夜睡甚迟。是日署中自起火食，余至帐房饭，地相近也。读幼耕《乐馀静廉斋诗文词稿》，中有见道语，非率尔操觚者，客中得此好友，可结一重文字缘矣。

廿六日(5月18日) 晴，夜雨。阅邸钞，张制军系革职，重改昨稿发缮，又复稿二。夔臣生日，夜小饮。傍晚园中独步一游，深昏同人来谭，适稚枚三月十三日嘉兴府书到，有七古二首，七律一首，又附沈子坚《述哀诗》六章，挑灯共读，既得乡音，又吟佳句，亦一快事也。日间读《乐馀静廉斋诗》。

廿七日(5月19日) 阴雨。是日为先君忌日，斋居不出。终日阅幼耕诗文，觉其诣力颇深，迥非时流所及，盖亦有道行者也。夜，堃、端来谭。

廿八日(5月20日)　晴。稿一。阅幼耕词及古文略毕,自评词第一,我谓不如诗。饭后至防剿局谭,并以诗文稿三册及芝函诗文一册就正。补作《万县邑中诗》数首。

廿九日(5月21日)　晴。改定《万县邑中》诗稿。夜又作《见覆舟》七古一首,笔畅而不敛。阅李太白诗。

闰月朔日(5月22日)　晴。早起为鸥舫写扇,录泊石钟山七古一首。方伯衣冠见过,即送帖谢步。饭后至鸥舫、建侯处。下午幼耕来谭。送方伯诗文词稿四册,为转呈稿二。阅李太白诗。夜睡稍早。四更许大雨,至旦方息。库厅曹星涛和瀚,新建。来拜。

初二日(5月23日)　晴。稿二。阅昌黎诗,录《城南联句》《南山诗》《赠崔立之》三篇注释,头绪始清。会试题:"畏大人"二句,"君子未有不如此"二句,"以余观于夫子"二句,诗"千林嫩叶始藏莺,得藏字"。与仲会借夏布袍褂。夜读韩、苏文数篇。

初三日(5月24日)　晴。稿二。读《左传》数篇。阅昌黎诗。注圈会试场作,是旗人,笔尚清腴,可望中也。同乡亢生甫如墉来,家居吴县署前,一足因坠而跛,现防剿局办报销,即住局中。

初四日(5月25日)　阴,小雨,天气骤冷,可穿薄棉,与前数日大异。拜亢生甫,并送各局员十一人片。饭后拜仲会,走马街吴淮甫,萧香泉观察公馆,照厅章雅瀛,从煦,绍兴人。库厅曹星涛,经厅吴雨岑,培益,河南固始。并读其少君会试场作。张建侯来邀小饮,抵暮赴其招,与葆棠三人同酌重庆六年陈酒。回,读昌黎诗,又与堃纵谭,睡四更矣。

初五日(5月26日)　阴,更冷。拟书院文、诗题各三。午后同伯平至东买物,货低价贵,多不合意,且街巷悉是市肆,并无顿足之所,城中景物如此,无可游览也。抵暮起稿一。人有倦意,早睡。

初六日(5月27日)　阴,薄暮雨,夜大。为川途受险,舟中许愿,今日在本署萧曹祠演戏一台酬神,奉许真君、叶真人、川主、河神、江神位，焚香顶礼，并请吴淮甫、马慕尧、瞻云。曹星涛、孙少甫、张建侯、孙鸥舫观剧，早面三席，夜便饭二席，约用钱卅千，八人分派，予与选翁在制，未曾观场。面后至学院街，买书四部，又至鼓楼街看骨董而归。夜，仲会宿署。顾幼耕来谭，论古今治乱之由，识见颇老。是日方伯考书院。

初七日(5月28日) 晴。稿四。为鸥舫重写扇，稍稍学绍京书。北窗后设一案，嵌以玻璃，与卧榻相连，起居颇适。至花园一行。夜，略翻太白诗读之，睡已丑初矣。吴雨岑来。

初八日(5月29日) 晴。稿一。七圣祠演剧，太太酬神也，送对，请鸥舫令兄琴泉廉访书。防局韩孟传、道源，上元人。何继洤树森，镇江人。来。幼耕来，见示和唐鄂生太守诗。夜，建侯斋中畅饮，睡已丑正矣。

初九日(5月30日) 晴，夜狂风发屋。稿一。借葆手钱三千。取书四部，计九百八十文。幼耕来谭诗词，并有阐发儒书之语，于斯道颇有见地，非口头禅也。

初十日(5月31日) 晴，夜月佳。起滇抚岑、黔抚曾、皖抚吴、滇藩宋、甘藩林、之望，号远村。陕藩林寿园，号颖叔。六稿，又皖抚吴另单。读《史记》数篇。

十一日(6月1日) 晴。体倦，天气闷热故也。稿一。买扣洋布丈四尺五寸，每尺百十三文，做长衫套裤，又做元青夹大襟褂。读汉三国文数篇，悟前时误解者一二处。鸥舫来谭。

十二日(6月2日) 晴，更闷。读韩柳文数篇。体疲。阅报，悉吴县广额一次，一百五名，本年江苏进士廿四名。供栀子花数朵，花气扑鼻。夜，三堂玩月。

十三日(6月3日) 阴，稍爽。稿一。读欧、曾文数篇，唐人文数篇。夜，建侯来谭。接三弟二月廿七日信，家中均好，云四弟有信，明岁可有科，家乡三月望边院试，馀无甚事。

十四日(6月4日) 晴。稿一。读《国策》数篇，《冯驩弹铗》一首绝妙。堃臣、伯平来谭,并同至花园一游。夜,洗足换衣。读船山诗数十首。

望日(6月5日) 晴。孙琴泉方伯书联,即付翰香阁装也。南昌得一端砚,属工配红豆木底盖,计钱一百六十文。将郭兰石及颂阁对挂壁。下午至幼耕处谭。夜,端甫招饮。读老苏文。

十六日(6月6日) 黎明雷雨颇大,午刻止。读大苏文。阅书院超等三十卷,为拟批十五卷。晚,张建翁邀饮,鳝鱼颇得乡味,葆棠添双鲤亦佳,小醉归,即睡。选翁来,已入黑甜矣。

十七日(6月7日) 阴。糊凉布,扫院中瓦土,眼界一净。阅《岣嵝杂著》[①],文用意尚奇而不轨于正,颇近小说者流。夜读《国语》数篇,《敬姜论劳逸》最有至理,因思班倢伃辨诅"守正尚未蒙福,为邪更欲何望",俱是千古贤妇。定明日为始,须早起,先用临池功,不然无专攻之业,将何以自立耶?

十八日(6月8日) 晴。稿一。起特早,觉有清气。临义门字一过。方伯请署中诸同人燕菜,满汉两席,约三十馀金,同集十二人,小有醉意。堃、选来谭。院中种凤仙、海棠、老少年数十本。

十九日(6月9日) 晴。起更早。临字。稿二。读《乐馀静廉斋诗》。夜作《常山道中》五律一首,《入峡》七律二首,又改定《万县邑中》七绝数首,录出欲寄芝函、稚枚。夜睡甚迟。是日热甚,赤膊坐窗下,四更许雨颇大。

二十日(6月10日) 雨,辰刻止,阴凉。身子甚疲,昨夜露坐更深之故。鸥舫示七古一首,并邀游骆公祠,适当道在内宴客不果,因至各花园一观。幼耕来,未晤,评诗文稿三本,并《味道堂诗文稿》见还,并示徐公可同善《小南海诗钞》二本。见会试题名,吴清卿大澂、冯中之芳缉、皇甫小轩治、刘叔涛廷枚、洪文卿钧皆成进士,是科江苏中廿四人,共二百七十二名。终日穿夹马褂戴帽。三堂搭凉棚。

---

① 当指旷敏本《岣嵝文草杂著》一书,清乾隆四十七年有刊版。

廿一日(6月11日) 晴。孙少翁眷属进署,道喜。选、端两君移榻五堂。稿二。鸥翁来谭诗,携去《后浙游草》《蜀游草》两本,《后浙游草》,幼耕所赏者甚多。夜阅《武缙绅》,将川省营汛开清一单。种蕉前后各二本。

廿二日(6月12日) 黎明大雨,不能寐,起观新种蕉,可望活矣。稿一。饭后气体委顿,骨节作酸,至堃、鸥两处谭。夜,冒雨至鸥舫斋中听诸君度曲,堃翁新得《纳书楹》,一试之也。雷雨大作,风狂,通夕不休,子正就枕,心摇摇恐屋之压,虽属杞忧,然瓦飞如雨,托宇下者盖亦危矣。

廿三日(6月13日) 巳刻雨止,可穿薄棉。稿二。写诗数纸,连前所书共十二纸,计三十九首,又写稚枚信、芝函信,递嘉兴,又写三弟信,递兰溪县。幼耕、生甫来谭。

廿四日(6月14日) 阴。封信两函,托葆棠递。为方伯和朴山将军原韵诗七律一首。写荫臣纨扇一角。稿二。夜,方伯邀陪闵西塘,同集七人,西塘自江津请来办升迁事件,名曰秩席,乌程人,因有家眷、学徒,葆来商让屋与伊。

廿五日(6月15日) 阴。读《左传》数篇,《子产论尹何为邑》一篇最妙。幼耕来谭,示史叔平观察致康六十寿序散文一篇,笔格颇高。葆棠交夔府节礼八两来,并与借银七十两,缓日寄家用。夜接四月初三日太湖厅马封递来信一总函,计三叔五纸,二弟一纸,润弟一纸,如叔母一纸,悉家中均好,惟浩川姑丈在贵州张军门营内,去年十月三十日病故,为冒籍乡试而往,功名之心如此其热,乃一生奔走四方,竟以客死,哀哉。答拜闵西塘,八人同去。

廿六日(6月16日) 阴。稿四。悉洪文卿已得状头,可谓有志竟成,犹忆戊午、己未、辛酉、壬戌、甲子五次同应北闱,旅馆栖迟,同悲毷氉,而甲子南闱捷后,四年之间成败迥殊,为文卿喜,又自伤老大矣。夜,建侯招同葆棠饮,糟蛋颇有异味。署中请各司道。

廿七日(6月17日) 午刻晴。起节稿七件。闵西塘来,知在蜀就刑名已三世矣。阅《随园古文》。为䉲之改寿联,重改《和将军诗》二句,因其少君嵩申殿试三甲,前诗胪传云云,不切故也。

廿八日(6月18日) 阴,微雨,凉。移榻三堂东厢,计房两间,内间安床,设写字桌,外间设书案,并布几席,两面有窗,糊以凉布,尚亮快,旧所居归西塘矣。夜,葆棠邀至建侯斋中饮,鸥舫又来谭。

廿九日(6月19日) 阴。稿三。方伯来谭。天气渐凉。夜,作《挽浩川姑丈》七律四首,心苦词悲,吟至四更后方就枕,几不成寐,雨声尚淅淅也。

五月朔日(6月20日) 阴雨。稿三。写润泉信未毕。傍晚仲会来,至二更后去。同人又谭至三更后方睡。

初二日(6月21日) 阴,细雨。稿一。至花园看古榴,又至西塘斋。写育泉公、澹如叔信,并录《挽浩川姑丈》诗,略改数字。

初三日(6月22日) 阴,午刻日出。稿一。写润泉信毕,又录浩川姑夫挽诗二分,封就寄上海恒义豆行,并库纹七十两,又写润泉信二纸,同育、澹信封就,寄汉口金庭公店,均交葆棠托新泰厚票号寄去。夜选、端诸君来谭。先付陈升小礼五分,计二两。

初四日(6月23日) 阴。鸥翁送角黍一盒。兑节礼代仪共八两,合钱十一千六百八十文,赏陈升一千,各管家四千五百文,外二千四百文,还成衣一千二百文,黍力二百文,馀二千三百八十文。夜,堃翁嘱写纨扇三柄,葆翁等又来谭,睡将五更矣。

端阳(6月24日) 晴。早起稍迟,方伯枉顾即去。答拜诸同事,俱往来拜节。吴淮甫来,送帖答贺,并萧香翁、防局顾幼耕四位送片去。孙琴翁帖贺。仲会来,二更后去。早粽、蛋,夜一品锅,八人同饮。洗脚早睡。

初六日(6月25日) 阴。未刻同孙鸥翁至会府街骨董铺、书肆一观,买《船山墨刻》一种,百五十文,《诗经》一部,二百五十文。是日共收到八两节礼二分,四两节礼二十分。昨建翁移去五十二金。多食角黍,饭减。

初七日(6月26日)　晴。稿六。至幼耕处谭。葆棠至新泰厚饮，为予带家信，托寄汇银七十两，计费二两四钱，夜携祝关帝诞知单来，嘱书公分。

初八日(6月27日)　阴。稿六。夜，堃臣斋中同人度曲，烧辟蚊香颇难闻。买夏布两匹，做长衫二，短衫一，裤二，套裤二，用银四两。

初九日(6月28日)　阴。稿二。移中间炕床至斋中。幼耕来谭。葆邀至建侯斋中饮至醉。左眼角红。

初十日(6月29日)　晴。稿三。买宣纸二张，计价银四钱。昨醉未醒，终日昏昏多睡。方伯三堂设席，集同人饮，鱼翅二席，共十四人，不敢多饮，恐病酒也。

十一日(6月30日)　晴。正晒被褥。稿四。核用数，自去冬日兰溪动身，至今端节，计用银二十六两，番饼二十六元，钱十八千矣，虽未浪费，款亦巨也。

十二日(7月1日)　阴，下午雨。是日同人醵分预祝关帝生日，在七圣祠演戏一天，叫两班子，早面二席，夜鱼翅二席，皆设建侯房，同人欢饮，仲会宿署。欲与选臣游草堂寺，饭迟不果。

十三日(7月2日)　阴。稿一。写《图画名意》二纸。夜，同人来谭，选翁忽腹痛欲吐，少顷予欲如厕，旋腹痛作泻，先睡，比上床，则肠痛如绞，呻吟达旦，一夜泻六次，委顿失常，至黎明始唤陈升买藿香丸治之，又是蜜丸，只半服而不敢多也。夜雨大。夜接四弟四月廿九日沁州信[1]。

十四日(7月3日)　雨。请端翁开方，服药一剂，用卷朴、木香等，是正气散加减，服痛及泻，天明时即止，然腹中尚有滞结未清，终日粥两次，无他入口也。

望日(7月4日)　阴。三首领请酒，因病辞，赴者张、闵、孙少甫

---

① 此句原补于天头，今移入正文。

三君,同人亦皆未去。终日静养,同人俱顾问,即请端翁重开汤药四味,云肝经未平,腹中仍未肃清,终日仍啖粥,不欲饭。

十六日(7月5日) 阴。早起出恭,腹中较清。方伯令嫒生日,帖贺。五堂早饭,初至选、端、篴、荫书斋,与荫借《灵飞经》一册观之。是日饭两餐,每碗许。堃仆王纪回江西。日出,傍晚雨意。

十七日(7月6日) 晴。早起细雨如雾。稿二。至建、鸥斋,下午至鸥斋,遇建,夜至建斋,遇鸥,适葆亦在,谭至二更后回,即睡。是日起立零用账。

十八日(7月7日) 晴。录正《泊石钟》《挽浩川姑丈》《苏翁祠》《鸟飞无定翼》《晤徐殿撰》《滕王阁》《黄鹤楼》《沔阳道中》诗寄四弟。是日气体如常。夜,检旧摘各纸读之。

十九日(7月8日) 早雨。写四弟信四纸,并录阙注二纸,同昨写诗封就,交葆翁发马封递山西学幕。稿三件。午刻闷热,下午大风,继之以雨,又凉。食鲜荔支、蚝油。夜检旧摘条件,并各稿归类。

二十日(7月9日) 晴。起稍迟。写《灵飞经》,读《书经·禹贡注》。下午至鸥斋谭。稿二件。

廿一日(7月10日) 晴。未刻葆棠持《蒋太恭人节略》来,请为方伯作六旬寿序,先构局段,约作半篇。

廿二日(7月11日) 晴。作寿序粗毕,初稿须加修削。下午幼耕来谭,以宣纸一张请作两图。枕上复改寿稿。

廿三日(7月12日) 阴,稍凉。改定寿序,落稿付缮,约千言,笔致尚敷畅,无足重也。随读石笥诗,觉高绝矣。

廿四日(7月13日) 早雨,大凉。读石笥记、书事及诗。读《内则》,细考八珍,却甚寻常,可见古人不极口腹之欲也。邀幼耕,商写寿屏事。

廿五日(7月14日) 昨五更大雨如倾盆,至天明不止,不能成寐,至巳刻方少止,未几又雨。是日昏昏欲睡,昨宵不静故也。灯下阅《杂记》,得“褒衣”确典。又得桃源洞黄道真事。建侯斋谭。又粥。

廿六日(7月15日) 晴。为葆棠排定寿文十二幅,每幅五行,每行二十四字。建侯斋各携肴馔,五人畅饮。仲会来。下午雨。闻外间时症甚多。

廿七日(7月16日) 雨。读《礼记》几篇。夜,同人鸥舫斋谈。借来刘止塘所评古文一本,与余意见相合者颇多。还十二日演戏公分银四两。

廿八日(7月17日) 早雨,巳刻日出。筋骨不舒,精神欠爽,细读《伯夷》《游侠》两列传,日间多睡,夜眠亦早。

廿九日(7月18日) 阴,下午放晴。读《哀江南》《小园》两赋。买晚香玉、江西藾插花瓶。身仍倦怠。夜端、荫诸人来谭,睡少迟。

晦日(7月19日) 晴,略似夏天。葆棠嘱写寿屏。试笔一日,堃翁八羊二紫大可用。是日因热而健。

六月朔日(7月20日) 午刻雨,又凉,蜀人云"一雨便成秋"也。接文茂信局交来一信,是四月初二自苏发,与闰四月廿五日接到由马封同时所发一信言同,而局中苏川信力八百文,转比马递迟到三十二天,以后寄信当由马递为快。写大字试笔,终觉力弱。

初二日(7月21日) 晴。为葆棠写寿屏,申刻动笔,写叁张,字方二寸七分,用郭兰石笔意书之,尚惬意。

初三日(7月22日) 晴。写寿屏七张。夜至建侯斋听同人度曲。服附子理中丸,自初一起,似有效,每日二钱。

初四日(7月23日) 晴,夜雨。写屏两张,午刻毕,共十二幅,每幅五行,每行连三抬头廿四字,除空格共一千五十字,上下款六十一字,序文实九百八十九字,即付文华阁杨姓装潢。幼耕来,画就《海轮待旭图》,亦付裱工。夜,建侯所度曲。书对三幅,以试笔力。

初五日(7月24日) 阴,夜雷雨。人稍倦。葆翁烧鸭粉肉,邀至建翁斋中饮。阅恒容斋保《洗马池图》。

初六日(7月25日) 阴,风凉。仲会来。阅《题名》,知清卿、叔涛、小轩、吴宝恕,即子实。及郑芝岩嵩龄、张清元俱入词林。幼耕来,

《听雪图》云亦绘就,俱有诗。夜雷雨大作,如万马奔腾。

初七日(7月26日) 雨,申刻日出,早穿棉褂。作《洗马池图》七律一首,代方伯题恒容斋保画。是日临义门字,独多觉其用笔之秀挺,盖不可及也。幼耕送来《待旭》《听雪》二图诗,五言长歌一首,七律二首,读未竟,又接芝函闰月廿一日由杭州递到一书,备详一切,时适霁月当楹,瓶花送馥,细意揣寻,心中为之一快,幼耕诗甚有古致,字亦苍浑。

初八日(7月27日) 晴,夜又雨。中间瓦漏,移桌至凉棚下晚饭,似都中夏日景。欲作酬幼耕题画诗,未成。

初九日(7月28日) 晴。稿四件。下午至花园与幼耕谭,《听雪图》及《待旭图》五古诗付文华阁装池。痔发。

初十日(7月29日) 晴热,赤膊,夜睡用席,略似伏天。至五堂看寿屏,觉结字多未稳。夜读太白《峨眉山月歌》。

十一日(7月30日) 阴,下午雨,天气又凉。临《皇甫君碑》半部,笔法结体大半相合。夜建侯斋谭。

十二日(7月31日) 雨。临《皇甫》一过毕。阅方伯珍藏黄山谷真迹,觉于柳诚悬《玄秘塔》,得其神理,笔笔入彀,愈离愈近,盖神肖也,此卷本宋牧仲尚书家物;童二树钰梅花长卷有七言诗,书极秀挺;赵千里伯驹人物长卷,工细入妙;范文正公墨迹卷子,笔法秀硬;陈老莲鸿绶荷花鹭鸶长卷,鸳鸯、鸂鶒,凡画水禽百馀,池中石皆钩金;小米烟雨溪山卷,的是真迹,皆可宝也。夜,同人醵饮建侯斋中,同集伯平、堃臣、选臣、端甫、韄之、葆棠、荫臣、鸥舫及予与建侯,皆署内,并库厅曹星涛共十一人,肴十四,鸥四,建四,予与葆四,端二,酣呼畅饮,客中一乐。夜雨。陈升以母病回去。

十三日(8月1日) 雨。阅仁和张埴甫埏《息影偶录》。伯平为予镌"曲部尚书致仕"及"爰杉入峡以后作"两印。早睡。

十四日(8月2日) 阴雨。数日痔疮颇剧,日洗两次,卧观闲书,精力觉疲。夜建侯来谭。阅《息影偶谈》。

望日(8月3日) 阴,日出,雨,顷刻数变。鸥舫斋中谈。稿一。阅《古文摭逸》,颇有未见作。夜啖薄饼。

十六日(8月4日) 晴雨,数变。作赠幼耕诗,未就。和葆七律一首,慰其子殇。闻外间疫症转甚。

十七日(8月5日) 晴,大热,穿夏布裤,傍晚阴风,旋雨,凉。防剿清查局委员廿五人公请,书柬辞之。为方伯作《岳忠武书跋》,摘存《宋史》本传十之三;又抄得罗汝楫子愿守鄂州,入庙即死,事亦奇也。

十八日(8月6日) 晴,似伏天,是日甲子金奎。方伯持《忠雅堂》诗、文集各一部嘱校。起新督吴卅行禀稿。痔较好。

十九日(8月7日) 晴,立秋,热,申刻又大雨。葆棠病。阅《忠雅堂文集》。托鸥换银十三两七钱八分,价一千六百文。夜建处谭。

二十日(8月8日) 晴热。是日未雨。陈升母死,付银八两去殓。幼耕来,又面邀饮,写来诗一纸。阅《忠雅堂文》。葆棠愈。

廿一日(8月9日) 阴,小雨。作《江西万寿宫劝捐小启》。幼耕又遣使邀饮,以痔疮未平,体疲,作字托建翁缴帖,去者署中只建一人而已,归后来谭。

廿二日(8月10日) 晴。甚疲,不知何故。陈升来。鸥送《古文摭逸》,观之颇有未见者。试五色笔。将校《忠雅堂诗》。至鸥斋谭,因不爽先归睡。

廿三日(8月11日) 晴。用油纸印字。为伯平题册页签。临字颇多。夜用柏枝熏蚊,棚下坐谭,欲雨进屋。

廿四日(8月12日) 早雨旋晴,黄昏又雨。方伯将《忠雅堂墨稿》嘱校,其中未刻诗尚多。葆棠邀五堂饮,酒罢度曲。

廿五日(8月13日) 阴,风凉。方伯来谭。校诗集自卷四甲戌起至卷五。夜至三更后方睡,不能成寐。

廿六日(8月14日) 终日雨,有风,如深秋,可穿棉马挂[①]。人

---

① 马挂:即马褂。

不适意,思乱故也。校诗卷五毕,并将各家评语圈点照录自留,丹黄耀目,可作珍本也。夜端来谭医理,觉其道甚深,不易穷也。

廿七日(8月15日) 阴雨,凉甚。稿一。录《忠雅堂》诗评。身仍不爽。萧芗翁之妾死,闻亦时疫得病,仅周时也。

廿八日(8月16日) 雨,傍晚止。写润弟信二,三叔、寿儿信各一,芝函信二,稚枚信一,四弟信一,共八函,计二十七纸,每纸约二百馀言,终日方毕。夜鸥斋谭。仍不甚适。

廿九日(8月17日) 晴。晾被褥,洗枕衣,剃头,稍觉爽快,但穿小衫。封好稚、芝、润信三件,递嘉府,润、三叔、寿儿、芝函信递用头司,四弟信递山西,托葆翁明日发。

七月朔日(8月18日) 晴。日食,至大堂看救护。校《忠雅堂诗》。还清葆翁钱款。夜,建侯所谭。

初二日(8月19日) 阴。服正气丸。校诗。琴翁单幅画蟹,幼耕多图皆裱就,悬之壁间。终不甚适。

初三日(8月20日) 雨。校诗。下午晴。幼耕来,见示《祝朴山将军制府大人文武一品夫人觉罗夫人五旬寿辰排律五十韵诗》,略为改易十数处,自署属吏顾某拜稿,盖亦脱常款而为之也。夜,葆棠示新得剑二,云昨夜先有梦兆,事亦奇矣。

初四日(8月21日) 雨,下午日出。至幼耕处谭。还诗稿一纸,为斟酌十数处。校诗。是日身子平复适意。

初五日(8月22日) 雨,下午晴。校诗,自初一起,毕庚辰至癸未四年一册,附《簪笔集》一卷。适意。夜,建所谭。

初六日(8月23日) 阴,风。写油纸字二。是日校诗停一天。鸥舫斋蒸糕。下午晴。身健。

初七日(8月24日) 阴,有时晴。重录吴制军稿。校《忠雅诗》。生甫来。阅王僧虔《诫子书》、任昉《弹刘整文》,涩滞难读。

初八日(8月25日) 晴。校诗。买茶数种,煎而试之,佳者绝少。夜,建斋谭蜀中山水之胜。

初九日(8月26日) 晴,稍热。稿二。校诗。阅幼耕文。适方伯来谭,既去。建侯、葆棠先后来,试茗。黄昏雨。

初十日(8月27日) 阴。将早饭,忽腹痛,旋服霍香正气丸,以睡为将息。阅《古文摭逸》。夜雨。

十一日(8月28日) 雨,下午日出。校诗。夜,建所食月饼。

十二日(8月29日) 雨。太后万寿。校诗。剞劂氏已移入署中七圣祠,明日动手翻刻。下午阴。

十三日(8月30日) 早雨,下午晴。校诗。起新制军吴送宪纲红批禀稿。观山舟先生楷书蒋适园公、心馀先生、钟安人、修隅公墓志四本,笔势坚密,沉着可宝,高爽泉书实从此胎息,首有手简,简尾有瓯北跋,亦可喜。是日方伯家祭。夜小饮。灯下复观山舟书。

十四日(8月31日) 晴燥,晒衣服。用油纸摹山舟书二叶。建翁、葆翁来谭,食月饼,方伯亦至,谭至抵暮。仲会来。夜,月色甚佳,录正禀稿二件。睡仍用席。

中元(9月1日) 雨。摹山舟书七叶,手腕告疲。夜接稚枚五月十五日嘉兴递来诗信,芝函五月十九、廿五日杭州递来两函,并论诗一纸,芝于六月初赴台州杜渎场任,安之得茶捐差。稿二,皆西藏复件。去席。

十六日(9月2日) 雨。稿一。摹山舟书六页。夜备四肴,携酒至建侯斋,五人同饮,睡将三更。

十七日(9月3日) 雨。稿一,又改数件。摹山舟字四页。夜作和稚枚见怀七律一首,寄怀稚枚、芝函五古短歌各一首,又寄怀两人七绝二首,又写芝、稚信各一纸。睡迟。冷。

十八日(9月4日) 风雨交作,更冷,穿棉马褂,夹袄、夹裤尚不足。库戏。写润泉信一纸,又写芝论诗二纸,又执柯事一条,同封递嘉兴,诗自谓近李供奉,不知芝谓何如也。摹山舟字四页,共廿三页,计墓志四幅毕。

十九日(9月5日) 雨。为葆棠摹《适园公传》一过,计八页,即将山舟墨本一匣奉赵。至花园,又邀幼耕来谭。

二十日(9月6日) 阴。荫臣令似送百家米与银一小定,俗例也。未刻同建、鸥至会府街看骨董,买金心歙研一匣,又至上升斋定帽二,大兴斋买靴一,定鞋一,久成坐废,才行四五里,觉脚力疲矣。

廿一日(9月7日) 阴。未刻同建、鸥、葆、星涛游骆公祠,瞻文忠公小像,有老成持重之概,回又至库厅小憩,亦觉稍疲。录正《蜀游草》数首。

廿二日(9月8日) 阴。录《蜀游草》数首。伤风,身极疲软无力,恐有食滞,夜服消导药三味,夜睡不适。作赠幼耕诗。

廿三日(9月9日) 雨。是日体疲更甚,堃臣为开方,服疏散药一剂,终日食粥三次,腹中亦不爽,夜早睡。幼耕来谭,示文一篇,乐府一首,为加评点,极许可。

廿四日(9月10日) 大晴。伤风全愈,体仍不健。录《蜀游草》毕,共古今体诗三十九首,将就正幼耕。开木樨。夜,葆棠来,阅日记后,拉至建所谭,倦归,即睡。

廿五日(9月11日) 大晴。服党参补剂,稍吃饭,夜膳毕,忽肚散委顿,即睡,复起,请端翁诊。稿一,系另单。

廿六日(9月12日) 大晴,下午变。服端方,仍用党参。稿一。服药静养。略阅《左传》,细参笔法,妙不可言。接竹圃手条,知五月初汇银已到上海,但未署日,不知何日到耳,附述家中清吉。

廿七日(9月13日) 阴。晨请端翁诊,云须平肝,用肉桂八分,加北芪三钱,服之有效,饮食渐佳。阅《左传》。

廿八日(9月14日) 阴,日出。写何抚军另单。阅《左传》。服昨方有验,肝气平而饮食如常矣。

廿九日(9月15日) 阴。昨方加芡实固本,因桂、术等性皆主动,以此制之。饭后小睡,伯翁来,邀同步至会府街一游,无物可买。晚饭后服药。

八月朔日(9月16日) 细雨,阴。作《秋日杂诗》五古、短古二首。未服药。节稿三件。日间稍用心,夜睡不沉,多梦。

初二日(9 月 17 日) 雨,午刻晴。服端翁换方,用附片,去肉桂。闻北捻已平,李宫保之力也。餐饭胜常,神思较旺。

初三日(9 月 18 日) 晴。仍服附片原方。接新泰厚来六月廿二日润泉弟山字第三号信,并晓弟信,知前银于是月中旬到家,家中均好,惟砚斋表弟六月初六日竟尔物化,二老龙钟,一衿潦倒,身后事盖不可问矣,伤哉。夜,任司阍请酒,鱼翅席,九人同集大花厅,略饮一二杯,稍有头眩。建翁斋夜谭。

初四日(9 月 19 日) 天高气爽,春秋佳日。未刻与鸥翁肩舆至满城,小憩关帝庙旁君子轩,残荷数亩,小阁三层,可助诗思,后由将军府逶迤至西门,登谯楼一望,千林泼翠,万瓦排鳞,吟眺无穷,心神怡旷,先过支机石,入庙一访,云即君平卜肆故地,事之有无不足辨也,暮色苍然,流连不去,今日之游,可云乐矣,数月积闷,为之一开。服药早起,作砚斋挽诗五律四首,语颇沉痛。

初五日(9 月 20 日) 细雨,阴。早起作《游满城诗》五古三首。服原方。写正复各府同通州县局卡秋节稿四件,又璧礼另单一纸,稿是前日所起。夜,鸥斋谭。

初六日(9 月 21 日) 早雨。服原方初煎。晚,葆、建二君邀饮,肴不多而皆可口,饮十数杯,谭至二更外。

初七日(9 月 22 日) 早雨。读昌黎诗,欲效少陵作《秋兴》八首,仅得一首,腹痛思卧而止。服昨药二煎,加肉桂五分,腹酸渐好。

初八日(9 月 23 日) 早雨大,天气更凉。换方,附、桂并用,服之不见有效,身仍疲软。堃房顶篷塌。

初九日(9 月 24 日) 阴。为鸥翁书挽侄婿联,并为改定对句:"有经世才华不用呕心竟伤长吉;卒时年甚少,虽未读书,有吏才。留读书种子赖兹遗腹可慰康成。郑姓,其父尚在,卒后生一子。"颇异俗套。仲会禀到,改名嘉孟。来拜。仍服原方,觉无效。

初十日(9 月 25 日) 午刻晴。糊窗,挂棉帘。穿夹裤、棉套裤、夹袄、棉背心、马挂,睡用两被,天气如深秋。止药。日间作七律三首成,格颇苍老。夜早睡,至四更后即醒,转展达旦,枕上重改数句,思少年事犹如昨日。

十一日(9月26日) 晴,午刻阴。早起精神较旺。稿四件。葆送月饼。方伯大令似柱臣周年。将昨七律改正作二首,又改定五古二首。写稿送鸥览。

十二日(9月27日) 细雨,阴。总核端节银,还葆手代寄家库银七十两,汇费二两八钱。教匪刘仪顺及伪丞相秦崽崽解省正法。秋节礼始有到者。夜,夏伯翁烧鸭鱼片。雨。

十三日(9月28日) 午刻日出,夜有月。阅《类书纂要》。身健。夜,蒸鸭、虾仁请诸君,选翁言端翁今日生辰,又至五堂小酌,荫臣为端翁称祝也。

十四日(9月29日) 晴。早,五堂端翁邀吃寿面。写正诗数首,上《蜀游草》。赏节共钱十千七百文,成衣三千。

中秋(9月30日) 早雨,渐止。署中各处贺节。仲会、淮甫到。生甫来,去答不值,并留顾、何片,萧公馆、孙宅、三厅送片。日间阴,与堃翁谭旧事,无甚意兴。夜小酌。黄昏又雨。换季用领。

十六日(10月1日) 阴雨。稿三件。无甚意兴。阅《摭逸》。夜,方伯请闵、张、孙及鸥翁。

十七日(10月2日) 阴雨,夜,月色甚佳。堃翁鱼羊肉鸭掌早面。稿一。分节礼十三分,计银六十两,与矱之。夜如厕。建翁邀谭,并赠佛手一盆。服消导药。

十八日(10月3日) 大晴,天气渐寒,穿夹裤、棉套裤,行棉袄、棉背心、马挂、棉袜。请端翁诊脉,仍服芪参附桂方,去熟地、归身、白芍补阴等药。夜睡颇美,有月。

十九日(10月4日) 雨,阴。稿三件。仍服昨方一剂。作小札,送还建翁佛手,仍以见赠。

二十日(10月5日) 阴,更冷,须穿棉袍。早起伤风,出于不觉，终日咳嗽清涕，仍服药。夜，董选翁蒸鸡、酥肉邀饮，因醉未服二煎，夜睡不帖。

廿一日(10月6日) 晴。服昨药二煎。阅《古文摭逸》。新做蓝洋布军机袿。置棉被一床，棉花五斤十二两，每斤银三钱，合钱四百八十文，可谓贵矣。夜，建侯所谈。

廿二日(10月7日) 阴。阅《古文摭逸》。服药一剂，泰山堂立折。稿一。伤风已好。夜，籛之炒肚、酥鸭、栗鸡、果羹，小饮。

廿三日(10月8日) 阴。阅《古文摭逸》二本毕。夜建侯邀饮，同集署中十五人，二席，酒肴俱极精美，主人醉吐，予亦醉饱过度，早睡，夜起如厕，四更许不寐至旦。

廿四日(10月9日) 早阴，午刻淡日，下午晴。黎明起，宿醒未解，肩舆出东门，与建、鸥二君三人坐扁舟泛锦江，时水落，浅不过尺许，砂石齿齿，自东而南过万里桥，又西至青羊宫上岸，步入草堂寺，时葆翁等十数人已先到，盖舟行不及舆马速也。寺不及游目，草堂在寺西偏，门榜曰“杜公祠”。入门绿竹万竿夹径，径曲而幽，步其中间，如入仙境，遂登诗史堂小憩。堂三楹，甚轩敞，茶话片刻，谒少陵神龛，中坐塑像，东偏一龛祀放翁，有碑石刻像。龛上何子贞学使撰对云：“锦里春风公占却，草堂人日我归来。”盖以何水部自比。堂前有杨蓉裳增祀放翁碑，文甚古雅。堂之东为晨光阁，西恰受航，深而狭，两边开窗，式如舟。少北而西一亭，新建曹方伯六兴所建，榜署“草亭”，亭高可眺，四围水竹，由恰受航折而南为水槛。临流观鱼，投饼饵池中，则金背鱼大尺许，争浮水面，唼唼有声，间有甲族来争食，可得物外趣。再南为春水舍，舍之东为竹斋，与诗史堂相连。堂之外有花树，有桥，桥之外为门庭，亦三楹，甚轩敞。堂之东有平台一，其西有屋三楹，皆可坐，门外可望浣花溪、百花潭。草堂之胜，在水竹颇有野趣，然四望无山，并无大奇。天下村庄野树类此者无虑万亿，而此一席地竟以杜陵得名，所谓地以人传也。是日葆翁为主人，同集十六人，分两席，席设竹斋，菜系酒馆包办，却无习气，美不胜收，蟹粉、鱼翅尤为杰出,畅饮至申刻方罢。重至祠堂、草亭一行,同人始散,予仍与建翁、鸥翁泛舟而归,回署已上灯矣。此游为入蜀第一快事,当纪以诗。

廿五日(10月10日) 阴,晴。阅《古文摭逸》"阴符""内经""握奇"等篇。天气稍觉暖,夜去一被,日去一马挂。稿二。

廿六日(10月11日) 阴。补卧房顶篷,外间换布帘。鸥翁有《游草堂》七言古一首。服药头煎。阅《古文摭逸》。

廿七日(10月12日) 雨,阴。阅《古文摭逸》毕,篇为断句,尚有奥者未尽当也。服药二煎。稿二。

廿八日(10月13日) 阴,雨。稿四件。买《容斋随笔》一部,去银四两。夜和鸥舫《游草堂诗》,后半颇有感慨,改定已三鼓矣。服药一剂。

廿九日(10月14日) 阴雨,更冷,穿棉袄棉裤。见鞠花。写昨诗,与鸥翁、葆翁。服药一剂。夜,端翁栗鸡肚丝四菜集饮,建侯斋谭。睡用新棉被。稿二件。

晦日(10月15日) 阴。服药一剂。阅堃和韵七古并与论诗。稿五,内舒端翁令兄一函,笔颇韶秀宛转。方伯夜间来谭。

九月朔日(10月16日) 雨久,今日喜得大晴,欲与鸥翁游武侯祠不果,未刻同选翁至东边闲步,见天涯石,又至校场、县城隍庙,并到花园两家,买菊花八盆而归。稿四,夜又为葆棠起一稿。

初二日(10月17日) 雨。稿八件。斋中鞠花满几,颇自可人。葆翁送林禽、樱桃蜜饯,其味甚佳。夜阅报。

初三日(10月18日) 阴,午晴,黄昏雨。鸥舫送菊十朋,以其多也,分赠同人。写诗二纸,送建、鸥二君。稿二,又缮三件,皆发江西。至局与幼耕谭,并以《入蜀草》请定。查各省督抚。

初四日(10月19日) 巳刻大雨倾盆,午后黄昏又大雨。夜临梁米札[1]。稿二。

初五日(10月20日) 阴。临米札。易石生大令崇阶送舆地图一张,颇清晰。接四弟八月初一日太原信,云是月初三出棚试蒲州,第一、第二号川信、正月南昌信均于七月上中旬到晋。仲会来。

初六日(10月21日) 晴。稿一。饭后至督署前、学署前看各书,又绕道至会府街,在天申公买《子史精华》一部四十八本,计银五两,又大板《纲鉴易知录》一部四十本,计银三两,顺道而归。闵西翁邀饮,两席,主客十四人。席间,曹星翁带到三弟六月廿四日兰溪信,知仍在局。席散至建所谈,有笔墨,遂回。吴制军到。

初七日(10月22日) 阴,夜小雨。阅《鉴》,临米札。夜鸥翁处谭。核出入账,欲作家书寄银至申。

初八日(10月23日) 阴。送到《易知录》并回银一两二钱,其《子史精华》因板漫漶未买。临米札一过。

重阳日(10月24日) 阴。稿二。饭后同端、选、堃三君肩舆至蜀王旧城,今为贡院,外有桥三,门洞内堂宇颇宏敞,号舍尚坚,四处游遍,乃登明远楼,凡三层,第一层梯不易陟,至其上四望,城中毕露,城外山亦隐隐若接,郡城无山,此楼可作登高也。夜建侯处谭,同人咸集度曲。

初十日(10月25日) 阴。稿一。为仲会代撰挽联送去。校《忠雅堂诗》,未数页,旋阅《四川通志》,检查错误。

十一日(10月26日) 阴,小雨。鞠花供斋中十日,叶有枯色,乃置庭前。阅《通志》,凡十六函,嘉庆中修,体例尚精,摘存数十条。夜校《忠雅堂诗》。仲会来。

十二日(10月27日) 阴。吴制军来拜,隔牖观之,身中,面丰

---

① 《日记》用语简省,此可指梁诗正编《三希堂法帖》中的米芾帖,亦可指梁同书临米芾札(梁以临米芾闻名),但据九月二十二日:“临米札,梁仿者。”指后者更妥。

厚,鬓斑,语音甚低,久坐方去。校《忠雅堂诗》。稿一。同鸥至幼耕处谭,又至茹蔚亭大令汉章处及吴星甫熙、钱亚村乃珍斋中。夜小酌。方伯得曾氏外孙也。

十三日(10月28日) 阴。《忠雅堂诗》校完第二册,连原稿二本送缴。崑将军寿稿一。夜,荫臣在建侯斋邀饮,建翁亦备四肴,俱佳。接芝函六月廿二日天台信,稚枚七月廿九日嘉兴信并诗,及子坚信诗、《袖海诗评》,酒后细阅,颇慰旅思,明日须作信矣。

十四日(10月29日) 阴。写母舅信并挽念哉表弟诗,芝函、稚枚、三弟、四弟、寿儿各信。稿三件。

十五日(10月30日) 大晴,稍暖。写润弟信两函毕,俱摘书中大略存查。夜,葆棠拉赴库厅招饮,同集九人,郑叔固桐,闽人,萧香泉方伯之婿,能琴,听抚一曲,二更许归,月佳。

十六日(10月31日) 大晴。录《游草堂》《哭念哉》《秋日杂诗》五古二首一纸,寄四弟;又录《游草堂》《哭念哉》《登城楼》七律二首及《秋日杂诗》六纸寄稚枚。饭后同堃翁肩舆出南门,游武侯祠,即杜老所谓丞相祠堂"先主武侯同閟宫"者也,西偏有昭烈惠陵,庙前柏树颇多,都不过百馀年物,唐时老柏则无矣,庙亦系重建,傍晚回署。夜稿一。又自添写润泉信一纸,杂述川中物价,将各信封好。

十七日(11月1日) 大晴。开信面毕,托葆翁作信送新泰厚,润泉信一函,库纹壹百三十两,递山西、嘉兴,移封两角。临梁芗林相国行书石刻①。

十八日(11月2日) 大晴。终日临梁刻。晚,葆拉至建翁斋中,饮西塘十二年陈酒,夜睡早醒,酒力厚故也。

十九日(11月3日) 晴,下午阴。早洗足。西塘斋中羊肉面甚佳,羊肉烂而有味,虾仁亦鲜。接芝函四月廿七杭信。临梁刻。夜,建侯斋谭。幼耕送鸥舫对来,条幅六张,颇近祝京兆。阅《鉴》。

---

① 此疑指梁诗正所编《三希堂法帖》中的行书帖。

二十日(11月4日) 阴,三更后雨。早起独行,至东校场看演武,新制军阅兵也,半日而毕。临梁刻。阅《鉴》。

廿一日(11月5日) 阴。服药一剂,觉气不舒泰,且有疲倦,未饮二煎。临米札。阅《鉴》。夜,葆棠邀谭,赠《四川通志地图》一本。

廿二日(11月6日) 阴。供鞠两盆。幼耕来,悉吴制军幕中有彭姓,乃漱芳也,已保知府矣,阔哉。稿七件。临米札,梁仿者。仍有疲意。

廿三日(11月7日) 阴。临米札。稿二件。阅《鉴》,读《赤壁赋》。是日立冬,体更疲,夜睡乱梦。

廿四日(11月8日) 阴。临米札。骨节不舒,甚疲。阅各帖。夜,葆棠处谭,携《忠雅日记》一册来,观之。

廿五日(11月9日) 细雨即止。终日临芗林书,颇有笔意。鸥翁赴大邑扫墓。夜孙少翁招饮,同集十五人,皆同事,惟曹星涛外客耳。酒罢,复至亚村处观画轴,同人聚谭,二更许回睡。

廿六(11月10日) 阴蒙,雾气,早时日出,天色不正,稍暖。稿一,缮一件。临梁书。夜,细观《清容居士行年录》,悉"藏园老人"出处,大凡《忠雅堂诗》开卷刻《零岩寺》二律,隔数叶有《万年桥觞月》一首,向以为于吴中风景措语不类,久蓄疑窦,今知寺在山西,桥在江西,非吾苏之寺之桥也,乃恍然大悟,始知读书之难,往往知二五而不知为十,前人注李、杜、韩、苏诸家诗,众说纷纭,其中不可解者仍难了然,亦苦于不能得当日之情景,但以臆揣度耳,如《忠雅堂》此二诗,无行年录以证之,一经后人附会,其误岂浅鲜哉?①

廿七(11月11日) 大晴。缮过湖北署抚何,另单,稿二件。临米札。夜,建斋谈,葆亦至,携《十友记》来,观之,明人物也。

廿八日(11月12日) 大晴。临米札。同伯平至东门一带买盒二只,碗碟等九件,用银三钱五分,钱二百九十文。稿二件,一理番厅

---

① 此处后有任葆棠批语:"读诗能如此留心,是得诗中三昧者。棠识。"

公事,一谢简州猫,笔墨绝不同也。

廿九日(11月13日)　阴。稿二件。服疏散药一剂。陈升呼应不灵,意欲遣去,葆翁为加申责,勉强留之。临米札。

十月朔日(11月14日)　阴,稍暖,夜雨。临米札,并松雪帖,颇得手。稿四件。同人邀昭觉寺,未去。晚饭炒冬笋,食之。

初二日(11月15日)　阴。稿二件。临梁字、赵帖。接四弟九月初一日蒲州棚递来信。仲会来,言朱百泉明府懋汉,东山人。欲归。

初三日(11月16日)　阴。临米札。校《忠雅堂诗》一卷,将原稿二册及鸥舫所校第四本送缴。阅《行年录》。夜,葆来谈。

初四日(11月17日)　大晴。插白鞠、十姊妹、水仙花。临字。阅《行年录》,与诗集互校。夜,建斋谈,亚村亦在座。买普洱茶七饼,计银二两二钱。

初五日(11月18日)　晴。临梁刻。鸥翁扫墓回,赠杉数枝,栽以盆。拜朱百泉,叙谭良久。夜,建翁邀饮,同坐七人,不觉至醉。幼耕评《蜀游草》送来。

初六日(11月19日)　阴。不适,服消导疏气药一剂。临梁刻。夜,为葆复信二件。

初七日(11月20日)　阴。临梁字。服端翁方一剂。申刻新泰厚送到山字四号信,骇悉祖母于八月初八日申时寿终,呜呼痛哉,先君之服未及大祥,又遭承重,既不能亲视含殓,又不能奔丧,客中遭此大故,五中摧裂,不能自主,即出署,暂借大慈寺僧院居之,入寺已深昏矣。

初八日(11月21日)　雨,夜大风雨。独居僧寺,既不能成礼,追思祖母生前,竟至音容难接,乌鸟之私未遂,真百身莫赎也,痛哉。

初九日(11月22日)　阴。选、端、堃、篯、荫五君子枉临,夜鸥翁又来。日短易度,而夜长百忧交集,不能成寐。

初十日(11月23日)　雨,即止。建翁、葆翁、伯翁枉临。接百泉字,悉方伯有足痛请假,初八日起。阅《吾学编》。

十一日(11月24日) 阴雨，冷。复百泉信，又承赐吊楮，于庭前焚之。接芝函八月初三日台州信。

十二日(11月25日) 阴雨，更冷。主客师隐山嘱写单幅，为书一条。温江黄禹门涛，由廪、军功保教。来谭。大慈方丈号宝印，法名自信，住持宝光寺，苦行僧也。

十三日(11月26日) 大晴。又书单幅三条。是日备纸锞二千，装四箱，望东泣叩，化之，酉刻仍搬至署。建、葆、端、篗、堃、伯来谭。大慈寺捐银二两，谢银二两，赏四钱。

十四日(11月27日) 阴，大冷。选翁、荫臣、西塘来。绎《戴记·丧大记》等篇。夜接芝函七月廿五日、八月初九台郡两信。

望日(11月28日) 晴。临字。绎《曾子问》。顾幼耕来，以芝函信示之，云现应吴制军之辟，入节署。

十六日(11月29日) 晴，稍暖。临字。写三叔、润泉信，又另五纸。作字与建翁索银。稿二，另单一，浙藩臬。

十七日(11月30日) 晴，下午阴。写三叔、润泉、寿儿信，又另三纸，夜摘存大略。建翁还银四十两来。方伯出门见客。

十八日(12月1日) 阴。封就信两封，一交新泰厚并银库纹百五十金，一托朱百泉带，作字送去。接芝函诗简五纸。

十九日(12月2日) 阴，晴。写字特多。覆阅书院卷一束，百馀本。稿三件。京信。端移去银十两零。

二十日(12月3日) 晴。临字。覆阅书院卷一束，百馀本，俱不佳。稿七件，皆京官贺年。绎《间传》《服问》等篇。

廿一日(12月4日) 晴。临字。孙少甫来，仲会来，鸥舫来。稿六件，缮二件。绎《檀弓》上下两卷。

廿二日(12月5日) 晴。临字。绎《曾子问》《杂记》等，按《戴记》言丧礼者凡十一篇，所关名例甚大，授经者不可去也。

廿三日(12月6日) 阴。临字。早起稿一。蒋子安来，方伯之侄，自皖到川劝捐。二更许北街失火。

廿四日(12月7日) 阴。临字。夜稿四件。堃翁作文三篇矣。上海信银,今日新泰厚走,补平汇费十二两馀。

廿五日(12月8日) 阴。临赵帖。稿二。夜寐梦多不清。堃臣改昨文,为讲题理,证以储文相合。

廿六日(12月9日) 阴。临赵帖。稿二。是日稍觉冷,仍未加衣。与堃臣谈一切名理,至于深处。

廿七日(12月10日) 阴。昨夜五更后南城外失火。临赵帖。夜以一笔饱墨,书寸许大行书百馀字。缮信一件。

廿八日(12月11日) 阴,夜雨,冷。临梁刻。夜读《史记》"伯夷""游侠"等传、《报任书自序》。鸥示题画梅七古。

廿九日(12月12日) 雨,阴。摘《行年录》毕,中有舛错,与诗不同,恐非自定手笔。临梁刻。葆取《忠雅诗》并词原稿四本来。更许满城失火,十日内三次矣。

晦日(12月13日) 阴。稿二。临梁石刻。裱书榹数事。幼耕来,有复芝函信一件嘱寄。

十一月朔日(12月14日) 阴。稿三件。临赵帖,用凝重之笔,虽近钝拙,可免轻佻。是日穿起丝绵袄。

初二日(12月15日) 早起见日,旋有尘雾,少顷乃晴。是日稍冷,床上衬以稻草。临梁米札。夜默写梁《多宝》百馀字,知立基尚在乎此。书条幅一纸。

初三日(12月16日) 阴。临梁刻。两广督、闽浙督、浙抚年稿三件。夜睡稍迟。始穿丝绵裤。置马子,今日始用。买麻姑、冬笋,仿建侯煮腐法。

初四日(12月17日) 阴。临梁刻,笔格一变,似较挺拔,又书条幅一纸。作《捐修万寿宫小启》,未存稿。

初五日(12月18日) 阴,夜小雨。临梁刻。起抚藩臬道年稿十件,广东、广西、浙江居多。方伯有香光墨迹在端甫处,借来一观。

初六日(12月19日) 阴。终日临香光字,约十数纸,计千馀字，原册计廿四叶，有大有小，有纵有敛，有平正有欹斜，共一千馀二十八字，笔法备矣。

初七日(12月20日) 大晴。临思翁墨迹一过，觉与《成道记》笔意一色，夜取此帖，将用笔之法点出，向所见为石刻失真者，今悟实有此种笔格，与墨本一一符合，细参其意，进一解矣。接芝函信。

初八日(12月21日) 阴，冬至。闭门谢客，终日临思翁字，然终觉不能简净，其用笔如绵里藏针，力不外露，故不易肖也。簸之酒后痛哭。夜，将昨所临字逐一对勘，知多不合。咳嗽。

初九日(12月22日) 阴雨。临思翁字一过，觉《步虚词帖》临杨少师者，笔法虽稍变，实一鼻出气也。夜端翁来，云可再留观二三日。

初十日(12月23日) 早晴，即阴。临思翁字。书单条五幅。稿一。胃口不佳，蔬非乡味故也。

十一日(12月24日) 阴。临董稍少。稿二。冷，加新棉袍。夜读《国策》及韩文数篇，又进一解。

十二日(12月25日) 午前日出，阴。灯下临董甚多。稿二件，毛小梧方伯震寿稿颇组织。

十三日(12月26日) 阴。早起临香光字一过。饭后又书条幅六纸。赠端甫四幅，伯平四幅，字册还端甫手。灯下校《铜弦词》一卷。接育泉公、澹如叔信。

十四日(12月27日) 阴。校《铜弦词》一卷，《南北曲》一卷毕，词律本未参究，曲更不解，未能领略其所以然也。是日未临帖，以后当专仿《成道记》。仲会来。

望日(12月28日) 晴，旋阴，夜大风，冷。自是日起改临《成道记》，细参用笔之法，虽石刻尚易见也。

十六日(12月29日) 阴，昨夜今晨雪，起早者曾见之，天气亦冷，蜀人言三四年所未有也。临《成道记》二页。夜读石笥诗词数首。建侯来。

十七日(12 月 30 日) 阴冷。临《成道记》二页。稿二件。鸥舫、亚村来,鸥条已书就,可付装池矣。

十八日(12 月 31 日) 晴。荫臣二少君周岁。临《成道记》二页。是日见缸面冰有寸许,据云数年未有。

十九日(1869 年 1 月 1 日) 晴。早起剃头,计留发四十三日。至外与伯平、堃臣同饭。夜至建侯处、葆棠处谭至三更外始散。夜睡梦不安。临董二页。建处观莫云卿书,亦近董思翁。

二十日(1 月 2 日) 晴。幼耕委署荣县贡井县丞。鸥斋谭。葆、顾谭。临《成道记》二页。仍有冰。为陈升做棉袍、马挂,四千馀文。

廿一日(1 月 3 日) 晴。临《成道记》二页。稿一件。夜接稚枚诗函。至葆处,谭至三更外。幼耕来谭。

廿二日(1 月 4 日) 晴。临《成道记》二页。接山字五号信并辞状谢帖式,知家中均好。至西塘、少甫处谭。夜,建侯斋谭,适西塘、葆棠、端甫先后至,同啖羊肉火锅,回睡已三更外。

廿三日(1 月 5 日) 晴。临《成道记》二页。写单幅一条。建斋羊肉火锅早饭。夜,西塘招饮,以新薙头辞之。建、葆、端酒后来谈,观蒋非磷先生原配钟太夫人手绣夫子梅花诗并跋及三绝句,有云"蓦地开窗魂欲语,梅花如雪照房栊",亦闺阁中秀句也。字为心馀先生所书,绣法极精致,不见针脚线痕,灯下观之,如墨笔写成者。此方伯珍重先世手泽,秘不示人,葆棠特取出一供欣赏,又述及《归舟安稳图》,钟太夫人自题七绝五首,俱清丽可诵,写出存稿,其卷须缓日举示也。睡将四更矣。

廿四日(1 月 6 日) 晴。临《成道记》一页。至幼耕公馆送行,畅谈一切,云何子贞太史作字,力从脚跟起,盖全身用力,不但腕指也。夜,鸥处谭,借来《万言肆雅》,中多古字,乾隆时常熟屈曾发著。

廿五日(1 月 7 日) 阴。临《成道记》一页,稍惬意。吴制军来,翁廉访、钟、傅两观察早饭去。幼耕辞行,匆匆即去,带来诗文词稿二部，一送鸥舫，一欲寄芝函。稿五件，补江西臬、陕西、甘肃藩、云贵督并抚军信。署中办大计事。

廿六日(1月8日) 阴。临《成道记》三页。稿一件。找新泰厚银十二两二钱一分，托葆翁还。接山字第六号信，润二纸，寿儿一纸，母舅一函，知九月十六银于十月十八到山，甚快，此信十月二十日自山发，内人腿疖仍发，又接稚枚九月初六嘉府信并诗三纸，此信提塘送来，脚力二百文。

廿七日(1月9日) 阴，小雨。临《成道记》一页，又杂书七八纸，中有二十馀字，颇得笔意，剪存。夜，稿一件。又起复各府厅州县通稿，此稿甚费心思，至四更许才罢。蒋子安来。冬笋肉丝不佳。

廿八日(1月10日) 大晴。端还银一锭十两。临《成道记》一页，纸墨笔俱称意，稍有进功。补云贵藩臬道信稿四处。接十月十四日四弟绛州信，知是月初即得祖母大人讣信，嘱频寄书札，此信提塘送来，脚力二百文。洗足。

廿九日(1月11日) 晴。换小衫裤，剃头。临《成道记》二纸。稿二。写慧弟信三纸，芝函信六纸，子旌信三纸。夜，建侯处谭。夜，枕上戏作同事诸君考语。

晦日(1月12日) 阴。临《成道记》一纸。稿三。写笠弟信四纸，集勋信四纸。夜，堃房谭。

嘉平月朔日(1月13日) 阴。临《成道记》二页。稿一。写稚枚信三纸，晓弟信一纸。灯下将各信封就，计山西学院、浙江嘉兴府、杜渎场、兰溪局共四函。裘德斋来谭，裘文达玄孙，方伯姨甥，自广东来，诸君俱集，客满座上。散后又阅各信，睡已丑正，又不安睡，未免耗损精神也，戒之。

初二日(1月14日) 大晴，稍和暖。托葆翁发马递四件。临《成道记》一页。因昨夜耗神，饭后小睡，意思昏昏，腕力不强，知写字须有精神也。建翁邀谭。晚烧鸭小饮，同集六人，主人意兴健举，谈至三更后回，即睡。

初三日(1月15日) 晴,下午日淡天暖。做蓝长袖褂。稿三件。临《成道记》二页。署中办大计,贴回避条,锁书吏二十馀人在大花厅,寝馈其中,所谓弄刀笔也。建斋谭,回睡又四更矣。

初四日(1月16日) 阴,稍寒。稿一。临《成道记》一页。至葆处。夜,建、葆诸君来谭。枕上为星涛撰堂联。

初五日(1月17日) 阴。临《成道记》一页。建翁借来山舟行书幅,悬床前观之。鸥斋谭,商定星涛联。消寒第三会,建翁为主,同集九人,肴俱精美,酒罢畅谭,回,诸君又来,睡将四更。

初六日(1月18日) 阴。临《成道记》乙页。又重撰星涛联,定句。筋骨作寒,睡稍早。读颜延年《秋胡诗》,为批出层次,计四十五韵。

初七日(1月19日) 阴,细雨。冬笋煨肉。临《成道记》一页。恶寒,筋弛脉懈。夜建来谭,去即就枕,似有寒热。接四弟十一月十二平阳棚信。

初八日(1月20日) 阴。临《成道记》二页。是日天气本冷,有风,身子仍不安适,骨节作胀,有节气发病之意。稿二。鸥翁送莲子粉。夜方伯招签押房消寒会,同集七人,未能多饮,散席至葆翁处谭。

初九日(1月21日) 阴,有雨意,甚冷,或省外得雪,体适。临《成道记》三页。携芝函九月廿九日杜渎书,到川后接芝函书十函矣。枕上闻雨声。

初十日(1月22日) 阴雨。临《成道记》一页。接芍亭仆少信,由漱芳送来。将黑书《秋胡诗》一首,计三纸。夜服独活、桂枝药一剂。建、西诸君来谭,满座。

十一日(1月23日) 晴。剃头。临《成道记》一页,又自杂书三叶。建处观文待诏小堂幅、石庵相国对、吕石山潜直幅、嵩与九嵩龄对,皆佳,价贵未买成。送葆翁老太太六十寿辰礼。夜祝寿,同人俱集五堂帐房,分两席,饮罢剧谭,后以骨牌为消遣,至四更后睡。

十二日(1月24日) 晴。早四堂拜寿,同人仍分两席,寿面,散席，建侯斋中竹牌戏，夜两席，俱设建翁处，同坐十四人，酒后又剧谭，度曲，三更后归睡。早稿二件。

十三日(1月25日) 阴。早建邀吃面，昨馀鸭子为汤，又佐以他肴，甚可口。少顷有杜子建者持陈香泉直幅行书、郑板桥行堂幅、陈玉方希祖横幅字、赵仲穆雍画马、蓝田叔瑛流觞曲水图、南田翁画幅、张乃轩、董邦达画来，细观之，以三两伍钱银买玉方字一幅，纯乎学董，可奉为师。临《成道记》二页。夜，建翁诸同人集谭。是日大计揭榜。

十四日(1月26日) 阴，夜雨。临《成道记》三页，自是日起通临全本，原帖共计二千一百六十七字，约四五日可一周。夜，建斋谭，取回玉方行书幅。稿一。送建翁四少君糕果。

望日(1月27日) 雨。临《成道记》三页，笔法稍变。彭侣仙希佺来拜，乃文敬族叔，道光时游幕来川，咸丰八年捐官，今委防局日行所。接绥之九月信，程玉叔司马天麟分发到省带来。稿一件。夜同人集谭，葆出示兰石楷书《千字文》，完好未损，笔意与石刻所临褚《圣教序》相同，是细劲一派。

十六日(1月28日) 雨。临《成道记》四页。端翁邀消寒会，晚，十五人，两席，同集建侯斋中，肴俱佳，薄饼尤胜，席罢酣谭。

十七日(1月29日) 阴雨。临《成道记》六页，一遍毕，共十五页。财神戏。送鸥翁二令嫒糕橘。夜阅昌黎诗《树鸡》《从仕》《答孟郊》诸作。

十八日(1月30日) 阴冷。临《成道记》三页。写四弟信四纸，批诗一纸，夜录幼耕诗及评跋五纸，寄芝函。夜，建翁来，同至葆翁处谭，归即就枕。

十九日(1月31日) 阴寒。早起写芝函信四纸，连昨写封就，托葆翁递山西、台州。是日未临帖。夜，伯翁添肴小饮。是日节礼始有到者。

二十日(2月1日) 阴，有晴时。午刻封篆贺喜。稿三。临《成道记》二页。饭后花园闲步,又同选、籛会府街书肆闲观。夜,花厅两席十四人。

廿一日(2月2日)　阴,夜雨有声。夏伯翁五十一生日,贺,早面后,同选翁上街,约行四里回,伯翁招至建翁斋醉谭,夜饮八人同席,席散,至三更后始归睡。是日未临帖。信稿一件。

廿二日(2月3日)　阴,小雨。临《成道记》二页。早西翁邀同人至东街永源磁器铺看迎春,路颇泥泞,归饭。饭后漱芳来拜,谭时许去。至防局答彭侣仙步,并晤生甫。接芝函十月望台郡信并诗。夜,葆翁处谭,至子正接春毕乃散。

廿三日(2月4日)　阴。临《成道记》一页。生甫送邸抄来。晚,主人邀五堂春饼,酒后选翁房谭,三更后睡。

廿四日(2月5日)　晴光明媚。开消各帐。方伯来,嘱买旧便面。临《成道记》五页。至南院拜漱芳。夜,建翁诸君集谭。腹中有滞。稿一。

廿五日(2月6日)　大晴。临《成道记》三页,毕第二过。腹中食滞仍未消。早建翁送鱼松,葆翁送香肠,食粥三碗,未饭。稿三。夜,建斋谭,出示香光临米《天马赋》长卷,甚佳,苕溪仁斋洪君之物。

廿六日(2月7日)　晴。送片至南院漱芳处。稿二。终日细阅董卷,摹二过,笔意与《成道记》相出入。接上海收银条,接幼耕信。

廿七日(2月8日)　晴。方伯家用西江乡风过年,黎明葆翁唤起,衣冠往贺。饭后同鸥至会府街买帖、锡器、茶碗,用银一两四钱二分。夜,帐房团年,同事七人,蕨粉肉元最妙,席散,五堂打锣鼓回。起稿四件,睡已三更向尽矣。分银四十两与籛之。方伯送节礼代仪八两。

廿八日(2月9日)　大晴。稿数件。为伯平写批十数件。董香光手卷交还,未临字,惜值昂,未能得。接曹星翁处送来九月廿七日由兰局递来三弟信。又分与籛之银二十两,计五封。

廿九日(2月10日)　晴。临《成道记》二页。建翁送年团,鸥翁送年糕风肉，太太送鸡鸭、蛋糕、花生，俱受。节赏用银二两，钱十千。又分与镬之银廿两，三次共八数，连秋节共百四十金。上灯阖署辞年，夜饯岁筵一席，同座七人，酒罢，同人取锣鼓来打之，极为热闹，三更后始散，比就枕，爆竹声已四起，未能熟睡，虽客子依人，不免佳节思亲，然如此过年，差胜米盐琐屑也。

笠

四月十六到一信。芝附来。

四月廿四发去一信(六月到)[①]。由兰邑送局。

闰月十三到一信。二月廿七由杭递。

闰月廿三发去一信(六月到)。由兰邑送局。

九月初六到一信。六月廿四由兰局。

九月十六日发一信(三号)。由嘉府转。

十二月初一日发一信(已正月廿二到)。递兰局，有集勋信。

十二月共到一信。九月廿七由兰递。

慧

四月十八发去一信(七月到)。山西学院。

四月廿四到一信。三月十二发，由太原府。

五月十三到一信。四月廿九发，由沁州。

五月十九发去一信(七月到)。二号，有诗，递学院。

六月廿八发去一信。三号，递学院。

九月初五到一信。八月初一日由山西省。

九月十六发一信(十月二十边到)。四号，递学院，有诗。

十月初二到一信。九月初三日蒲棚发。

---

① 圆括号内文字原为旁注，今移于相应位置，并加圆括号。

润

四月廿四发去一信(六月中到)。由角头司送。

五月初三发去一信(六月中到)。新泰厚寄上海,交朱竹圃转山,纹柒拾两。

又发去一信。由汉口转,附育泉公、澹如叔二信,新泰厚去,六月到汉。

闰月廿五日到一信。四月初三太湖厅递,三叔、二弟、如叔母俱有信。

六月初一日到一信。四月初二文茂局信,与上同。

六月廿八日发一信(八月廿六到,三号)。由角头司送,三叔、芝函、寿儿、三弟。

八月初三日到一信。六月廿一新泰厚自上海带来,内附二弟一信。

九月十六日发一信(到,四号)。由嘉府转。

又同发一信(到,四号)。新泰厚寄上海(十月十五到申),交竹圃转山(十八到山),纹百卅两,母舅、寿儿各一信。

十月初七到一信(四号)。润、三叔、寿儿三封,祖母八月初八日申时寿终,痛哉。

十月十八发两信(到,伍号,六号)。伍号交新泰厚并银百五十两,六号百泉带(正月廿七到)。

十一月廿八到一信。十月十四日绛州棚发。

十二月初一发一信(是月廿七日到)。五号,递山西学院。

十二月初七到一信。十一月十二平阳发。

十二月十八发一信(正月十六到,六号)。批诗一纸,信四纸。

十一月廿三到一信(五号)。九月廿四山发,附互换契底辞状谢帖。

十一月廿六到一信(六号)。十月廿山发,听、寿、润三函,新泰厚来力四百文。

芝又起

十一月初七到一信。九月初四台郡递,附北上诗稿一纸。

十二月初一发一信(已二月望前到)。递场,附子旌信,幼畊复信附片。

十二月初九到一信。九月廿九台郡递,诗一首。

十二月廿二到一信。十月十五台发,诗。

十二月十八发一信(已二月二十前到)。诗评,信九纸。

育、澹

十一月十三到各一信。十月初十汉口发,新泰厚来。

芝

四月十六到一信。二月十九杭递,笠弟有信。

六月初七到一信。闰月廿一杭递。

闰月廿三日去一信(六月到嘉,七月到台)。由嘉府转。

六月廿九日去一信(九月廿二到)。由嘉府转。

七月十五日到二信。一五月十九,一五月廿五,均由杭递。

七月十八日去一信(十月初十到台)。由嘉府转,诗五首论。

九月十三到一信。六月廿二由天台递,是月十五接印。

九月十六日去一信。由嘉府转,有诗。

九月十九到一信(此信不知沉阁何处,半年方到)。四月廿七杭州发。

十月十一日到一信。八月初三台封,送杭发。

十月十四到两信。七月廿五(附幼畊信),八月初九,皆台郡发。

十月十七到一信。八月十六台郡递,诗。

稚

四月廿六到一信。三月十三嘉府递,有诗。

闰月廿三去一信(六月望到)。递嘉府,内诗十二纸,芝信。

六月十九去一信(八月杪到)。递嘉府,芝函、润弟二信。

七月十五日到一信。五月十七嘉府递，诗二纸。

七月十八日去一信(九月十九到)。递嘉府，诗贰纸，附芝函诗五首，润信十一月廿六到。

九月十三到一信。七月廿九嘉府递，附子坚诗信，《袖海诗评》并雨夜二绝。

九月十六去一信(十二月望边到)。递嘉府，诗六纸，附芝、润、笠三信，诗六纸。

十一月廿一到一信。十月初六嘉递，有诗，芝诗文。

十一月廿六到一信。九月初六嘉发，有诗三纸。

十二月初一发一信(已正月十七到)。递嘉，附晓信一纸，从先生事，正月廿五到。

同治八年己巳(1869)

同治八年,岁在己巳,时四十一岁,就书启馆,在四川藩幕。

元旦(1869 年 2 月 11 日) 晴光可喜,爆竹声喧,烛花光灿。早起盥漱毕,肃衣冠在斋中供香烛,拜祖先,至七圣祠诸神前敬香,又向东望拜家中尊长,又至萧曹祠敬香毕,同人在退思堂团拜,又同建翁、西翁、少翁至署中各局委员处拜年,晤彭侣仙、亢生甫诸君。回斋发笔,万事亨通。方伯五更出署行朝正礼,南西两院各署拜年,午正方归,同人俱在葆翁斋中坐,待贺新礼毕,早饭。饭后临香光《成道记》一页,小睡片刻。葆翁邀至五堂投明琼,得胜。夜膳后,阅《石笥山房》文数篇,意绪颇佳,吉祥如意,知与岁俱新矣。

初二日(2 月 12 日) 晴暖。饭后至三厅孙琴翁、鸥翁、建翁公馆,南院彭漱芳处拜年,俱不值。回,至五堂喝雉,夜又局戏,毕已四更矣。是日临《成道记》一页。

初三日(2 月 13 日) 晴。日间晚饭后,两次至五堂局戏,终日无事。

初四日(2 月 14 日) 晴。见《锦城竹枝词》十二首,皆讥切延陵,众口之可畏如此。建翁公馆邀饮,先有局戏,两席十五人,隔座送钩,分曹射覆,酒罢肩舆回署,已漏下三鼓矣。席间晤建翁令弟瑞之德升,人极豪宕。

初五日(2 月 15 日) 晴。临《成道记》四页。瑞之来。夜,葆棠邀至建侯斋同饮,归有醉意。今年五日晴天,有人寿年丰之象。

初六日(2 月 16 日) 阴,夜雨。临《成道记》五页。夜,斋中竹牌戏,三更散。

初七日(2月17日) 阴。欲作草堂之游,未成。鸥翁来谭。临《成道记》六页,毕第三过。夜读石笥诗数首,觉其所诣之深。

初八日(2月18日) 阴,夜雨。临《成道记》三页。五堂局戏毕,至建翁斋陪瑞之,两席十二人,同人为瑞之饯行,未入席先观心馀先生《归舟安稳图》,题者数十家,多当时名手,惜不及细参。夜阅《呻吟语》数则。

初九日(2月19日) 阴雨,稍冷。临《成道记》二页。饭时生甫来,即去。起云南抚军岑夹单稿一件。子安来。端翁来象戏数盘,胜。

初十日(2月20日) 阴雨。临《成道记》三页。江西会馆团拜,同人去听戏。下午检箱中物并核去年用账。夜,堃翁诸君归,来谭,堃翁止酒二年,是日开戒,兴颇豪也。

十一日(2月21日) 阴雨。临《成道记》四页。防剿、清查两局请十六日武侯祠,同人俱辞。稿三件。

十二日(2月22日) 阴。临《成道记》一页。稿四件。饭后同堃、选二君游薛涛井,并至平康巷访其墓,时豆荚初紫,菜花已黄,如江乡四月,归得七绝一首。夜同人拍曲。

十三日(2月23日) 阴,夜雨。临《成道记》六页,毕四过。稿二件,夜局戏,胜。散,又谭。

十四日(2月24日) 阴,日出有风。端翁诸人游武侯祠,未去。临《成道记》四页。稿一件。建翁赠墨二锭。夜局戏。以连日春寒,欲早睡,徇同人之意,勉强为之,局未终先入黑甜乡矣。

上元(2月25日) 阴,身不适,未贺节。方伯枉顾。饭后葆翁见招,未能饮。临《成道记》一页。夜欲至街上观灯,以路滑而不健,未果。

十六日(2月26日) 阴雨,夜大。临《成道记》一页。服药一剂,稍觉适意,以油腻积滞,兼春寒故也。

十七日(2月27日) 临《成道记》四页。写复子远信。夜阅《乐馀静廉斋诗》。阴雨。代葆撰寿言一联。

十八日(2月28日) 日出旋阴。临《成道记》二页。是日爽健。日间星涛来集同人戏,夜又局,均输。

十九日(3月1日) 日出,阴。开印,同人公贺。夜,帐房宴,同席七人。仲会差回。临《成道记》三页。

二十日(3月2日) 阴。亢生甫来,临《成道记》一页。夜,建侯来,同人聚谈,至四鼓始散。

廿一日(3月3日) 日出,仍阴。稿二件。临《成道记》三页。翁廉访升陕西藩台,夜来拜。

廿二日(3月4日) 阴,身不适。德斋就宜宾洋药卡,今日行。临《成道记》二页。夜,接芝函论诗札。

廿三日(3月5日) 阴雨,夜大。咳嗽多痰,身疲胃薄,大不适意。端甫来,请其诊脉,云甚亏,似六七十许人,开方服药一剂。稿一件。临《成道记》一页。夜,葆、堃谭。

廿四日(3月6日) 阴。同堃、选至会府街书肆一观,并至骆公祠瞻其塑像,土木尚未毕也,回,在一小书坊买《云麾碑》《不空碑》、怀素草《千字文》、东坡书《柳州庙碑》四种,计银一两。写选翁折扇一方。服桂枝、荆芥原方一剂,端翁诊,云脉气已起,昨为寒邪裹闭所致,非真亏也,若误用补剂,便有害矣,其论甚确。临《成道记》二页。

廿五日(3月7日) 阴。稿四件。临《成道记》二页。阅昨买各帖,参其用笔之法。端翁诊云脉已如应,用归身、豆蔻等品服一剂。饭量、起居俱如常矣。夜阅石笥文,悟"冰犀豹漳"①句乃用蜀太守及西门事,可谓炼而典也。

廿六日(3月8日) 日出旋阴。临《成道记》三页,又临《不空碑》数页。荫臣借去银十三两四钱。服原方。仲会来。至建侯处阅字画。

---

① 指胡天游《灵济庙碑》"冰犀豹漳,孰为贤痛"之句。

廿七日(3月9日)　晴,稍暖。改方用党参、白术、附片、豆蔻等,服一剂。临《不空碑》数页,义门字一页,仍临《成道记》一页。葆翁持《忠雅堂诗稿》来嘱重校新板误字。晚饭后写芝函信六纸。忽又大呛,吐痰甚多,就枕觉体燥口微乾,梦寐亦不安贴,用附子太早故也。

廿八日(3月10日)　晴,旋阴。早请端翁诊,去附子、半夏,加川贝,服一剂。临《成道记》一页。饭后同选臣、矱之至武帝、桓侯墓两处,在南门外二里许,回,又至锦江书院观文翁石室,又至府学。仲会来。

廿九日(3月11日)　日出旋阴。临《成道记》二页。为葆起稿一件。写幼耕信,并封芝函信,托葆发递。夜至鸥斋中谭。阅安福刘庸夫愚《悝予文存》。

晦日(3月12日)　日出,下午阴。临《成道记》一页。服芪、党、附片药一剂。晚饭后稍有头晕。重校《忠雅堂诗》。

杏月朔日(3月13日)　晴。稿一件。临《成道记》二页,饭后同选翁步至武担山一览,山不甚高,而城外四面皆见,即刘先主登位处,本蜀王妃塚,见常璩《蜀志》,又至文殊院,肩舆归。夜洗足。服昨药二煎乃睡。

初二日(3月14日)　晴。临《成道记》六页,毕第七过,稍进。服原方一剂。傅盐道接臬印,首府孙接道印,李接府印。官印德良。侣仙来。星涛子拜端甫为干儿,堃翁辈去。

初三日(3月15日)　阴。稿一。服药一剂,加淮山叶。临《成道记》四页,笔致稍变。

初四日(3月16日)　雨。稿二。原方一剂。临《成道记》六页。是日吴制军考州县五十馀人,一论一告示,甚宽。夜,同人象戏,并拍曲,西塘亦来。

初五日(3月17日)　阴,夜雨。鲍军门超稿一件。临《成道记》二页。漱芳来,以庐陵刘清溪先生同缨手书便面卷嘱题,略构大段。

体稍疲，方加桂末六分，夜满身流汗，此病向无，似盗汗也。

初六日(3月18日) 阴，下午晴。神气大损，请端改方，专用补心之品，服一剂，夜稍振刷。构成便面赞，又细改稿一。临《成道记》一页，目力亦不佳。

初七日(3月19日) 阴雨。改定赞一篇，序二百馀字，赞十六句，尚不入俗。临《成道记》二页，第八过。原方一剂。夜，建翁持牛肉来，共饮后象棋、度曲，西塘、少甫俱至，四更方散。

初八日(3月20日) 阴雨。又借到董临《天马赋》卷子，终日对临两过，颇有所得，较之去年似进。堃为开方，去枣仁、远志等，服一剂。灯下为方伯写兰谱，系送翁方伯者。葆处小饮，象戏二局，听曲。枕上闻雨声。

初九日(3月21日) 雨。稿一件。写清溪先生便面赞，自愧嫩而不古，乃截去，倩鸥翁代笔。观汤文正、阮文达书、王椒畦画便面，意欲购之。查《汉书·黥布、卢绾、吴芮列传》，录出《忠雅堂·番君庙诗》引用典故。仍服昨方一剂，因春寒又甚，体又稍软。

初十日(3月22日) 晴暖。服昨方一剂。临香光《天马赋》卷子一过，鸥翁来，评云非真迹。饭后上街，至学道前买笔墨，用银二两五分。以绢素请鸥翁作楷。夜象戏。

十一日(3月23日) 雨，又大冷。未服药。临《天马赋》一过，下午自至少甫处还之。用崔文德羊毫尚应手，但价贵耳。以手卷送还漱芳，并请其作楷。作字着陈升去，云准十七行。买旧书画扇面五张，计银三两五钱，葎石孙岱雨物也。鸥舫五兄雨封润至，晤见。

十二日(3月24日) 晴。至建侯家，祝其太夫人七十寿，舆马填溢，宾客满堂，早面后同伯平先归，以有女伶演剧之故。晴窗临《不空碑》三页。夜缮正复芍亭仆寺信三纸。同人又集谭。

十三日(3月25日) 阴，薄暮有风。鸥翁招同馆中便饭，与雨峰三人肩舆出城，至二仙庵、青羊宫观花会，买兰海棠五盆，计钱二千二百文，又行木器数种，价甚廉。花市晤孙琴泉廉访，人极古朴。

十四日(3月26日) 阴,小雨。同人重游花市,在二仙庵集饮,翅席三桌,西塘办,公分,同集有孙幼樵、孙古春、冯小瀛臬署幕,姚寿名府幕,又吴、赵二委员,连本署共二十人,肴颇精美,乘醉而归。夜又集谭。是日见《竹枝》六首,皆讥本署,可诧。

望日(3月27日) 阴,夜雨有声。方伯至浣花草堂公饯翁玉甫方伯。稿一。葆翁来谭。仲会来。

十六日(3月28日) 晴。稿二。临《不空碑》四页。缮正复绥之信三纸。天气稍暖,服参耆附子药一剂,二煎未服。

十七日(3月29日) 阴,夜雨。早漱芳来,时尚未起即去,留案上小楷一幅。临《不空碑》三页。稿二。接稚枚腊月十八日信并诗十首。腹中有滞,喉小痛。

十八日(3月30日) 阴,夜雨大。至节署送漱芳行,并托带绥之、芍亭信,并以芝函所为《刘大令小传》示之。临帖一页。稿二件。服消导药。夜,寿筵二席,设建侯斋中。

十九日(3月31日) 晴暖,穿薄棉,换套裤。方伯生日,同人拜祝,并送火爆,早面二席。同子安、鸥舫、选臣至皖捐局,见钟官城观察秀、子善刺史谷昆仲。回至东大街日生昌买笺纸,送漱芳涛笺十匣,收,点心二匣,璧。临《不空碑》一页。夜,寿筵二席,设账房,席散度曲。

二十日(4月1日) 晴,更暖。临《不空碑》三页。接芝函十一月廿九信,并诗四纸。夜,建侯斋中痛饮,同集十二人一席,此举系太太意,昨诸君有持观音斋者,今日补请也。

廿一日(4月2日) 阴。临《不空碑》五页。阅各属贺生日禀六七十件,竟无完善者。夜校《忠雅堂诗》。雨。

廿二日(4月3日) 阴。临《不空碑》六页。夜校《忠雅堂诗》,毕一本。

廿三日(4月4日) 晴。临《成道记》八页,始能用悬腕法,觉运笔稍有力。阅子贞、船山各帖,兼用悬臂法杂书百馀字。张子腾学使丁艰，山西学政放王昕，亦壬戌科，与绥之亦同年，未知曾为四弟说项蝉联否。阅钟官城诗三种，子安携来。夜，建侯诸人谈。

清明(4月5日) 晴热。临《不空碑》二页，悬腕以后真草皆可悬矣。饭后同选臣踏青闲步，适出城隍会，杂扮鬼伯甚多，颇有可观。夜，八人同饮，饮罢又度曲，睡三更外矣。洗足。

廿五日(4月6日) 晴。临《不空碑》二页，《成道记》二页，似一变。方伯出示王阮亭尚书金字行书册叶十六开，亦近香光，是陈香泉子文物也。少甫生日。灯下校《忠雅堂诗》二卷。雨大有声。

廿六日(4月7日) 阴，午晴。稿三件。临《成道记》三页，第九过，又杂临两三纸。夜，校《忠雅堂诗》。

廿七日(4月8日) 阴。临《不空碑》四页，觉笔力稍有进境。夜，校《忠雅堂诗》，毕二本。

廿八日(4月9日) 晴。临《不空碑》一页，《成道记》二页。接幼耕信。夜，帐房剧谭。

廿九日(4月10日) 阴。复幼耕信，即付来人带去。生甫来。借得围棋一枰，与堃昼夜六局。服药一剂，仍用附子、参蓍等。临董二页。

晦日(4月11日) 阴。鸥扫墓回。临董三页，系所书宝鼎斋评书墨迹。饭后为端甫书屏四幅，对三幅，稍有笔趣。灯下又临《成道记》二页。服药。围棋四局，沉思布子，睡将四鼓矣。

三月朔日(4月12日) 晴，夜小雨。摹《和尚碑》二页。接四弟二月初四日书，自省城发，欲与太仓吴氏联姻，未知成否。夜，围棋二枰，已四更矣。服药。

初二日(4月13日) 晴。临《和尚碑》二页。服药。神思稍倦，连夜少眠故也。围棋二局。夜剧谭，又将四更，奋袖喧拏，毫无静趣。

上巳(4月14日) 晴。临《和尚碑》一页。饭后同堃、选二君、傅怀德上街闲行，至江西湖北会馆、宝光寺，又至骆公祠，欲观洗马池，因锁门而止，回，顺道至燕鲁公所而归。夜，孙少甫处饮，两席十五人，散坐，又至西塘斋中聚谭，三更后始睡。

初四日(4月15日) 晴。临《不空碑》四页，《成道记》一页。服药一剂。围棋两局。端甫为捐案未奏，入京未定。

初五日(4月16日) 晴。临《不空碑》一页，《成道记》一页。围棋二局。服药一剂。接芝函年底信并见怀四绝，灯下作覆函三纸，又杂书诗评三纸，封毕。

初六日(4月17日) 阴。写稚枚信三纸，润弟信三纸，适接到嘉平望日家信，又增一纸，封一函，连芝信并托葆翁递浙。稿四件。服药一剂。夜，同人俱集，围棋度曲，四更始散。篯之催取分款。

初七日(4月18日) 阴冷。临《成道记》五页。服药一剂。围棋一局。稿三件。夜接稚枚信并竹潸图画二幅。

初八日(4月19日) 晴。吴持之克谦请游小天竺，未赴。临《成道记》五页。服药一剂。稿二件。以玫瑰花一百朵浸大麴酒五斤。夜，同人集谭，又阅家信，睡将四更。

初九日(4月20日) 晴。稿三件。临《成道记》五页，第十过。清晨端来，请其诊脉，云此次最静，为加减原方，定丸方一纸，付泰山堂配制。围棋二局。服药一帖。阅家信及各信。

初十日(4月21日) 晴。临《成道记》二页。服药一剂。阅上年家信，略摘大凡。核所用银数。

十一日(4月22日) 晴。临《成道记》一页。服药一剂。神思小倦。围棋三局。侣仙来。月季花开。新臬英豪卿祥信一件，又为葆作寿启。祝程式如六十生辰。夜，月色好。

十二(4月23日) 阴。以银廿两，又支脩四十金，付篯之，连前百四十金，共合二百之数，一年分款清讫。服药一剂。蒋子安辞行回皖。临董三页。夜，子安又来，同人小饮，二更后去。

十三(4月24日) 晴热，可穿夹。临《成道记》二页。配丸药成，前月至今计用附片三两，似觉有效。鸥翁校过《忠雅堂诗》二本，复为重阅一遍。夜，建、西二君来谭。略摹兰石楷书千文。

十四日(4月25日) 晴。临《成道记》一页。围棋三局。鸥翁邀饮,同集主宾十六人,两席,在新巷宅内,并至琴翁花园,内小有结构,酒后喧攘至三更,步月归,又手谭,睡四更矣。服丸药起。

望日(4月26日) 晴。堃示所为墓铭,笔未简净,与之博辨,未信,可见此事之不易言也。饭后同葆、端游小天竺,在南门外一二里,乃浙江公所,四旁皆义塚,内有亭榭竹木,结构颇幽。又至杨昭勇侯第,乃道光时颐养林泉别墅,卒后为贤良祠,其后人仍居城中,祠内园林雅胜,有望禾亭,麦浪万顷,颇可观。归,小睡,临《成道记》一页。夜略观《困学纪闻》,睡稍早,亦子初矣。

十六日(4月27日) 阴,夜雨。接二月十二家信,均好。围棋五六局。临《成道记》一页。稿二件。夜同人去后,重阅家书,提起心火,三更外就枕不寐,神躁心荡,竟至达旦,不知何故。

十七日(4月28日) 阴。临《成道记》一页。写折扇二柄。终日神思昏倦,小睡。夜,请端翁诊脉,云有肝火,可停丸药两日。鸥送芍药花数朵。

十八日(4月29日) 阴。停丸,以麦冬泡汤饮之。临《成道记》五页。钟学使来。夜雨。

十九日(4月30日) 阴,日出,夜雨。临《成道记》三页。围棋一局。灯下作书,颇有兴会,临睡吃蛋饼半枚。

二十日(5月1日) 日出数日,冷暖不均。昨睡食物,腹中作滞,终日发热,请端开方,用川朴、桂枝,服一剂,至夜分方清。日间偃卧,满身骨节作胀,两餐食粥四盏,胃亦不佳,或将交夏令故耶。早起稿一件,为星涛乃兄养吾事。

廿一日(5月2日) 晴。早起端来诊脉,云已愈七八,更方,服一剂,稍食干饭,腹中渐松。与堃围棋,晚又算残局,堃饮星涛处,三更归后,与劫杀至四更后方睡,亦所谓无益费精神也。

廿二日(5月3日) 晴热。永宁道恒太太生辰,信一件。鸥翁送糟鱼米粉,鱼味甚佳。至五堂请端诊,今日饮食起居皆如常,云可仍服原方一剂，此次病究是外感，无关本根，疑团可释矣。与堃棋，方伯来，请堃占卦。夜，同人谭。

廿三日(5月4日) 晴，大热，可穿单。临《成道记》三页。是日万寿。围棋两局。

廿四日(5月5日) 大晴，立夏。校《忠雅堂》补遗诗及词一本毕，约五六日工夫。饭后到五堂秤，计八十五斤。太太备酒肴过夏。夜，接芝函正月信。满城根民房失火。

廿五日(5月6日) 晴，更热，夜雨。荫臣生日，送帖贺，早面，同人集谭，终日喧攘，至三更方休，殊觉可厌。仲会又来，开灯，堃臣赤脚寄傲，斯文扫地矣。

廿六日(5月7日) 雨凉。临《成道记》三页。晚，曹星翁请酒，同坐两席十四人，设建翁斋中，用癸丑陈绍，大有醉意，剧谭至三更后归，睡，仍服丸药起。

廿七日(5月8日) 晴。静养。稿二件。做洋布遮阳。灯下写备哉弟信四纸，三叔信四纸。

廿八日(5月9日) 晴。将军、制府看操。写寿曾信三纸，晓山信五纸，岳母信三纸，时敏信二纸。气不顺。夜围棋两局，静而不扰。丸药仍止。

廿九日(5月10日) 大晴，热。写润弟信八纸，三叔祖信四纸，总封，并库纹百两，托新泰厚带上海。夜，建斋谭，回，洗足。

晦日(5月11日) 雨。围棋三局。稿四件。交信银，托葆送银号，云初四走。

四月初一日(5月12日) 雨，可穿薄棉。临《成道记》四页。鸥处谭，围棋二局。稿二件。

初二日(5月13日) 晴。临《成道记》四页，第十一过。稿二件。气稍不顺。

初三日(5月14日) 晴。临《成道记》二页。不健。夜围棋一局，稍坐即睡。

初四日(5月15日) 阴。临《成道记》二页。圈《忠雅堂诗》并校误字。夜,围棋一局。雷雨。

初五日(5月16日) 晴,大热。临《成道记》三页。稿三件。读《忠雅诗》。夜与堃围棋,葆拉至建侯处谭。楞伽寺火箭局失火,有焚死者。

初六日(5月17日) 巳刻大雨,即止。临《成道记》二页。看诗。夜,与堃棋二局,俱大败。雷雨。

初七日(5月18日) 阴雨。临《成道记》二页。钟官城去。读《忠雅堂诗》并补录评语。

初八日(5月19日) 阴雨。临《成道记》三页。稿二件。生甫来。夜,阅卷九十二卷。

初九日(5月20日) 晴。临《成道记》三页。读《忠雅堂诗》,录各家评毕。夜围棋二局,小饮。黄昏银号有抢倾镕事。侣仙来。

初十日(5月21日) 晴。临《成道记》二页。阅宣少黼维礼《游峨眉日记》。

十一日(5月22日) 晴。临《成道记》二页。稿一。阅大母舅《蜀中丛稿》。花厅公请学使。又阅卷百本。

十二日(5月23日) 早雨,阴。与葆说为母舅告助事,以为可行。建翁昨日五十生辰,避客回去,今日进署,同人送礼公祝,早面,两席十四人。下午同鸥、亚至会府街买书。是日南部县庆补送年礼。夜围棋一局。请甲班十人阅卷。

十三日(5月24日) 雨。以《蜀中丛稿》请方伯阅,并告欲重刻告助,深以为可,因构思作跋后一首。夜,鸥斋谭。起午节贺稿一件。

十四日(5月25日) 晴,清和。饭后同鸥、亚步出东门,泛舟游薛涛井,又折而北至大南海,登阁眺请,面临锦江,右见远山,颇是胜地,沿城舟行,亦似江乡风景,至暮入北门,唤肩舆回署。夜,同人集谭。以《丛稿》交会元堂主人杨姓重刊,约十日可竣。蚊子已多。

望日(5月26日) 阴。起节稿三件。灯下为母舅作《小启》一篇。搭凉棚，糊冷布。

十六日(5月27日)　阴雨，可穿薄棉。终日改昨作《小启》，颇费裁剪。岑抚稿一件。夜，建、葆诸君集谭。

十七日(5月28日)　阴。又略改《小启》，录正，请方伯阅。稿一件。李升至峨眉烧香归。阅卷两束，略为移置前后。夜，围棋一局。生甫来。

十八日(5月29日)　晴。起各省巡抚节稿八件。李宫保已到湖督任，稿重改。买小本《诗别裁》五部，一两。

十九日(5月30日)　晴。起各藩臬道节稿九件。夜，建翁备烧鸭各肴，为葆翁做生日，太太亦有大小十菜、炒面，同集十人。生甫来。

二十日(5月31日)　晴。葆翁生日，未祝寿，早建翁处便肴，吃面。下午独步上街，定鞋，学署前看书，回在摊上买帖米、董二种，计钱七百廿文。

廿一日(6月1日)　晴热。起本省各节稿五件。接幼耕信。申刻至建翁公馆，为葆翁做生，西塘主办，五人公分，主客共八人，侑以双鬟琵琶杂弄，诸人俱有醉意，二更后归，堃臣更醉至明日尚吐。

廿二日(6月2日)　阴，稍凉。写正节稿，付缮，此事已毕。复幼耕信。夜，葆处谭。洗足。

廿三日(6月3日)　晴。重校《忠雅堂诗》。鸥舫得双生子。围棋二局，一胜一负。夜，伯平为葆棠做生，席设建侯斋，同坐八人，尽醉。是日写便面一张，单条一幅。

廿四日(6月4日)　晴。临《成道记》二页。为酬应起节稿，辍十二天矣。腹中作胀，连次食多而滞故也。夜似发热。

廿五日(6月5日)　晴。接芝函二月中两信。早核用款。饭后发烧，腹中滞闷，端翁来诊，服药一剂，至晚凉清，终日未饭，睡床时多。

廿六日(6月6日)　晴。夜雨，大解未畅，腹内仍滞，仍服昨方，去荆芥、桔梗。昨至鸥翁家贺，送红蛋。稿一件。三少爷生日。葆持《小启》来，拟重改。

廿七日(6月7日)　晴，夜雨，雷风并作。先君忌日，茹素杜门。稍吃饭，腹中仍未愈。稿一件。重改《小启》。

廿八日(6月8日)　阴雨。鸥来。终日改《小启》，仍未定稿。食饭稍多。与堃论骈文。夜，葆、端来谭。

廿九日(6月9日)　阴雨。亚村来，棋一局。节礼始有到者。稿四件。夜雨更大。

五月朔日(6月10日)　阴雨，夜雨甚大而冷。稿二件。鸥来云，启稿无须再改。查《史记》。

初二日(6月11日)　早雨，午后晴，终日穿棉。录正启稿，付会元堂写样本刻。稿二。读《史记》。

初三日(6月12日)　阴。写安之信五纸，芝函七纸，稚枚四纸，润泉二纸，托葆递嘉、台。仍冷。

初四日(6月13日)　阴。开销节赏。稿一件。围棋一局。夜雨，天气颇冷。阅《忠雅堂诗》。

端五日(6月14日)　阴。早起三堂团贺，早四大盘米粉。午后同堃、端三人徒步至东校场，上城，土人有掷李之俗，由城上闲步看远山，至北门始下。出城，至大南海小憩，肩舆归，游兴颇适。夜四盆四碗，八人同席，西塘久话去。

初六日(6月15日)　晴正。临《成道记》六页，辍十天矣。围棋二局，一胜。夜雨，俄顷即止。

初七日(6月16日)　晴，下午闷热，蚊子甚多。临《成道记》四页。稿一件。围棋一局。灯下读唐人诗。

初八日(6月17日)　昨夜雨，早晴，午刻又雨。临《成道记》五页。稿二件。夜，建侯处聚谭。

初九日(6月18日)　早大雨，午刻晴。临《成道记》四页。稿四件。围棋二局。夜，月色颇佳。

初十日(6月19日) 晴正。临《成道记》二页。黄昏风大,旋雨。方伯来谭。与堃臣读《封禅仪》《指物论》[①]。

十一日(6月20日) 早雨,辰刻晴,天气甚佳。侣仙来。临二页。稿二件。《忠雅堂诗集》修补始竣。围棋二局。

十二日(6月21日) 晴佳。写扇二柄。稿四件。晚,五堂集饮,十一人,散席建处谭,回又围棋一局。

十三日(6月22日) 磨刀雨。临《成道记》四页,昨临三页,第十四过。葆换晶顶。凉,穿夹。围棋一局。

十四日(6月23日) 雨,更凉,穿棉衣。临《成道记》二页。围棋三局。睡迟,夜雨更大。

十五日(6月24日) 雨,冷。送小姐生日礼。临董帖五页,稍变。建侯来小酌。接芝函信、古文二件。

十六日(6月25日) 早大雨,旋止,午后晴,仍凉。稿一件。早至七圣祠敬关帝,并贺。是日方伯老太太八十冥寿,三小姐十岁生日。葆棠、荫臣换水晶顶。太太还愿演戏,酒席,早另面。独行至江南会馆书铺,略有亭榭,又至箭道街书肆一看。回,葆再四邀至七圣祠饮,至二更后始散,建、亚诸君又来谭。

十七日(6月26日) 雨。昨食桃羹,腹中作痛,早起出恭二次,终日腹胀,炙桃炭服之,渐好,口腹不可不慎也。临董《步虚词》[②]二页。叶韵翁到。

十八日(6月27日) 雨。自十三起天气甚凉,或棉或夹不定。临《步虚词》二页。围棋二局。韵翁来。

十九日(6月28日) 雨更大。临《步虚词》二页。午刻日出,答韵翁步。晚,同人邀陪韵翁五堂,席散俱来度曲,三更后始罢,又围棋一局。夜雨。

---

① 此当指管子《封禅篇》和公孙龙子《指物论》。

② 此处大约是指临摹董其昌所临杨凝式《新步虚词》。

二十日(6月29日) 早大雨,午后晴,夜未雨,天气仍凉。稿六件。接四月初十日家信,惊悉四叔于三月初三日酉时疾终,自去年五月起足疾更剧,兼以痢疾,卧床将一年,竟以不起,殊可惨也。夜,方伯邀陪韵翁,在五堂,二更外回,睡四更矣,犹转侧不能成寐。

二十一日(6月30日) 晴正,清风徐来。稿四件。临《步虚词》二页。以《小启》及汉州诗托建翁交沈吟樵作信。夜,围棋一局,胜十五子。算清一年用数。

廿二日(7月1日) 阴雨。临《步虚词》三页。晤沈吟樵,宝锟。以母舅告助事转托。夜,建斋谭。

廿三日(7月2日) 阴雨。写《过牧三州》诗签,付重刊,刻成《诗》《启》,先刷各百本来,以五十本托建翁面交新任巴州李洁泉璲带去劝助。约建上街,适方伯来谭甚久,未果。东山郑纬卿言昌以县丞分发到川,带来澹如叔一信,纬卿乃前忠州梅村丈令似,与季雅兄弟。晚,建邀去,同堃三人小饮,二更后回,又棋一局方睡。

廿四日(7月3日) 雨。洗足。未刻同堃、选至会府街,得香光《正阳门关帝庙碑》,去银八钱七分,久未搜得,无意遇之,殊可喜也,又买普洱茶、云南水笔,将暮归。夜不静。

廿五日(7月4日) 雨,阴。稿二件。临《正阳门碑》一过,计六百九十字,笔较挺拔。天气仍凉。夜诸君集谭,三更后散。

廿六日(7月5日) 雨。临《正阳门碑》三页。稿二件。以《纪事诗》《小启》分送同人。

廿七日(7月6日) 雨,有时日出。临《正阳碑》四页,神疲。

廿八日(7月7日) 雨。临《正阳碑》二页。买大皮箱,去银两四钱。夜,鸥翁斋中同人拍曲。

廿九日(7月8日) 晴阴。临《正阳碑》二页。夜,鸥来谭。

六月朔日(7月9日) 晴正。《纪事诗》《小启》刷齐三百五十套,以百套托建翁函致汉州陈子俊,以八十本托建翁、沈吟樵宝锟、吕静甫烈嘉函致邛州陈芝田。临《正阳碑》三页。夜接芝函三月廿二信,稚枚四月初九信。建翁复来谭。临睡服丸药三钱。

初二日(7月10日)　晴,更许雨。早起江西馆拜郑纬卿,即同至满城关帝庙观荷,开者不过十之二,午正回署刚饭。围棋两局。端来谭,去后即睡,因昨服丸药稍有头眩,或阳气发越之故,因停不服。纬卿送南腿、苏扇。

初三日(7月11日)　早雨旋止,午刻大晴,热。早,五堂水饺子,太太为二小姐生日。观香光大行书册七律四首,笔格与秣陵旅舍诗刻甚相似,携来临模一过,又临《正阳门庙碑》三页。夜又至五堂小饮,堃、端诸人纸牌局也。仲会来,同至西塘处,夜,建处谭,赤膊。

初四日(7月12日)　大晴。临《正阳门碑》三页。围棋一局。夜,核清出入数。葆至堃处谭。

初五日(7月13日)　雨凉。临《正阳碑》四页。夜,建斋谭,同人度曲。做夹背心一件。

初六日(7月14日)　晴正。临《正阳碑》三页。稿四件。付会元堂工价银念两。夜,露坐集谭。

初七日(7月15日)　阴。临《正阳门碑》四页。买得天居士墨刻八册,去银四两五钱,镇日观之。供荷花。

初八日(7月16日)　阴。写幼耕信,附芝信并诗文,又《小启》,递贡井。写芝函信八纸,并《小启》递浙。临《正阳碑》一页。夜陈升以母周年,付银二两去,共八两。围棋。

初九日(7月17日)　阴风,颇似新秋。稿二件。临《正阳碑》五页。夜围棋,蚊甚多。下午晴。夜更许雷声甚震,窗槅俱动摇有声,却非霹雳,与南中异,雨渐大。

初十日(7月18日)　早雨,巳刻晴正,热,穿夏布衣。临《秣陵诗》一页。傅怀德四十生日,五堂公祝,早面,有醉意。晚,葆棠酒席,十人同席,二更外归。借《升庵全集》观之,诗文半,杂记半,共八十一卷,板在新都,刻不甚精。稿四件。

十一日(7月19日)　晴热。稿三件。临《正阳碑》二页,又杂师得天笔法三页。夜，建处谭，观书画十馀事。回围棋一局。赤膊，甚热。

十二日(7月20日) 晴正，小浴。临《正阳碑》三页。鸥来。围棋一局。闷热，抵暮建翁来，适雷雨大作，不得去，深昏晚饭，不饮，甚有味。夜阅《画禅室随笔》。

十三日(7月21日) 晴，酉刻雨。早至五堂，叶韵翁太夫人八十寿辰，面。小睡，归临《正阳碑》一页，更热，夜又五堂饮，二更外归。

十四日(7月22日) 晴正，更热。临《正阳门碑》二页，得天字二页，颇有笔意。夜露坐片时，睡不适。

望日(7月23日) 晴正，更热。昨似受凉，终日不爽，减饭。建送《升庵全集》，加圈点。月蚀。

十六日(7月24日) 昨夜今朝雨雷。临《正阳门碑》二页，张字一页。晴正即热。纬卿邀至江西馆谭，两人同饮，至更许归。至建处乘凉。

十七日(7月25日) 昨夜雷雨，至今辰刻止，稍凉。建翁夫人十五日生辰，今日邀同人早面，两席，主客十五人，俱有醉意。散后独步闲游，两足至碎，甚倦。归，啖纬翁所送包子四枚，稀饭两盏，即睡，雷雨声。是日试羊毫，临《正阳碑》一页。洗足。

十八日(7月26日) 昨夜雷雨，至下午止，日出，夹衣，去席。西塘送羊毫一枝，甚佳。临《正阳碑》四页，得天字一页。夜，阅升庵说经[①]三卷。

十九日(7月27日) 雨。临《正阳碑》一页，得天字二页。稿六件。阅《升庵集》。与堃围棋，胜十子。建来。

二十日(7月28日) 雨。鸥来。未刻晴。临《正阳碑》五页。晚，建侯斋中集饮，七人，三更方归，又围棋，棋罢又剧谭，就枕五更矣。棉衣。

---

① 此当指《升庵全集》中的经说部分。

廿一日(7月29日)　雨。临《正阳碑》一页。方伯来谭,嘱重校《忠雅堂诗》。夜又围棋剧谈,四更雨大如注,听之怕人。日间穿棉挂,夜棉被。

廿二日(7月30日)　雨,午刻止。临《正阳门碑》二页。写育泉公信四纸。重校《忠雅堂诗》。建、葆谭。

廿三日(7月31日)　阴,曾日出,夜小雨。临《正阳碑》三页。校《忠雅堂诗》,修补者尚不少。写澹如叔信四纸。接子旌四月信,在梅溪。围棋一局,胜四子。腹忽痛,如厕。

廿四日(8月1日)　阴,小雨。送信至纬处,托寄汉口。稿一。临《正阳碑》一页。写羹臣扇。校诗。

廿五日(8月2日)　阴,小雨,午后晴。临帖七页。仲会来,见示得天(得)[居]士册页,不真。

廿六日(8月3日)　阴,日出。临《正阳碑》一页。下午围棋一局。阅《升庵集》论史各条。

廿七日(8月4日)　晴正,爽快。临《正阳碑》一页。饭后同堃步出东门,看江涨,却仍平流。回至鸥、建、五堂三处。纬卿来,以门锁未请。夜鸥处谭,又至建处,晤郑叔固桐,陪饮数杯,三更后归,《邛诗》《小启》,即托郑寄。

廿八日(8月5日)　晴爽。临《正阳碑》二页。早起至江西馆,回,又至走马街买纸。堃五堂纸牌。未刻独步上街闲游,傍晚归,兴索然。

廿九日(8月6日)　晴。临《正阳碑》二页。建翁以《三苏集》见赠。夜饭未毕,又至建处饮,三更归。

三十日(8月7日)　晴,立秋。临《正阳碑》三页。阅老泉《嘉祐集》。晚,五堂饮,同席十人,三堂亦有宴,则建翁诸君也。

七月朔日(8月8日)　阴,细雨点。临《正阳碑》二页。稿一件。与堃剧谭。

初二日(8月9日)　阴,即晴。临《正阳碑》四页。读《嘉祐集》

数篇，夜阅升庵杂说，蚊多即睡。

初三日(8月10日)　晴，有变意，闷热。剃头。纬卿来。接五月十四日家信，知俱好，效成叔祖又谢世，母舅亦有信，三叔信述及竹伯四月到山，五月初八日七十双庆，老而弥健，并笔六枝。阅毕，同纬上街买物。夜，葆来谭，又同至建所谭。夜然蚊烟，算家用数，四更。

初四日(8月11日)　晴，阴，热。稿一件。写慧生信五纸，托葆递山西学院王署。临《正阳门碑》二页。围棋五局。更许腹痛如厕。午时茶。

初五日(8月12日)　阴。临《正阳碑》二页，梁米札三页。阅升庵说诗各条，有未尽确者。

初六日(8月13日)　晴，风，阴。临《正阳碑》三页。阅东坡诗及杂记，《酒经》极古。

乞巧日(8月14日)　晴，夜雨。临《正阳碑》二页。饭后至花园访亢生翁、彭侣翁，生翁以昨日纳妾，与围棋一局，负数十子。又同访郑叔固桐叙谭，其尊人亦官汉、邛二州，现尚寓邛。回，至西塘处观研，承赠子贞诗刻六幅。晚，建侯斋中集饮，同坐七人，烧鸭甚佳，食之过量。斋门未锁，有小人窃布长衫而去，为人夺归，而贼逸矣，奇哉。回坐片刻即睡。腹痛大作，盖食多所致，后宜慎之。葆傍晚欲拉去观剧，未赴，谭心。半夜遗。

初八日(8月15日)　阴雨。早起泻肚，并有寒热，终日昏睡，甚不适意，啖粥两次，饮午时茶。鸥翁补汤饼筵两席，未能赴，早睡。

初九日(8月16日)　阴。终日不适，至二更后出恭，腹中稍松。服端方消导药一剂，日间仍啖粥。夜月色佳，早睡，从帐里望之。

初十日(8月17日)　晴。建、西、少、葆、端、夔六人至新都游桂湖，以疾未去。临《正阳碑》二页。《忠雅堂诗集》修补竣工。泡大麯五斤。阅《东坡杂著》。仍两顿饭。围棋一局。

十一日(8月18日)　早大雨，阴。临《正阳门碑》二页，颇得手。饭如常。夜服归脾丸三钱。稿一件。午刻游桂湖者归，桂未花。

十二日(8月19日) 阴,晚雨。临《正阳碑》一页。巳刻至鼓楼街,看各官为将军接御赐福寿字,队伍甚整齐。过毕,西塘家中早面,两席十六人,散席,买兰石大行书小幅八条,去银三两,顺道从会府街而归。为纬卿撰送制军联。夜围棋,又至建处谭。

十三日(8月20日) 早晚雨。临《正阳碑》五页。送还陈玉方条。建翁借姚姬传幅,悬之壁间,观之。围棋一局。

十四日(8月21日) 晴。临《正阳碑》二页。观《东坡杂著》。纬卿邀看三节会,以体未健,姑诺之。

望日(8月22日) 阴。临《正阳碑》二页。崇将军五十生辰。未刻至江西馆少坐。同纬至东门府城隍庙看会,抵暮肩舆归。作寒,晚饭大减,即睡,满身节络不舒。稿一件。

十六日(8月23日) 阴。早至五堂请端诊,服药一帖。两顿粥,昏卧时多。夜,亚持扇来索书。

十七日(8月24日) 阴。满身作寒,似发疟,卧床竟日。端甫丁内艰,闻讣,在署成服,往吊,为葆作挽联。是日仍食粥。幼耕来谭。

十八日(8月25日) 阴,夜雨。写扇两角。临《正阳碑》一页。稍吃饭,仍恶寒。

十九日(8月26日) 阴。为西塘作砚铭,书于盖上。买《玉虹楼残帖》六本,银贰两五钱。看端翁。

廿日(8月27日) 阴。午刻终作寒,似疟,鸥劝用桂枝,服药一帖,仍粥两次。篯索分款甚急。

廿一日(8月28日) 阴。临玉虹楼得天居士书《牡丹诗》四页。服昨方,桂枝本一钱,又加五分,堃为加党参三钱,似稍好,略饭,少而不多。

廿二日(8月29日) 阴,下午雨。临《牡丹诗》二页。服昨方,饭稍增。同人备祭席,至端甫处吊,送幛两轴,对两幅,七人公分。送纸至幼耕处。未刻至少甫处,适有客至而返。

廿三日(8月30日) 阴。临《牡丹诗》三页。幼耕来,出示《大云山房文集》序二篇,并嘱递芝信。纬卿来。阅东坡题跋,意兴稍好。

廿四日(8月31日) 阴,有风。临《牡丹诗》二页,《成道记》一页。稿一件。吴制军生日。早看端甫。堃为开六君子汤,服之,较前数日清适,然棉袍尚未脱也。

廿五日(9月1日) 晴。送镬之银五十两。至葆处交撰联。饭后至鼓楼街拜幼耕,并交伯平扇对,坐谈良久,晤缪仲英,幼耕侄子韡,带回幼稿二部。夜,建处谭。接芝、稚信。是日起居饮食渐如常,棉亦脱矣。

廿六日(9月2日) 阴。临《牡丹诗》四页,《天马赋》三页,笔颇熟,又书衡士[1]条幅一件。稿一件。送幼耕稿,伯平、葆棠各一部。夜,葆所谈,至鸥斋撰端甫太夫人挽联,云“一片慈云渺江国,万重孝水泣川涂”,倩堃翁书。

廿七日(9月3日) 雨。葆棠闻讣,丁母忧,年六十一,故于德兴县署中。临《牡丹诗》二页。

廿八日(9月4日) 阴雨。葆棠成服,至五堂吊,为镬之、傅怀德撰挽联两幅。临大小行书四页。夜少甫诸君同席,即日间祭筵,散坐斋中集谈。是日咳嗽甚重。

廿九日(9月5日) 阴雨。作挽任太宜人联,不佳,又另撰一幅,差可用得,与鸥酌定两人公送。马慕尧、星涛诸君同席,亦系祭筵。早至五堂看葆棠。

八月朔日(9月6日) 雨,有晴时。临《牡丹诗》二页。倩堃臣写挽对。星涛诸君同席。夜,建翁来谈。晚饭荤腥夹杂,腹小痛。

初二日(9月7日) 雨,有时日出,三更后倾盆大雨。临《牡丹诗》二页。围棋一局,平。晚饭诸君又同席。节礼始有到者。

初三日(9月8日) 昨夜大雨,至今早未止。早至建处,又至西

---

① 疑指徐树钧,字衡士,咸丰七年举人,擅书法。

塘处,晤同乡尤咏莶,恩绶。善脉理。同事九人为葆棠太夫人设奠,夜会饮,同坐七人。夜围棋。稿一件。临帖三页。

初四日(9月9日) 阴雨。侣仙来。临《牡丹诗》两页。节稿二。天气甚凉,可穿棉袍马挂,夜用厚被。

初五日(9月10日) 晴。节稿督抚两件。葆棠除粗麻,同人俱至,五堂拜奠。晚,建翁处同席,外客三人,同事六人。夜,围棋一局,大败。

初六日(9月11日) 阴,午后雨。督抚藩臬稿七件,本省复稿三件,终日未干他事。早,方伯来谢步。葆棠仍居账房。

初七日(9月12日) 阴雨。外省藩臬道稿九件,另两件,终日事此,节信毕矣。至葆房,端亦同住。

初八日(9月13日) 雨。临《牡丹诗》四页。稿三件。棋一局。先祖母忌日茹素。夜,堃翁为看八字,云寿儿是日禄归时格,可望读书也。

初九日(9月14日) 雨。临《成道记》一页。写鸥折扇。饭量如常。服六君子汤一剂。围棋一局。为端甫排平远山房帖次序毕,诣葆谭。

初十日(9月15日) 晴光可喜。悬腕临《牡丹诗》二页。午后至联升巷访纬卿新居,同至学道街一观,将欲扃试,考市甚清。夜围棋。又稿一。

十一日(9月16日) 秋晴甚爽。临《牡丹诗》一页。稿六件。夜杂书家信六纸。补好顶篷。

十二日(9月17日) 晴,下午三雨。写家信,润弟、三叔、寿儿三函,又杂书一纸。书荣栋条幅。夜围棋一局,又至葆处。夜,在葆处食小栗五六枚,觉腹滞。

十三日(9月18日) 雨。接笠弟四号家信,知其于五月回家除服,已辞兰局,而欲他谋。临《牡丹诗》一页。稿三件。围棋一局。太太送蹄子、月饼。

十四日(9月19日)　雨,有时晴。端甫稿一件。又补写家信四纸。发节赏。夜围棋一局,又至葆处,同人毕集。

中秋(9月20日)　早雨,巳刻晴,下午阴,夜月出。早,同人集斋中共贺节。临张、董字五页。申刻同人至学署前一观,是日试生童诗古,回小睡。晚,四大四小,焖肉甚烂,吃馒头,大佳,同席八人,酒散意兴萧然,翻阅自钞诗文,颇有得解处,坐至三更后睡。

十六日(9月21日)　雨,阴风冷。临《牡丹诗》二页。稿二件。重读《绛守居园池记》,觉其层次井井,造句生新异常,惟通篇句读仍不能尽明也。

十七日(9月22日)　早雨,晴。临《牡丹诗》《步虚词》五页。稿二。夜,围棋一局,胜八子。摘家信大略。

十八日(9月23日)　早雨,晴。摘家信毕,封就润一函九纸,笠一函二纸,三叔一函,寿儿一函,并郁金、雅连一,总封,外库纹百两,交葆翁托新泰厚号带上海,除寄银一百,又核清银数。稿一件。西塘、建侯招饮,剧谭,差能食矣。

十九日(9月24日)　早雨,晴,夜月色佳。临《牡丹诗》五页,笔有馀趣。灯下读帖有悟入处。服附党丸,用盐水送下,少顷出恭。夜,录正上年出入细数。

二十日(9月25日)　阴雨。临《牡丹诗》两页。饭后小睡,昏倦弛懈,昨丸药不宜故也。鸥来谭。围棋一局。稿一。

廿一日(9月26日)　昨夜通宵雨,越落越大,至巳刻渐歇,夜又雨。临《牡丹诗》五页,又书得天居士楷字一页。灯下自书大楷五页,与堃论笔法,终未稳耳,后须间以真书,不可但学行也。晚饭吃馒头红焖肉,尚可。

廿二日(9月27日)　早雨,阴,夜又雨。临《牡丹诗》一页,又杂临文敏字三页。袁小午太史稿一。与堃论文。

廿三日(9月28日)　雨。临文敏字二页。稿一件。烧鸭一只,厨房添菜六样四碟,建侯斋中吃饼,并邀曹星涛、郑叔固,同集七人,饮兴稍振。日间至葆处,夜又观火袋。

廿四(9月29日) 阴。临文敏字二页。至鸥斋,以素纸请琴翁临董。韵、选邀同学道街一步。稿三。廿二服香砂六君子丸,昨未服,今晚又服。天气渐凉,以秋雨太多之故。

廿五日(9月30日) 秋爽可喜。临文敏字三页。至盐道街拜尤咏莨,并请诊脉定方,云心脉大亏,肾亦亏,脾亦甚大,药以养心为主。灯下补写乙丑秋冬日记,如理旧书。葆借去《忠雅堂诗集》批本一册。

廿六日(10月1日) 晴。临文敏字三页。服咏莨方一剂。稿四件。夜录丁卯春杭州日记,一月时考诂经精舍、紫阳书院,兴会淋漓,借寓城南务署,步行出入动辄一二十里,足力不疲,且闲居窘迫,而时作胜游,亦一乐事也。

廿七日(10月2日) 晴爽。杨会元堂来刷《忠雅堂》。服昨方一帖。终日临文敏字六页,稍有进境。夜观所临《牡丹诗》,用笔都未合。夜接昨录日记。

廿八日(10月3日) 晴。临《牡丹诗》二页。稿二。仲英送到《大云山房》一部,嘱校正。服昨方一剂。傍晚气机阻滞,夜饭饮玫瑰烧,头岑岑痛,即睡,因有信件,重起,甚不适意,未服二煎。

廿九日(10月4日) 晴。未临帖。以《天马赋》《心经》揭裱。稿三件。方伯嘱写《忠雅堂诗集》封面,为书十纸,送五纸去,未知可用否。未服药,气较舒展,或体虚不受补也。夜,韵来谭。

九月朔日(10月5日) 阴。拆凉棚。尤咏莨来,为诊脉定方。临《牡丹诗》二页。稿二。夜读杜诗,细阅自临字。

初二日(10月6日) 早小雨,阴,夜雨。建翁邀吃面。稿二。得《书传音释》《周易传义音(释)[训]》各一部,系吴制军所刻。夜读《吕刑》一篇。临字将一年,功无间断,多及千纸,竟少进地,或以泛临全帖,领会故难,今日易一法试之,择字之结构,用笔可以为法,将偏旁相同者,竭数日之力,只临两三字,必待其笔意吻合,脱手随写,无处不合，再临别字，既专且精，功夫或易长进，以后当守此法，今日试临“堂”“象”二字，数至百馀，仍未尽得，始知书道之难也。

初三日(10月7日) 风雨凄凄。昨侣仙来。临字甚少。服药。稿二件。夜读《禹贡》半篇。裘德斋到。

初四日(10月8日) 风雨。稿四件。临《牡丹诗》，未毕两页，为堃翁阅文而止。咏莔来。前巴州陈鸿绪送母舅银二十两，西塘交来。张建翁腹痛大作，同人斗然一惊。夜读《禹贡》毕。德斋来谭。服药。

初五日(10月9日) 阴雨。建翁好矣，来谈，同至葆处。校《忠雅堂文集》三篇。读《大云山房初集》一卷，并校讹字十馀处。临《牡丹诗》一页。稿一。曹星涛送母舅六两。服药。夜建翁来谭。

初六日(10月10日) 阴。临《牡丹诗》二页。校正《大云文》一卷。服药。读《顾命》《康王之诰》两篇。

初七日(10月11日) 阴，细雨。临张、董行书各二页，有进。试新羊毫。买宣纸三张，九钱，颇佳。服药。端甫剃头。灯下阅《清晖(堂)[阁]董帖》，皆行书，临晋唐各种居其七。

初八日(10月12日) 晴爽可喜。为葆起致程石如稿一件。饭后至会府街书肆，买玉虹楼残帖十馀页，兰石楷帖一册，计银五钱。修表用银五钱。又独步北行一游，意兴索然，回。服药。彭侣仙为购到邛竹四枝。

重阳日(10月13日) 晴爽。早起，鸥邀作泛舟之游，临得天字一页，与选同饭，即出署，同鸥翁及董信吾四人步行出东门，登舟，闻水声可乐，舟中小饮，至瘟祖庙前上岸，行里馀，游浣花草堂，寻万佛楼，未及流连，回舟顺流而归，暮色苍然，烟波若画，游情甚惬，仍由东门步至鸥家夜饭，白鸡黄酒，欢然一醉，并见其二子，长瘠而次肥，更许肩舆归。

初十日(10月14日) 阴。临张帖二页。昨游固乐，今日稍有委顿，早请端翁开方，未服。夜稿四件。钱亚村来谭。鞠花甚多。

十一日(10月15日) 阴。稿五件。校《大云文》一卷,《忠雅文》八篇。体中略如常,但饭少减。

十二日(10月16日) 阴。临《牡丹诗》一页。葆述方伯意,欲代作舒母墓志,固辞。夜建邀饮,蒸鸭油饼,星涛、西塘四人同席,多食,有滞意。

十三日(10月17日) 阴。临得天居士真书四纸,以后宜缓学行书。接笠弟八月朔苏城信并帖二种,以《秣陵旅舍》赠端甫。买银印及铃四事,送鸥双生子。稿四件。

十四日(10月18日) 阴。临楷书三页,写扇二,单幅四。稿三。接幼耕信并对、单幅六件。黄昏夜半咳嗽。仲会来。

望日(10月19日) 雨。临楷一张。稿二件。阅缮信约五十件。写巴州李洁泉稿,请建翁缮发。

十六日(10月20日) 阴。临楷书三页。校《忠雅文》八篇。稿二。阅信三十件。星涛来,嘱起信稿。读《明夷卦》。阅《大云文》卷四,初集校完。

十七日(10月21日) 阴冷。临楷字一页。稿二件。发巴州信。校《大云山房》二集起。夜睡不甚清适。

十八日(10月22日) 晴。早起同人至北门看李爵相入城,立久足力甚疲,肩舆归。身作寒,食粥两碗,请端开方,卧以养之,晚仍粥,腹空。夜服桂枝、苍术等药一剂,气逆,遍体扰搅作痛,呻吟达旦,盖体虚,为药力所攻,元气不敌故也。

十九日(10月23日) 晴,霜降。气仍痛,强起,端开沉香、木香等方,服头煎三分之一。钦使查办吴制军事发端,四司道会议详覆。端送节略来,请为作墓志铭,将归葬太夫人也。仍食粥。

二十日(10月24日) 晴。早端来。读《困卦》。校《大云》一本。侣仙来。气痛至今日始平复,晨醒尚稍作痛。

廿一日(10月25日) 阴。早端来开方,用党、术、桂末,服一剂有效。校《忠雅文》十一篇。读《小过》《大过》。写信一件。缝洋布被单。鸥来谈。是日胃口如常。

廿二日(10月26日) 阴雨。临楷二页。校《大云》一本。钦使传彭道汝琮问供。夜,作舒母张太夫人墓铭稿。

廿三日(10月27日) 阴雨,冷。校《大云》一本。至葆房请端覆诊,开方加附片,服一剂,廿一日方服两剂。伯平气痛。星涛送糖食藕粉。夜,至建处。

廿四日(10月28日) 阴雨。作墓志稿略毕。临楷一页,昨临二页。服昨方。鸥舫借去银三十两。伯平病势甚重,医云脉气已绝,同人仓皇。

廿五日(10月29日) 阴雨。临楷字两页。校《大云》一本。改志铭略定。服药一剂。接稚诗信。伯平稍好,端甫方,用熟地八钱,党参八钱,附子一两,有效,脉渐起,夜去视,适睡,未与言,然神色比昨大佳矣。选、胡在外饭,五堂到二客。

廿六日(10月30日) 阴雨。临楷一页,又自书两页。录志铭草稿。服药一剂。伯恙渐好,可喜。

廿七日(10月31日) 阴。临楷书一页。饭后同选上街,至会府一带。夜至伯平处,劝其服药。

廿八日(11月1日) 阴冷。鸥去扫墓。临楷两页,行两页。以墓铭与堃臣商订。夜乱梦。校《大云》。

廿九日(11月2日) 阴,雨冷。穿新做棉裤。校《大云·言事》毕,凡两卷,凡初集四卷,二集四卷,言事二卷,计九本,共讹字百数十处。读《史记》数篇。夜看伯平,已能言笑矣。

晦日(11月3日) 阴,未刻晴。临楷一页,行书一页,读《石笥》。西塘生日,未贺。夜,葆、端来谭,示以志铭。

十月朔日(11月4日) 晴。临楷书、梁米札各一页,颇佳。改定志铭,付缮正。读《淮南子》,有悟。

初二日(11月5日) 晴。临梁刻三页,觉有入处。读《史记·始皇本纪、刺客列传》,兴会颇佳。

初三日(11月6日) 晴。临梁刻五页。对准日晷。缪仲英送《大云》补编一册,灯下校毕。

初四日(11月7日) 阴。临梁刻二页。骨节不舒。李爵相来拜。夜焖肉包子。

初五日(11月8日) 阴。临梁一页。同鸥至铺观书。回,接子远信,并扇面,夜作复。观诸君射。

初六日(11月9日) 阴。临梁四页。交墓志与端甫,请方伯阅。夜看伯平,已两碗饭,起床矣。

初七日(11月10日) 阴。与端甫定墓志格式,承赠徽墨一匣,云值二十五金。堃臣、矱之定与端甫同行。夜起太太生日复稿,并问堃臣尊人厚甫先生文瀛在严州守任殉难,祔祀严祠始末。夜睡,至四更后始成寐。后任严守丁寿昌有记。

初八日(11月11日) 晴。起稿二件。端甫家居廿三都新营村。剃头,夜洗足换衫裤。写芝信七纸,稚信三纸,并录李厚甫太守祔祀严祠记,又写润弟信三纸。是日起,体中较舒。

初九日(11月12日) 大晴,暖。又书稚枚一纸,并录旧作《书高垣吴氏死难事》,又书芝函一纸,同墓铭稿、诗论封就,递嘉兴。伯平出来。缪仲翁又送《大云》来。

初十日(11月13日) 阴。临梁刻四页。买《杜诗详注》一部,二两五钱。夜五堂饮,同坐十人,二叶公皆方伯亲串,新到。昨发芝函信,即到八月初一函,可谓心心相印。

十一日(11月14日) 晴。将《玉虹楼》五册付装。夜七人同席,寿酒,食槟榔。临睡高丽少许。

十二日(11月15日) 晴。太太生日,至寿堂拜祝,早面七人。未刻同选上街,至花园看金鱼,并至黔馆,顺道而回。夜席八人,酒罢,谈至三更外。有月。

十三日(11月16日) 阴。荫臣谢寿,方伯亦来。终日标出所校《大云文》十册内讹字一百五十馀,题误三处,作函送缪仲翁,极许其精。夜，葆所谭，月佳。纬卿信来，嘱求川东差，欲便道到忠州。

十四日(11月17日) 阴。临梁刻二页。为端书小条幅。读杜。夜端来谭。葆还《秣陵》董帖。

望日(11月18日) 阴。葆来商籆之分银事，即托寄家信。起桐、竹、听信稿。灯下写惠信三纸，润信三纸。

十六日(11月19日) 阴，日出。写麟、寿信各一函，并印仿三纸。夜写三姨母、岳母信各二纸，晓、笠各一纸。冷，云有雪。作马慕尧太夫人七十寿联三幅，葆嘱也。

十七日(11月20日) 阴，日出。建侯斋早席，油饼，为同人饯行，两席，主宾十五人，小醉，观射。写芝函信三纸，并附顾幼耕信、字幅。夜校《忠雅文》。

十八日(11月21日) 阴，日出。写竹信五纸，桐、听信各三纸，加润泉三纸，又另一纸，封就，夜送葆翁，托交新泰厚带上海，并银贰百两。分籆之银八十二两，连前付五十两，端、秋两节分款清讫。收鸥还银。卅金。晚，韵、怀、荫为诸君饯行，同席西、少，剧谭。

十九日(11月22日) 大晴。花厅委员阅卷两日。端信稿一。连日写家书三十二纸，未临帖，今日临梁刻三页，董帖一页。星涛邀陪饯行，两席十二人，酒肴俱佳。

二十日(11月23日) 大晴。临《成道记》三页。写端折扇。夜同人为诸君饯行，两席十五人，堃未到。送兰石字八幅与端甫，董帖一册与选臣。欲遣去陈升。

廿一日(11月24日) 大晴。星涛稿一。临《成道记》四页。李爵相行，方伯送后来谭。稿三件。

廿二日(11月25日) 大晴。为伯平写批十馀件，缮另单一纸。临《成道记》四页。夜，方伯为诸人饯行，大花厅两席十四人，晤祝盛甫水部，维城，铅山拔贡。从京来，新到。

廿三日(11月26日) 大晴。早面。午刻端、选、堃、籆、德、二叶君七人同行登舟，出城送，又至薛涛井茶话叙别。夜，阅书院卷三十本。用刘升。

廿四日(11月27日) 晴。为伯平缮批。定书院卷甲乙。临《成道记》二页。夜同亚、建处谭,睡早。

廿五日(11月28日) 大晴。临《成道》二页,毕一过,又临《秣陵诗》四页。还饯行公分五两一钱。兑八两四钱,系选臣所还,短平九分。写批十馀件。

廿六日(11月29日) 阴。饭后至联升巷与纬谭。写批数件。夜方伯嘱编书院卷超特等八十名名次,至三更后毕。仲会来。昨夜剧谭,今夜早睡。

廿七日(11月30日) 阴。临《成道记》二页。写批数十件。仲会又来。核清出入数目,今年已用去百二十金矣,以后书帖亦不宜买,方可节省也。

廿八日(12月1日) 大晴。临《成道记》四页。头小晕。录批数件。稿一件,方伯荐刑名、书启、朱墨五人与新臬使英豪卿祥。孙琴翁书册页八开来,亦摹香光笔意为多。

廿九日(12月2日) 阴。临《正阳门碑》四页。年信稿二件,一小军机,一部属。录批十馀件。接芝兄九月初一二两函并诗,知杜篆已交卸,欲回山省亲。方伯大房次孙九月殇

十一月朔日(12月3日) 大晴。临《正阳门碑》二页,意趣笔墨俱不佳。两日心精不固。《玉虹楼残帖》装成五册。录批数件。夜,建斋谭。观葆棠所得石庵横幅,甚佳。亚村来。百合。

初二日(12月4日) 阴。临得天字一页,义门真书二页。接稚枚九月十八嘉郡信,为笠弟定霞轩次女,芝函兄大郎端士已入泮,山间只一人。稿三件。葆处看书画。录批数件。

初三日(12月5日) 大晴。临义门字三页。录批数件。连日食百合,甚佳。夜读石笥文数篇,五古数十首,觉其诗境之深,愈探愈妙。枕上改旧诗"虚市黄沙成野径"七字。

初四日(12月6日) 阴风。临义门字,较前大有入处。缪仲翁

送《大云山房文集》二部来，付去《忠雅堂诗集》一部。录批廿馀件。灯下阅《困学纪闻》。稿两件。

初五日(12月7日)　阴。自糊纸窗。临义门字四页，有进。稿一件。建斋谈。夜读石笥文，悟《秋霖赋》序中文意，从前误解。送鸥《大云文》。

初六日(12月8日)　阴。潄芳来，初三到。临何字二页。已黑，伯来谈。夜录批十馀件。读石笥文十馀篇。又至葆处谈，迟睡，因荫臣请水饺子，至廿六枚，稍多，腹胀故也。方伯来谭。

初七日(12月9日)　早雨即止。临义门字二页。阅《纲鉴易知录》，自汉起。仲会来。穿毛袜起。灯下又阅《易知录》，毕一本。

初八日(12月10日)　雨冷。未写字。祝盛甫水部来署，榻对门堃翁旧房。夜阅《易知录》，头小晕。稿一件。亚村来谈。

初九日(12月11日)　雨，午刻晴，更冷。临义门字二页。稿五件。录批十馀件。潄芳送芍亭仆少信来，并《文敬诗文全集》两套，夜翻阅，见旧题《送穷图》七古亦刻入。

初十日(12月12日)　阴。临义门字三页。自书彭文敬《送穷图诗》二纸。亥时荫臣得第三子，甚快。帐房集饮。

十一日(12月13日)　阴冷。拜潄芳，晤董叔慎、贻清，阳湖人，前署绵州。缪鸿初冠英、洪桐云，锡爵，原籍安徽华阳，举人，现在吴制军幕中。又至张公馆拜少安，不值。拜缪仲英，晤谈，嘱校真冷典，抵暮归，受寒，大倦。录批数件。稿二件。

十二日(12月14日)　阴冷。荫三少君洗三，道喜，未刻酒席，送红蛋。穿丝绵袄裤。星涛送贵州水笔十支。阅《易知录》，毕二本。录批数件。

十三日(12月15日)　阴冷。临义门字二页。为盛甫书扇二柄。送缪、郑信。仲英送《稚存诗话》《兰修丛稿》《香雪试帖》三种来。买高丽参八两，价五两五钱。夜与葆、盛谭至四更外，睡嚼参少许。穿新买毛袜，足始不冷。

十四日(12 月 16 日) 大晴可喜。为祝君起致周渭臣军门稿、韵翁致潘席卿明府、葆翁致萧芗泉方伯稿,又主人致乡友稿二件。夜录批十一件。与盛甫谭都门事。昨今两夜月色甚佳。纬卿来,转送红蛋廿馀枚去。闵、张来谈。

望日(12 月 17 日) 大晴。葆稿一。临义门字二页。有冰,午刻未化。稿二件。夜建翁招饮,同集六人,悉吴制军、崇将军以彭道事部议,彭道革职,钟道勒休,宣道革职。缪仲翁来,未见。

十六日(12 月 18 日) 大晴。临义门字二页。稿二件,又为盛甫稿一。邛州委宋子林恒山,以母舅事托西翁。晾被。夜作古骈文覆芝函,可存稿。写四弟信。

十七日(12 月 19 日) 阴。萧曹祠演剧。写芝函信,润泉信,稚枚信,并誊正古骈答书寄芝,稍有增删。夜盛甫来细谭,颇精帖考,游历亦多。

十八日(12 月 20 日) 阴。写幼耕信,均交葆递,计山西一件,嘉兴、贡井各一件。阅《北江诗话》二册毕。夜,包子、红肉小饮。临睡煎高参五钱。

十九日(12 月 21 日) 阴。临《云麾碑》五页,颇有笔趣。稿三。为星涛作文昌宫捐祭费启。录批数件。夜煎高丽三钱,丑初冬至服之。

二十日(12 月 22 日) 阴。同人帐房贺至,夜主人具柬集饮,亦在帐房,同席八人,后至建翁所谭,归盛甫又来谭,睡已四更。临《云麾碑》一页,自书大楷三页。

廿一日(12 月 23 日) 阴。临《成道记》三页。稿二件。亚村禀到来。早建所鸭面。夜,八人集饮,昨席馀肴,酒罢射覆,稍有头晕,泻肚一次,三更许睡。

廿二日(12 月 24 日) 阴。接绥之兄信。邱晓秋广生南院送来稿三件。写致邛州陈芝田稿,托建翁交新刺史宋子翁带去。缮宋小墅信三纸。夜剧谭,盛甫示《马嵬坡诗》,索观《蜀游草》,尽一卷,睡已四鼓矣。

廿三日(12月25日) 阴雨。临《成道记》六页,笔趣尚佳。稿二件。阅《北江诗话》,毕一过。

廿四日(12月26日) 阴。汉中转运局稿一件,浙、闽、广东、西督抚年稿六件。

廿五日(12月27日) 晴。方伯添曾氏外孙,早面,帖贺。午后至纬卿处,同到学署前闲步,回小睡。夜至韵虞、伯平房,盛甫又来谈诗。彭侣仙委合州吏目。孙霁翁放盛绵道。英廉访到。将军夫人奉旨入京。

廿六日(12月28日) 晴。临《成道记》三页。方伯来谢步。接十月初八日家信,各房均好,孚泉弟十一月廿九日完姻,信件甚多,阅半日方了,至夜复细阅之。

廿七日(12月29日) 阴。临《成道记》二页。桐叔祖寄来西湖孤山董帖八页,颇有笔趣。夜饭添肴小饮。大花厅请唐鄂生炯。

廿八日(12月30日) 大晴。临《孤山寺诗》四页,计八首,一遍。藩臬通稿三件,李爵相稿一件。阅兰修馆古小赋,思笔甚锐。

廿九日(12月31日) 晴。阅督抚年禀六件,录存备查。读《公》《穀》等古文数篇。临《西湖诗》五页。库厅集饮,同座葆、建、星及予四人,有蟹,在川为珍品。夜阅贺星槎,崧龄,天津人。《未能免俗斋诗》,可发大噱。新臬英接印,盐道傅回任。

晦日(1870年1月1日) 阴。接彭榴轩比部信。临《西湖诗》五页。会元堂来索书值,葆未付,促其且去。灯下录批数十件。计自去冬起临帖已满千纸,不可谓不勤,惟姿地不高,进步无几,且常欲换帖,未能专力一家,亦一病也。

腊月朔日(1月2日) 晴。临《西湖诗》四页。读古文。晚,建侯斋中集饮,主客八人,剧谭无礼,葆棠为甚。

初二日(1月3日) 晴暖。临《西湖诗》五页。读《哀江南赋》。方伯来谈。录批十馀件。稿二件。阅《易知录》二卷,萧梁事。

初三日(1月4日) 阴冷。临《西湖诗》三页。读《哀江南赋》。另单稿三件。录呈批二十馀件。阅《易知录》二卷。葆、盛、韵来谭。

初四日(1月5日) 阴冷。临《西湖诗》一页。礼尚万稿一,改贾中堂、陈三太太稿各一,唁稿一,部属稿一。鸥翁邀陪徐晓楼同县、汪云衢、凤标,浙江人,前商南县。欧阳晴峰。晸,川人,直隶候补同知。更许回。葆处谭。

初五日(1月6日) 阴冷。临《西湖诗》三页。读《哀江南赋》。另单稿二。夜,盛、韵来谈。

初六日(1月7日) 阴冷。枕上诵子山赋。贡井委何逢孙作书寄幼耕。纬卿得差使,赴忠州各处来。临《西湖诗》二页。终日细雨,甚冷。改张、建、翁、曾、侯另单数语。夜谭至四鼓。阅《易知录》,萧梁一朝事毕。

初七日(1月8日) 晴正。临《西湖诗》二页。祝云门稿一件。阅《易知录》。

初八日(1月9日) 晴,午后又阴。本省年稿四件。临《西湖诗》三叶。稿三件。阅《易知录》南北朝刘宋时事。

初九日(1月10日) 阴冷。临《西湖诗》二页。阅《易知录》。送满月礼,每派四两馀,五人公送金寿星八仙、红绿绉各二丈,帽鞋等四样。稿二件。

初十日(1月11日) 阴,大冷,夜有风,下雪。围炉联七律一首。稿二件。夜,建斋满月酒,两席十三人,席散剧谈,回又联句,四鼓后睡,甚冷。

十一日(1月12日) 阴,有风,大冷。稿二,缮另单一件,曹养吾事。临《西湖诗》三页。是日节礼始有到者。录批二十馀件。油灯俱冻,去年所未有。夜,又卧房围炉闲话。

十二日(1月13日) 临董《西湖诗》三页,张《牡丹诗》二页,《天马赋》一页。晴,午后阴,风甚冷,夜月色好。接芝函信。至葆处谈,又来围墟闲话。

十三日(1月14日) 晴。临《成道记》一张,《灵飞经》二页。夜以鸡蛋卷为题,同盛甫戏用柏梁体联句。

十四日(1月15日) 晴正,冷甚。临《灵飞》数行。荫臣夫人备肴,早饮,春饼。终日疲倦,夜睡稍早。打盛甫各印。

望日(1月16日) 晴正,更冷,早起见霜,冰厚寸馀。临《灵飞》一页,又自书折楷一页,稍觉圆熟。

十六日(1月17日) 晴正,月食既,看救护。临《灵飞经》一页。夜与盛甫读《绛守园池记》等杰作。

十七日(1月18日) 晴正。至彭侣仙公馆送之。合州吏目任时病初愈,送丽薆八枝。至漱芳公馆,为方伯索书绢幅,仲英公馆送《忠雅集》一部,索《大云集》赠盛甫。回,起席砚香方伯宝田稿。夜小饮,与盛甫谈时事。

十八日(1月19日) 阴,下午更冷。临《灵飞》二页。阅《易知录》。夜盛、葆、韵四人集谭。

十九日(1月20日) 晴正,稍和。写榴轩、绥之信,交漱芳寄京。临《灵飞》一页。做成笔船,星涛送笔插四枚。

二十日(1月21日) 晴和。临《灵飞》一页,自钞《圣教序》一页。稿一。仲英送《经字考略》《邓春圃诗》[1]二种,又转赠葆棠、盛甫《北江诗话》《香雪斋试帖》各一种,又为转呈方伯,四种皆有,即覆一函去。夜帐房集饮,八人,荫臣夫人为伯翁暖寿,同人又至伯房观画梅及美人,三更后归。

廿一日(1月22日) 晴和。午时封篆。早拜伯平生,道喜,面后,同盛甫步至会府街看书肆。夜,建斋封印酒,两席十二人,席散剧谭,拈字作诗对,予以"未曰"二字构七字句云"未卜何时赋曰归",盛甫对云"忽逢残岁闻云暮",极自然而典切,又盛以"然周"二字构七言句云"旅客依然似马周",予对云"封侯莫漫夸虫达",亦颇新巧,附记

---

① 疑指邓元煥,字春圃,新城举人。

于此。三更后归睡,葆、盛又来,未重起也。

廿二日(1月23日)　阴,稍冷。稿四件。录批十馀件。食百合一瓯。临《灵飞经》一页,神思不属。夜谭。

廿三日(1月24日)　晴,夜雨。临《灵飞》一页,自书一页。稿一。录批十件。夜谭。读《船山诗》,至四更外睡。星涛送年物。

廿四日(1月25日)　阴。临《灵飞经》一页。昨夜方伯家过年,今早同人道喜,星涛、韵虞、伯平、葆棠及予五人牌九小叙,胜钱一千文,至饭时散。夜,建斋又小九,胜六千文,皆伯平输,至三更后散。晚间两席,有内厨乡馔。送鸡鱼两品与建翁。

廿五日(1月26日)　雨。临《灵飞》一页。录批十馀件。稿二件。夜,盛甫出示各冷唐碑,甚多佳者。

廿六日(1月27日)　阴。临赵《黄庭》一页,颇佳。复观各帖。稿一件。录批三十馀件,长者八。夜盛谭《快雪堂帖》,涿搨为上,建搨次之,内府又次之,盛甫云如此,并云香光《兰亭》《岳阳楼》大行书两种笔阵开拓,比他帖为胜。

廿七日(1月28日)　晴。写羹臣横幅一张。临《皇甫碑》一页,《黄庭》一页。稿二件。录批数件。

廿八日(1月29日)　晴。临《黄庭》一页。饭后同韵上街看年市。漱芳书绢素小楷一方交来。录长批十四件。稿一件。整齐架上书籍。剃头洗足。

除日(1月30日)　晴。临《黄庭》一页。稿二件。录批三件。公事毕,发节赏,用银二两,钱十千零。还清各帐。太太送肉蹄一只,年糕八方,力四钱,鸥翁送咸肉一肋,年糕八方,建翁送团子一盒,葆翁送肉蹄一只,橘子一盘,以年糕两方、肉蹄一只赏陈升。早间方伯衣冠来,即去答步。上灯时同人又各往来辞年,夜,帐房饯岁,翅筵一席,同坐七人,酒后同人复集予房局戏,年烛双照,暖盆徐烘,诸君兴既不浅,良夜气亦甚和,度岁如斯,亦颇云美,至四更后方睡,时方伯已将拥驺出署,至会府行朝正礼矣。

己:二月初十日寄竹、塘、伯、听、母舅,单二纸,各一信,并银三百四十两。六月廿到凤处。

笠弟来函

八月十三到一信。晓一信,田亩事。

九月十三到一信。帖两张。

庚:三月初十到一信。杭递来。

八月十八日发一信。寄家中,在八号信内,二纸。

庚:三月十六日发一信。附润泉信内去。

六月廿五日发一信。由嘉转,附集勋一信。

慧弟来函

三月初一到一函。

庚:二月廿七到一函。

三月廿八到一函。十七泽州发。

附:九月十九王学使回信。云六月动身入都矣。

九月廿三日到一函。七月十九京信局来。

十月廿八日到一函。九月廿七京信局来。附来绥之信。

辛:正月初三到一函。闰月十九省、腊月廿八运城递。

正月初五到一函。十二月初一永太局来。

正月十八到一函。十一月廿三广通局来。

七月初四日去一函(八月初十到)[①]。姻事早定,母舅告助事,除服,《玉虹楼帖》,五纸,递学院王。

十一月十六日去一函(岁底到)。即寄信来,昆女、寿儿姻事,吴宅女

---

① 圆括号内文字原为旁注,今移于相应位置,并加圆括号。

早定,弟脩自畜,勿寄家,勿妄费。

庚:二月十二日去一函(三月十二到)。

三月十六日去一函。由蔚丰厚。

三月廿六日去一函(四月初到)。由马递。

七月初六日去一函(到)。交吴清卿带京。

七月廿八日去一函(揭晓后始达到)。折差带京,附绥之信,另芍亭信,榴奠分。

八月廿三日去一函。折差带京,云已出京带回。

八月廿七日去一函(未交到)。递山西王学台转交。

十月廿九日去一函(闰月十三到绥之处,十一月十五送到)。折差带京,绥两函,送薛宅,回信十一月初二到。

十一月十四日去一函(十二月初一日送到)。附绥信内去。

润泉弟来信

三月初六到一信。三叔一信,寿儿一信。

十六到一信。桐、惠、润、寿曾四函,二月十二发。

五月廿日到一信。三叔二纸,四月初十发。

七月初三到一信。惠、润、听三函笔。五月十三发。

十一月廿六到一信。惠、润、桐、晓、笠、寿六函,明斋叔一函,董帖二种,十月初八日发。

庚:五月初二到一信。惠、笠、寿各一函,笔九枝,十二月十七发,由川号。

五月廿六到一信。惠一信,角司递,五月初一发,甚快。

七月廿一日到一信。巡司六月廿八马封,快极,并芝函信诗。

七月廿九日到一信。巡司本月初三递,快极,并笠、听信。

九月十七日到一信。巡司八月十三马封,快极,并惠、芝信。

九月廿七日到一信。巡司九月辽六辰时马封,快极,并晓、笠、寿信。

十月廿日到一信。蔚丰厚带来□发,笠、桐、竹三件。

闰月廿一日到一信。蔚丰带来□发，笔五枝。

闰月廿三日到一信。巡司十月廿六辰时马封，快极，惠、笠两信，并绸价单。

十一月廿八日到一信。巡司本月初三辰时发，快极。

十二月廿六日到一信。巡司本月初三辰时发，快极，袁、润、笠、惠、寿、明六函。

去　信

三月初六日发一信（四月十九到）。由嘉转寄。

三月廿九日发一信（五月初二到，七号）。润、桐、惠、晓，附寿、备、寿、岳八函，库纹百两，交新泰厚带申。

五月初四日发一信（九月到）。由嘉转，只二纸。

八月十八日发一信（八号，九月廿三到申，廿六到山）。润、晓、笠、寿、惠五函，库纹百两，交新泰厚带上海。

十月初九日发一信（十一月廿二到山）。由嘉转。

十月十八日发一信（九号，十二月初四到山）。润二函，惠、竹、桐、听、晓、笠、麟、寿、蒋姨母、岳、芝共十三件，并银贰百两，交新泰厚。

十一月十八日发一信（到）。由嘉转。

庚：二月初十日发一信（六月二十五到）。明斋叔信，并银五十两，由新泰厚。

又一信。托育泉公转寄，箱两口，杖二根，书板一包；育公信，杖二根，药材一匣。

三月十六日发一信（六月廿八到）。由蔚丰厚，附稚、笠两函。

五月廿六日发一信（六月十七即到）。快极 由角司转送。

六月廿五日发一信（八月十七到申，廿二到山）。附三叔、晓、寿信并漕平足银一百两，托蔚丰厚寄上海。

又：发一信（八月十七到山）。由嘉转。

七月廿三日发一信（八月十三即到，快极）。由巡司，附芝信。

九月二十日发一信（十月廿到）。由巡司，附三叔、听、母舅信。

闰月初一日发一信(闰月廿五到)。由巡司,并致亦斋信,润、寿二信。

闰月初七日发一信(十一月廿九到)。润、笠、麟、寿、惠、桐、竹、岳八函,曹纹壹百两,由蔚丰厚寄上海。

十一月十四日发一信。由马递,润、笠两信。

芝函来信

正月廿二到一函。四纸,论诗。

二月廿日到一函。诗四纸。

三月初五到一函。诗四绝。

三月廿四到一函。正月廿发。

四月廿四到二函。二月十五、又廿一幼信,台发。

五月十五到一函。古文二篇 三月十四发。

六月初一到一函。三月廿二台发。

七月廿五到一函。五月十二台发。

十月初八到一函。八月初三台发。

十月廿九到两函。九月初一、二台发。

十二月十二到一函。十月廿五杭发。

庚 六月廿五日发一信(八月十一日到)。附稚信内去。

七月廿三日发一信。附润信内去。

九月二十日发一信(闰月到)。附嘉转。

去　信

正月廿八日发一信

三月初六日发一信(四月杪到)。诗评三纸,赞一纸。

五月初四日发一信。七纸。

六月初八日发一信(八月初到)。八纸,《小启》。

十月初九日发一信(腊初到)。八纸,墓志诗论,由嘉转。

十一月十八日发一信(到)。附答古骈书,由嘉转。

庚:七月廿一到一函。四月廿六日由无锡转山寄来。

九月初四到一函。八月十一日无锡发。

九月十七到一函。三月初三杭泐交笠带山,八月司递。

十一月十七到一函。闰月廿无锡马封。

稚枚来函

二月十七到一函。诗笺五纸。

三月初七到一函。图二幅。

六月初一到一函。

九月廿五到一函。诗二纸。

补记 七月廿五到一函 五月廿八禾发。

十一月初二到一函。九月十八禾发。

庚二月初九到一函。十二月初三禾发。

九月初四到一函。八月初十嘉发。

十月十四到一函。九月十三嘉发并诗。

闰月十五到一函。十月十八嘉发,诗二纸。

去 信

三月初六发一信(四月初九到)。附润弟一信,赞一纸。

五月初四发一信(七月到)。附安之信,润弟信。

十月初九发一信(十一月下旬到)。并祔祀记书事、墓志、芝、润信。

十一月十八日发一信(到)。附芝、润两信,稿附此页内。

庚:二月十二日发一信(三月到)。

三月十六发一信(六月廿八到)。附润弟信内去。

六月廿五日发一信(八月初到)。附润、笠、集、芝四信,递嘉。

九月廿日发一信(十月十八到)。附芝信并诗二纸,印章一纸,递嘉。

十一月十四日发一信。递嘉。

廷瞻公墓地三分七厘[①]。

① 此行字为另页单记。

同治九年庚午(1870)

庚午日记

元旦(1870年1月31日) 晴。晨起漱盥,院中拜天,斋中拜祖先,至七圣祠诸神前敬香,又东望拜家中尊长,同人拜年。饭后局戏,敬占牙牌、神数二签,皆吉。夜早睡,得黑甜滋味。

初二日(2月1日) 晴。早掷状元筹。饭后同人游骆公祠,朱门绣柱,金碧辉煌,洗马池亦修濬矣。临《黄庭》半页。夜,西塘斋中局,负。

初三日(2月2日) 晴。方伯得升陕抚喜信。夜,西塘、建侯邀饭,酒散六博,大擅胜场。

初四日(2月3日) 晴,暖甚。巳刻同盛甫、韵虞步行至东大街,看迎春仪仗,首府李伯起德良、成邑金庾山凤洲、华邑罗鉴平廷权三君皆非去年迎春旧官也。在百川通银号小坐,晤曹晴楼大令。履安,湖北人。回,早饭,疲甚。晚,方伯请酒,同座七人,在签押房,席散,竹牌戏,又胜。

初五日(2月4日) 晴。稿四件。陕西翁玉甫方伯双红履历并夹单禀到,去春在川与主人为同寅,又换帖,今则上司属员,所谓官场如戏也。

初六日(2月5日) 阴。稿五件。分别各属贺年禀,付缮。夜,少甫、葆棠、星涛邀饮,席设少甫斋中,两席十四人,晤饶步瀛大令。宪章,江西人。腹泻先归,卧。

初七日(2月6日) 阴冷。顾幼耕来。临《黄庭》一页半,颇佳。托建侯作函催汉、巴、邛三处母舅告助款,发马封。

初八日(2月7日) 阴冷。摘录许真君事迹。为居停拟万寿宫匾额。夜,五人醵饮,葆棠为客。王子坚廉访德固升川藩。

初九日(2月8日) 阴冷,日出。临《黄庭》一页。写绢一方,小楷《西都赋》,主人所嘱。方伯升陕西中丞部文到,同人往贺,本省臬司各道皆手本矣。月色好。

初十日(2月9日) 晴。出门拜年,以素纸请幼耕作草,并拜同乡韩子香通守。清桂。

十一日(2月10日) 早细雨即止。临《黄庭》一页。写白折一开。幼来送母舅银十两,为友人转索《忠雅诗》一部去。夜,红肉包子,小饮。

十二日(2月11日) 晴。至玉纱街重拜漱芳,索白折。至仲会公馆,不值。是日江西团拜,在万寿宫听戏也。录盛甫由西安至成都途中杂记。观库。夜,起复陕抚刘稿一件,并夹单。

十三日(2月12日) 阴。录盛甫途记,计行二十九日,一路古迹颇多,搜剔以备入陕时考订。鸥翁来还银。夜,为中丞改定谢恩折稿,至四更方毕。

十四日(2月13日) 阴,早起吃面。同伯平、韵虞、怀德四人肩舆游草堂,小坐诗史堂啜茗,各处游目,肃衣冠拜少陵、放翁两先生像,回,又至武侯祠、惠陵茶话移时,此游颇畅,归亦不迟。晚,太太送元宵双烛,然之饮酒,系外人送盛甫、葆棠席也。灯下缮正折稿一分,计三百馀字,却无一笔误。漱芳送白折来。鸥翁令媛为作表套送来,年才十龄,能办此,亦闺中之秀也。

上元(2月14日) 阴冷。临《黄庭》一页。稿二件。买棕箱二只装书。晚,九人同集,肴颇佳,将睡,盛甫长谭至四更外。黄昏大风,旋雨有声。

十六日(2月15日) 阴,更冷,夜雨。李中堂稿、宋小墅方伯稿各一。收壁间书画。章雅瀛送母舅六金。盛甫荐陈升至曹晴楼彭县。

十七日(2月16日) 阴冷。收拾书箱一号、帖箱一号。稿二件。送还建翁、葆棠各种书帖。中丞交藩篆。

十八日(2月17日) 阴冷。收拾衣箱、竹箱各件粗毕。夜稿二。少甫送薛笺、苏刻数种。

十九日(2月18日) 小雨,阴冷。饭后同韵、伯、盛四人先搬皇华馆,予榻西落之西房,中间即作客厅,出入不甚便也。晚间韵翁水饺、小酌,围炉集谭。葆棠荐仆寇发来。阅《升庵外集》。

二十日(2月19日) 小雨,阴,夜又雨,大冷。卯刻中丞进皇华馆,余尚未起,巳刻太太及全眷俱来。阅《升庵集》。建翁、亚翁、星翁来,孙吟帆海帖拜。昨中丞奉到赏福字。

廿一日(2月20日) 阴,小雨。阅《忠雅堂诗》。漱芳来,订明后日饮。中丞嘱拟谢福字折稿粗定。少甫来,未见。

廿二日(2月21日) 阴。改折稿成,录正。星涛、建侯来,夜,房中集饮。中丞拜谢恩及万寿折两匣。

廿三日(2月22日) 晴和。早至漱芳处商定稿件,不值,至幼耕处亦未起,至生甫处略谈片刻而回。稿二件。漱芳邀饮,同坐一张一徐皆西客,幼耕、尤咏莛、仲英之子小山荃孙,共七人,席间以邛州事托漱芳转致陈芝田。陈升去。

廿四日(2月23日) 晴,风。湖北稿三件,又另单。下午为中丞写兰谱一封。夜,葆房谭。漱芳酌定折稿送来。陈升送点心来,嘱送大慈寺条幅。

廿五日(2月24日) 阴。早又为中丞写兰谱一封,一严渭春中丞树森,一周渭臣军门达武。饭后至幼耕、鸥舫两处谭。夜,添肴小酌。晤李仙根光节。

廿六日(2月25日) 晴。左宫保稿一,陕西复稿数件。缪仲英邀饮,同坐幼耕、庄范村、子佩昆仲、董叔慎、吴子京,共七人。

廿七日(2月26日) 晴。送一腿、笺纸八匣盛甫,承赠赵《黄庭》一册,又索去《四书》一部。陕西首府、县、直隶臬台稿三件。剃头。下午出门,至东大街买物。夜,小饮,洗脚即睡。

廿八日(2月27日) 晴,大暖。唐鄂生炯、张贻山观钧复稿二,又本省复稿四件,曹星翁稿一件,案上清楚。星涛送浣花绢、川连薛涛笺、椒帐钩,璧而仍受,使六钱。建翁来,交到陈芝田送母舅银三十两,邛州各局公送三十两,付收片代谢,又建翁自还银十两。陈升来辞行,赏钱一千。买皮丝七包,用银四两二钱,送葆棠四包。夜,中丞请酒,同集盛甫、冯蕙襟舍人秀莹、鲍益山铅山人,曾就兰溪吴春泉书启。五人燕菜烤席。将睡,询寇冠发从军事,曾在李镇戎定泰、浙江刘提督胜祥、江西安定军祥字营当亲兵。

廿九日(2月28日) 晴暖。写信片送漱芳、幼耕处,索折扇。终日欲出门未果,人小有倦意,夜小酌。

晦日(3月1日) 晴。同韵、伯、荫至会府鼓楼街买物。鸥翁来。早至生甫处。幼耕送盛甫扇来。子韡来,吟帆来,盛甫来话别,至四更外方睡。

二月朔日(3月2日) 风。祝盛甫行,由水路赴湖北。生甫来,未见。阅《忠雅堂诗》评点,补录未备者数条。

初二日(3月3日) 阴。稿二件。建翁来。夜集饮后,至葆处谭。傍晚同怀上街闲步。

初三日(3月4日) 阴。早至生甫处,下午至东大街买眼镜,用银二两叁钱。中丞嘱作诗集跋。星涛来。作字至漱芳处,问折例。夜阅探报,狪逆窜三水、淳化、三原、高陵、临潼等处,临潼距省只五十里,甚切杞忧,渐有东下之意。晚,少甫、星涛诸人集饮。

初四日(3月5日) 晴。早起方沐,漱芳来。买蜀锦三端,用银十八两。剃头。早,中丞请新旧各幕客,予至葆斋饭。稿三件。葆来夜谭,告以归意。检箱中物,至五更方睡。建翁送对二幅。

初五日(3月6日) 晴。早至漱芳处商折稿,未见,又至三圣街谢子韡步,亦不值。饭后漱来,改定折稿,为录呈中丞。晤见罗惺四直刺亨奎。下午又至三圣街,与幼耕畅谭一切,并商行止,带回书就各幅。晚，闵西翁、张建翁、孙少翁、孙鸥翁、曹星翁五人为中丞及同人饯行，来此集饮，两席十一人，上房太太一席，皆燕菜烧烤，本有戏，以闻陕警辞却。西送湖笔。

初六日(3月7日) 早细雨，阴。晨至生甫处交银。汉州寄到母舅助款二百四十四两。收拾书箱、衣箱两只，欲寄汉口。稿二件。闻陕省窜徊被剿遁去，行止乃定。建翁来。为中丞作跋，付刊。

初七日(3月8日) 晴。早至生甫处托母舅事，时委署自流井。归，起稿三件。收拾寄箱毕。晚，建翁来，设面局，十二人一圆桌，可谓盛筵。帖架做成。

初八日(3月9日) 晴。稿八九件。自作母舅、竹塘师稿二，为汇银。仲会来。买皮枕箱、帽合用银一两一钱。鲍子年太守康到，伯平关馆成。将箱二只、杖四根、板一包下行李船。

初九日(3月10日) 阴。稿五件，缮一件。作育泉公信，润弟信，寄物单二纸。夜缮竹师、母舅信九纸，又写润信七纸，睡迟，夜雨。

初十日(3月11日) 阴，晴。早稿四件。饭后上街买板鸭四只、蛋糕四匣送太太。赴幼耕招饮，同集七人，缪仲英、董叔慎、何季泉、韩子香、庄范村，肴俱佳，座上皆江南客，笑谭颇适。回写明斋叔信，将各信封就，计三函。

十一日(3月12日) 阴。早写信面三件毕，以二件并银交葆棠付新泰厚带苏，以一件并物交韵虞带汉口。稿十馀件，神疲。鸥舫来，赠松雪《赤壁赋》两册，有《笠屐图》。韩子香招饮，同坐七人。回，收入小皮箱竣。同葆公送建翁太夫人寿礼，收。仲英送《古文约选》缩本、《禊帖》、唐碑、扇套四物，又代怀德乞得《北江诗话》二本。

十二日(3月13日) 阴，细雨，冷。同中丞索《忠雅堂文集》三部，一送仲英，一送幼耕，一自留，《诗集》二部送仲英，又自刷五部，一送幼耕，一送子香，一送生甫，自留二部。太太、荫臣、羹臣、小姐、荫臣夫人、令媛、三、四、五官未刻起程，由陆到宜昌换船回江西，叶韵翁护送，行李装船。生甫来，交去母舅《纪事诗》三十本，《小启》三十本，托到自流井任告助。收拾大竹箱。夜作稚枚信三纸,慧生信二纸发递。鸥翁来,日间写《草堂诗》一首,赠之。又写五古一首赠幼耕。

十三日(3月14日) 晴。早起收拾。饭后各处辞行,幼耕处久坐叙别,至抵暮归。

十四日(3月15日) 晴。早补五处辞行,下午收拾。稿四,缮一。夜,鸥翁诸君来。

十五日(3月16日) 晴。午初起行,五十里新都,宿桂湖,饶步瀛明府宪章供张颇盛,环湖悬灯,映以月色,与建、鸥诸君湖亭夜谭,至四更外方就睡,亦一乐也。

十六日(3月17日) 晴,夜细雨。桂湖早面两席,送行者俱在,午刻与诸君别,上道。先至照觉寺一游,有五百罗汉,神致如生。出寺,行五十里,汉州宿,时甚早,至州署拜陈子俊明府元杰,所坐花厅即大母舅刺州时所筑。夜,馔酒俱佳,饮颇畅,以寇发闹而止。

十七日(3月18日) 阴,大风,夜雨。五十里德阳尖敖教忠。五十里罗江宿赵仕英,未至十里,先过白马关,即落凤坡,坡顶有庞靖侯祠,祠后有墓,小驻啜茗。是日始见山。

十八日(3月19日) 阴,午刻日出,风。三十里金山场茶尖,又三十里皂角铺尖,绵州界,文棨。三十里绵州宿。

十九日(3月20日) 雨,午刻晴。渡涪水,六十五里魏城驿尖。中丞生日,同人拜祝。尖后六十里梓潼宿,先过潼水,有大桥。起稿二件。

二十日(3月21日) 晴。廿里七曲山,停轿游时许,有风洞、盘陀石等古迹,山麓有送险亭,两旁多柏树,又廿里上亭铺尖,即郎当驿,四十里武连驿宿。

廿一日(3月22日) 晴。四十里柳池沟尖,四十里剑州宿。州刺史杨桐阶荣光。

廿二日(3月23日) 晴。六十里剑门驿尖,四十五里大木戍宿。上午过剑阁,下轿登眺,洵险要地。

廿三日(3月24日) 晴。四十里昭化尖,有何易于名宦坊,尖后渡桔柏江,四十里广元宿。李吉寿。

廿四日(3月25日) 晴,闷热。沿嘉陵江行,江边石壁上凿佛像无数,名千佛岩,四十里沙河铺尖,尖后过朝天关,上下各十里,四十里朝天镇宿,出门一眺。

廿五日(3月26日) 阴,小雨。五里过龙洞背,即少陵所咏龙门阁,惜未下轿一游,买石燕数十枚,四十里神宣驿尖,即筹笔驿,三十里较场坝宿。

廿六日(3月27日) 阴,晴。早过七盘关,关下为川陕分界,二十里黄坝尖,属宁羌州何福奎。五十里宁羌宿,上州城一望,四面皆山,城内萧条之至。

廿七日(3月28日) 阴,午后晴,风,夜雨大。三十里滴水铺尖,尖后过五丁关,即金牛峡,《禹贡》"嶓冢导漾",即此山。六十里大安驿宿,南栈尽处。夜,接四弟正月信。

廿八日(3月29日) 小雨,风大。三十里菜坝尖,六十里沔县宿,刘文伯显谟公馆在城外,颇好,城内遍地皆种菜花,民房只三数间而已。是日平地。作七律一首。

廿九日(3月30日) 雨雪交作,冷甚,风更大。四十五里黄沙驿尖,四十五里褒城宿。刘翼之改昨诗。由沔县城外行十里许,地名何家营,望见定军山,武侯墓在山麓。

三十日(3月31日) 雨,下午晴。住公馆一日。剃头。作书数件。下午同孙吟翁上城一望,城内亦荒凉。

三月朔日(4月1日) 阴,细雨。过鸡头关,有白石土地庙,三十五里褒姒铺尖,尖后六十里马道宿,中间先过铁索浮桥,步行其上。到马道后出门,村外又有铁索桥,与李子芋过桥闲看,桥曰"樊河桥"。是日入北栈。

初二日(4月2日) 阴,小雨,午后晴。四十里铁佛店尖,尖后二十里见褒斜二谷相接处石碑,旁注"宋李文子考定",又三十里留坝宿,住厅署,署中房屋颇幽洁。王煜庭炳煜。

初三日(4月3日) 阴,下午雨。四十五里庙台子尖,即在留侯庙内,上授书楼,四望皆山,景甚奇秀,四十五里南星宿。罗惺四生日,拜生。

初四日(4月4日) 阴,下午晴。二十五里三岔驿尖,尖后十五里过心红峡,又十五里南天门,又二十里凤县宿。

初五日(4月5日) 晴和。七十里草凉驿尖,四十里黄牛铺宿,宝鸡县界,林之焜。昨今两日路窄处甚难行。

初六日(4月6日) 晴。五十里观音堂尖,尖后十里过大散关,又廿五里益门镇,山路至此尽,平原一望,心目为开,过渭河,十五里宝鸡宿。

初七日(4月7日) 晴。三十里底店尖,八十里岐山县宿,未至数里,路旁见召伯甘棠碑。

初八日(4月8日) 晴,午后大风沙。过五丈原,三十里益店茶尖,三十里扶风尖,况伯海瀚,六十里武功宿。汤铭新。下午过班固墓,又见茂陵石碑。

初九日(4月9日) 阴,下午小雨。四十五里东扶风镇尖,尖后十五里过马嵬驿,同人皆出轿一游,余适睡着,未觉,及醒,问舆夫则已过矣,三十五里舆平宿。夜雨颇大。

初十日(4月10日) 雨止,阴。五十里咸阳尖,中间过唐王马跑泉,停舆一观,井甃中起水泡如珠,尖后过渭河,用方船,五十里到省,约酉刻进城,公馆不甚大,余与孙吟翁、李子翁三人同住一房。

十一日(4月11日) 晴。剃头,养息一日。换银二两八钱,每两合半铜半铁钱三千一百七十文,赏轿夫四名三千,纤夫六名六百,扛夫二名二百,寇发用一千。初到三日皆鱼翅席,县中供应。

十二日(4月12日) 晴。辰时中丞接印,公案即设公馆大院内,同人衣冠贺喜,两司道、府、首县皆送片来拜。夜酒席,翁方伯送。

十三日(4月13日) 晴。起信稿二件。略看《忠雅堂诗》。晚饭谭斐亭同坐，系刘克翁同乡，中丞留办文案。是日自起火食。

十四日(4月14日)　晴热，可穿夹衣。饭后同吟帆、子芋至抚署看房屋，院落甚多，署中晤喻新吾，亦克翁同乡，留办文案。是日始坐车，盖不见此已五年矣。

望日(4月15日)　晴。中丞一早出门行香。吟帆捉土鳖一枚，形不甚大，云咬人胜蝎，因挂帐。

十六日(4月16日)　风雨。写稚枚信三纸，笠山信三纸，润泉信三纸，慧生信三纸。吟帆太夫人家眷到，即去。录清折稿一件，罗惺翁作。

十七日(4月17日)　阴，日出。封稚枚、笠山、润泉信，作一封，慧生信一封，送蔚丰厚，一带上海，一带山西。刘楫卿来拜，系刑钱湘圃之孙。

十八日(4月18日)　晴。起四川司道谢信稿，复浙江、江西信稿廿十数件。

十九日(4月19日)　晴。饭后与吟帆步行至府学观碑林，十三经的是唐刻，孝经尤佳，其馀碑刻不计其数，诚大观也。

二十日(4月20日)　晴，有风起沙，与北地风土无异。问城内无甚古迹，只城外大雁塔尚唐时物，曲江亦在城外，已变为桑田矣。稿二件。

廿一日(4月21日)　晴，风沙。与吟帆谈黄翔云云鹄诗才文笔俱有造就。起稿二件。

廿二日(4月22日)　晴。辰时进署，三堂五大间，中丞居西房一间，房外一间为签押所，各有后房，中间起居，葆棠、惺四居东房两间，亦各有后房，颇轩敞，吟帆居三堂西厢房，三间，其东三间为吃饭所，余与子芋居三堂西偏另院三间，各居一间，皆有套房，又西一间，居仆人，院中有大桑一株，地颇幽爽，二堂住门印，四堂住跟班，东偏有花园二落，一为大花厅，见客，一为终南仙馆，馆之东有楼，可望终南山，馆之南有小方壶、秀绿轩，西有回廊，俱嵌诗舲先生诗画石刻，园中假山花木略备,园之北有屋五六所,文案、营务、监印各委员居之,刘湘圃居东北尽处一落。入署后道喜,遍拜各委员、各同事,夜卧尚静。

廿三日(4月23日) 晴,夜小雨。临钱讷生大楷一页,松雪《赤壁》一页,以试笔。稿一件。

廿四日(4月24日) 阴雨。至终南仙馆,并登台望远山,又至湘圃斋中谭,云方元仲处多帖。

廿五日(4月25日) 阴,小雨。读古文数篇。起左帅、李帅稿各一件。连日得雨云,麦秋可望。

廿六日(4月26日) 阴。临讷生楷字三页。写四弟信,托葆递山西,恐票号信难速到也。

廿七日(4月27日) 阴,夜雨。稿一件。阅吟帆诗文稿,云十三岁即能诗,手抄书亦甚多,与余意同。

廿八日(4月28日) 雨。缮军机信三件。接四弟信。夜临讷生真书二页,略有笔致。

廿九日(4月29日) 阴。起各处复稿七件。临讷生字一页。问曹甫生所在,不得。

卅日(4月30日) 晴。又起复信稿十一件,终日方毕,案上积件清矣。

四月朔日(5月1日) 晴。中丞衣冠来,取去各信稿。即去谢步,并拜廖扬廷敦易、何子玉谱馨、周树屏梓元、沈韶轩仙标、郭赞臣祖谟五委员。写楫来折扇。晚,中丞备肴小饮。临讷生真书一页,赵《黄庭》一页。

初二日(5月2日) 阴,下午风。湘圃饭后来谭。扬庭、子玉来拜。同吟帆步至城隍庙一观,又由满城至吟寓,唤车回。临《黄庭》一页,读杜、岑等《慈恩塔》诗。中丞甄别书院,约五百馀人。

初三日(5月3日) 晴。至花园,又至湘圃处谭。阅各禀信。临《黄庭经》一页。读《慈恩塔》诗,略能背。

初四日(5 月 4 日) 阴风，细雨。稿四件。临《黄庭》一页，讷生字一页。读《慈恩塔》诗，并读少陵“三吏”“三别”。

初五日(5 月 5 日) 晴。剃头、洗足。写建侯、鸥舫、幼耕信三函。临《黄庭》一页，笔致稍蕴藉。

初六日(5 月 6 日) 阴，风沙。换衫裤，三堂谢神，衣冠往拜。写韩子香、彭漱芳信各一函。临《黄庭》一页。

初七日(5 月 7 日) 风沙。读伏羌王权古文稿，笔甚简老，现以大令在陕候补，并有经济人也。临[1]。缮信一件，并录存左宫保自作书。

初八日(5 月 8 日) 雨颇大。临梁行书三页，自存笔意。重读王君文，大有根柢，未易才也。

初九日(5 月 9 日) 小雨，午后晴。阅书院超等三十卷，题“质直而好义”三句，次“戴仁而行”两句，诗题“诸岭皆峻秀云”。临行书二页。写楫卿横幅一方。

初十日(5 月 10 日) 晴。阅卷二十本，略更原定名次，拟前十名批。临《成道记》一页，疏矣。悬福字匾，道喜。

十一日(5 月 11 日) 晴。临行书二页。孙渭泉淮通守来拜，鸥舫兄也，现在艰中。买纱四尺糊窗。

十二日(5 月 12 日) 晴。同子芋、吟帆上街看骨董铺，并至多将军忠勇公祠隆阿一游，颇宏敞，独归。临行书二页，笔意略变，似有进。

十三日(5 月 13 日) 晴。临行书二页，《黄庭》二页。夜接漱芳信，并阅建侯致葆棠信。

十四日(5 月 14 日) 阴，夜雨。早起看中丞坐堂，请王命八人委员洪尚祁来拜。信稿三件。又中丞嘱缮三姑姑信一件，姑姑者，姑母也。临行书三页。

---

① 此字之下未留空待补，疑原欲写临何人帖而忘书之。

望日(5 月 15 日) 晴,夜月色甚佳。头痛,睡时甚多,因昨登楼望终南,衣单受凉故也。

十六日(5 月 16 日) 晴。稿二。临行书二页。头仍痛,由昼寝。月色甚佳,欲偕吟帆登楼,不果。

十七日(5 月 17 日) 晴热。稿二件。头仍痛,兼有腹胀,因水性不服,啜茗略多故也,宜节之。

十八日(5 月 18 日) 晴热。稿大小八件,各省督抚端节信毕。夜,中丞备酒肴,三堂小饮。

十九日(5 月 19 日) 晴热。阅《世说》《容斋五笔》,终日枕上观之。刘克庵中丞启程南归终养。小饮。

二十日(5 月 20 日) 晴热,可赤膊。阅《世说新语》,颇有领解。下午同怀德饮大曲酒,絮聒不已。

廿一日(5 月 21 日) 阴,夜小雨。阅《世说》。夜读《古诗十九首》,小饮。亲兵演技,登楼观之,遇湘圃亦来看。是日稍凉,头痛腹胀俱好,饭量仍逊。

廿二日(5 月 22 日) 雨,有风,凉可穿两薄棉。阅《世说新语》。怀翁同饮,醉语联翩,同至花园。

廿三日(5 月 23 日) 雨。闻莺。临行书三页。阅《世说》。小饮。写补日记,今日始毕。开纯羊紫狼笔二枝。

廿四日(5 月 24 日) 风日清美,两次窥园。临行书三页。终日作字,夜,又写扇一角。早至谭、廖处。

廿五日(5 月 25 日) 晴佳。临行三页。早望终南山,绝佳。起川省谢稿。写扇一角。饮酒一杯。

廿六日(5 月 26 日) 阴,风大。终日起稿九件,各省藩臬、四川司道节信、谢信俱毕。阅中丞所得两峰画卷,并出示字册数种。

廿七日(5 月 27 日) 晴。临行书三页。阅昆山孙氏铨所刻《寿石斋藏帖》四册,皆国朝名人翰札,又金陵冯氏瑜所刻《明人尺牍》《国朝尺牍》十册,参其笔意,系吟帆从湘圃借来。

廿八日(5月28日) 晴。头晕。临字一纸。兴味不属。夜,统计川中上年至今春用数。小饮。

廿九日(5月29日) 晴。补英制台稿一件,贺兼署抚。至戢卿处,适湘圃在,云节礼送到一分。临字数纸。接伯平涪关来函。

五月朔日(5月30日) 晴。重写伯平信,附递。杂临行书。邓绿云来拜。复各稿三件。

初二日(5月31日) 晴。接去腊十九家信,系从川省寄来。杂临字数纸。起稿四件。答拜绿云。晚饭后三堂闲话。下午头小晕。

初三日(6月1日) 晴。临行书一纸。中丞、罗惺士久谭。下午独步窥园,枣花甚香。

初四日(6月2日) 阴。临行书一页。阅《恕谷年谱》,有益。中丞节礼四金,易钱作赏,仅敷。同惺士窥园。阅李次青《先正事略》,颇可观。灯下读芝函,诗、古文甚有味。

端午日(6月3日) 阴。居停并诸同人往来贺节。东偏各委员片贺。萍乡萧子昂立群,广东盐大使。到署中,与吟帆对房住,饭后趁车至吟帆公馆拜节,复至南院前看书肆。临字一纸,写扇一角。晚,三堂三席十七人,饮二十馀杯。读随园《秦中杂感》诗。

初六日(6月4日) 阴。早起泻肚两次,减饭。读随园诗。阅各处贺禀,湘圃来。三堂搭凉棚,人坠地而止。灯下临字一页。阅左宫保自作一品伯夫人墓志,笔尚简。

初七日(6月5日) 晴。临行书二页。阅各处禀复稿三件。读随园诗数十首。夜多食腹滞。

初八日(6月6日) 晴。临行书一页。起各复稿四件,夜又起致周总戎盛传稿一。油灯多青虫,可厌。下午至湘圃、麓云两处。中丞分节礼十四两七钱二分来,午节只七十馀金,五人分,仅有此数,较川中远矣。

初九日(6月7日) 晴。开南笔三枝,临字甚多,送吟帆一枝。剃头,换一新手,尚佳。信稿三件。夜睡甚迟,三更后小雨,稍凉,日间热。

初十日(6月8日) 雨,凉快。临字二页。至楫卿、子钰、树平处。气稍作痛。夜月色佳,至园中与子钰话。

十一日(6月9日) 晴朗,不热。巳初先饭,同子钰至吟帆处,邀同出城登雁塔,眼界一开。灯下起迎李中堂稿。寇发至三堂闹事,拟遣之归。

十二日(6月10日) 阴凉。改正昨稿,缮发,颇费心思,又稿一件。夜月色佳。头小晕,欲早睡仍迟。

十三日(6月11日) 晴。稿二件。临行书二页。写扇一角。傅怀翁留须。前日登塔,腿尚觉酸。

十四日(6月12日) 晴。稿一件。临行书三四页。读唐诗。寇发去,付银八两。接伯平第二信。

望日(6月13日) 晴热。书楷字一纸。缮李爵相信一件,云十六入潼关,幕府有吴清卿同来。夜月色佳。读唐诗七律。

十六日(6月14日) 阴热,换夏衣。同子昂至南院前骨董铺细观,竟无佳物。为星四起稿一件。灯下临梁刻二纸,颇应手。中丞请客。

十七日(6月15日) 晴热,夜赤膊至三更。稿四件。临行二纸。书扬廷条幅,甚自得意。夜月色佳。

十八日(6月16日) 阴,小雨。剃头。终日喷嚏甚多。稿一。临得天字一纸,自作楷书,书扇一方。

十九日(6月17日) 终日夜雨,颇大。体疲,日间多睡。晚,傅怀翁留须,小酌薄饼。阅《明鉴》。

二十日(6月18日) 终日雨仍大。临行书甚多。阅各帖。傍晚同子昂登楼看山。夜作字。

廿一日(6月19日) 仍雨,可穿棉褂,已三日矣。中丞来细谭。稿一。终日临字甚多。终南仙馆修整完竣,下午雨止,同人往坐,又上楼看山。

廿二日(6月20日) 又雨。早多痰,身疲。稿二。葆棠儿戏太甚,作字戒之,并赠以“主敬”二字,覆书辩难不已,可谓不听好言者矣。日出,夜有星。

廿三日(6月21日) 晴正。稿二,一李中堂,一文百川祥喧信。临行书二页,无甚兴味。是日夏至。

廿四日(6月22日) 晴正。与子昂窥园。缮沈经笙大司马信一件,又起稿三件。临楷书一页。夜算用数至四更。

廿五日(6月23日) 雨,下午晴。临《黄庭》一页,《曹娥碑》一过,略宜讲求楷法。稿一件。颖叔请中丞。

廿六日(6月24日) 晴正,早登楼看山。临《黄庭》一页,《曹碑》数行。剃头。接本月初一日家中由巡厅递来信,知俱好,惟二月银信尚未到,可怪,即作复信,由马封寄去。接漱芳初一日信,王方伯已到。

廿七日(6月25日) 阴。阅各处禀三十馀件,付缮单片璧版。早,起刘岘翁长信稿。杂临《黄庭》。中丞来谈。

廿八日(6月26日) 阴。临《黄庭》。江西司道稿六件。写条幅四。至仙馆及湘圃斋中。夜,观毕尚书遗象。

廿九日(6月27日) 早大雨,下午晴。写折字数百。复稿二,计十四件。写条幅一方,临《黄庭》。筋骨酸痛。

晦日(6月28日) 晴。李中堂信一件。写折字数百。臂肩作酸。同子昂、吟帆看公馆,又署西一行。

六月朔日(6月29日) 晴正。写折字数百。接郑纬卿信。晚,三堂八人小饮,备肴。

初二日(6月30日) 晴,未刻大雨。写折字数百,临《黄庭》数十行。夜,读《项羽本纪》,睡略早。

初三日(7月1日) 晴。早登楼看山。四川稿三件,又复三稿。身子欠爽,意兴不佳,未作字。读《货殖传》。

初四日(7月2日) 雨,午刻晴。复稿七件,案上清楚。剃头。

写扇一角，条幅二张，窗心二张。夜澡。

初五日(7月3日) 晴。写复漱芳信五纸，交葆棠附递。同子昂上街闲步，并至多将军庙一游，买纸二刀，送子芋一刀。夜睡稍早。

初六日(7月4日) 晴爽。日出即起，步至花园，登楼看山，徘徊石畔，大有清气，以后宜早睡早起，以全平旦清明之气。蔡巡捕荐王林来。临梁刻，并临梦楼墨刻，颇似苏。终南仙馆修好，下午中丞邀去聚谭。

初七日(7月5日) 晴。起早，较昨稍迟。终日起复李营随员杨、裴二稿，未作字。吟帆迁居署前马宅。夜，月色颇佳。中丞请郭、谭二军门。

初八日(7月6日) 雨凉。送信稿与中丞，并请写折扇。临《黄庭》百馀字。夜读唐诗五律。

初九日(7月7日) 晴。早起临《黄庭》一页，四百馀字，有进境。饭后同子昂上街买纸墨，又至碑林观石刻回，买小唐碑十四种，计九百文。

初十日(7月8日) 晴爽。终日肩项作酸，压席时多，未作一字。夜读《石笥山房诗》。建翁、少甫、鸥舫馆联，西塘未请。怀德生日未拜。

十一日(7月9日) 晴爽。稿二，葆稿一。临唐碑，陇西李为仁书。夜月色好，至三堂谭。子芋斋有蝎，归至房中扑飞虫，无何飞入室者甚多，土人云名偷油婆，不可捕，捕其一则来者六，应如响，气类相感，亦甚奇也，不能坐，即睡。

十二日(7月10日) 雨，凉，可穿夹衣。终日起复稿八，共十二件。搨署中各石刻数种，并书家三文敏像①。

十三日(7月11日) 雨，穿棉马挂。楫卿写折子一扣来。写白折百馀字，临《快雨堂》行书千馀字，颇有指挥如意之趣。

---

① 指元代赵孟頫、明代董其昌、清代张照三位书画家，均谥“文敏”。

十四日(7月12日)　雨。终日临唐碑甚多。下午终南仙馆集谭。夜观屡次家中来书,摘录大凡,将欲作信寄银去也,不可缓矣。

望日(7月13日)　雨更大。早起至大堂看月食复圆行礼。终日写唐碑甚多。下午中丞来谭。葆来象戏,夜又三局,睡稍迟,与言支脩事。

十六日(7月14日)　雨止又下。临唐碑二百字。外间又送小唐碑百种来观,未买,有四种甚佳。另单一件。是日项背稍有酸痛。楫卿来。晨至斐亭处观唐刻《十三经》,计三十函,搨价廿千,裱工百又五千,复至学伊处观五十五种碑林各刻,计十二函,搨价六千,加墨、用佳纸十二千,裱工四十五千,中唐隶《孝经》最佳,锋颖俱未漫漶,拟购一部也。

十七日(7月15日)　雨大,竟日夜不止。临唐碑四百字,尚得手。中丞来谭,嘱起稿一件。写三叔、芝函、稚枚信,心中颇有烦闷。读古文数篇。

十八日(7月16日)　雨,天气更凉,马挂用厚棉并两夹。写折字二百,临唐碑四百字,读《柳州十记》。下午晴,至花园登楼。署中房屋多倒塌者。

十九日(7月17日)　晴。写金油纸扇一柄,六百馀字。为楫卿临唐碑四百字。读唐诗数十首。帐房送脩百两来。蔚丰厚云廿六七走。

二十日(7月18日)　晴。临唐碑四百字,写折字二百馀。复稿二件。读唐诗。夜,象棋二局。

廿一日(7月19日)　晴。临唐碑二百字。写润泉信六纸,笠山信五纸。读子远诗,愈觉其佳,词亦多妙。早睡。

廿二日(7月20日)　晴。写晓山信二纸,润泉另函三纸,寿儿一纸,封就号信一总函,并摘存大凡。

廿三日(7月21日)　晴。临唐碑四百字,笔格稍变,似砖铭。饭后同子昂访吟帆,不值,遂沿满城望北闲行,适遇雨渐大,将至署,竟不能行，避雨人家檐下，少顷雨歇，乃归，及回斋中，则又晴矣。与子芋象戏一局。写集勋信三纸。夜，三堂中丞邀谭。观宝贤堂法帖。

廿四日(7月22日) 晴。早起至花园。临唐碑二百字。读杜诗。车至蔚丰厚送信，并银百两，汇费四两，加漕平二两一钱六分。又傅怀翁一件。晤范子良贵卿，云苏城小猪衖亦有号，管事姓郭，上海管事姓赵。

廿五日(7月23日) 晴热。天明即起，园中一行。重写稚枚信五纸。同润泉、笠山、集勋、芝函四信封就，交葆棠递嘉兴。饭后终南仙馆闲坐。读杜诗。临唐碑二百字，写扇一角，不得笔意。午刻见日旁彩光两道，红绿色，象如弓，中丞查类书，是名负，即抱珥之类，主国有喜。夜三堂闲坐，回又象戏一局。

廿六日(7月24日) 晴，起早热。临唐碑四百字，有笔意。接育泉公信，知箱件于节前交戚万源带山。终日赤膊读杜诗，暑天闲致。

廿七日(7月25日) 晴，起更早，至花园。李爵相巳刻入城，住三府衙门。临唐碑二百字。读杜诗。接芍亭仆少信，附来榴轩比部讣，夜作挽诗未成。江西人来，官眷四月廿三日到。

廿八日(7月26日) 晴，大热，用席。吴清卿庶常来拜，李爵相幕府。临唐碑二百字。夜作挽榴翁诗七律四首，定稿。终宵赤体卧。阅建侯来信。

廿九日(7月27日) 晴。早起登楼。晨作《登慈恩塔》五古十五韵。临唐碑数十字。早饭肉胜食气，腹胀不适，晚粥，早睡。

七月初一日(7月28日) 晴，热甚。早泻一次，傍晚泻两次，腹中时时作痛，服建曲汤。两顿粥素。

初二日(7月29日) 晴，热甚。早泻二次，傍晚泻一次，腹仍时时痛，黎明服清宁丸三钱，两顿粥素。剃头。中丞来，嘱起复张粤卿制军稿。

初三日(7月30日) 晴，更热。早又服清宁丸三钱，欲其畅下而泻转止矣。早拜清卿，门前车马如云，未得入，留片而返。两顿稍食干饭，洗足。

初四日(7月31日) 晴，热极。闻李中堂奉旨督师北上办夷教事，天津洋人闹也。饭少粥多。

初五日(8月1日) 晴，热极，无风。与星四围棋，三局两胜。终日席地卧，读韩诗数十首。夜更热。

初六日(8月2日) 晴，热极，稍有风。阅昌黎诗数十首。书院次科题“子欲善而民善矣”三句，诗题“终南佳气入楼台佳”。与周云鹍振琼围棋，三局二胜。作四弟书，又泐函托吴清卿庶常带京转交，清卿明日准行。连日仍饭少粥多。

初七日(8月3日) 晴，热极。啖月饼。早武进程寿岱亨吉通守来晤，由川解饷到此。葆来，席地坐谭。中丞嘱起江西文方伯稿。下午雷雨，稍凉，抵暮仍热，无风，夜单席开窗卧，尚多汗。

初八日(8月4日) 晴，热极。川藩、湖督稿二。早四如厕而不下，又服清宁丸三钱。夜用槐米洗痔。黄昏露坐，作七夕七绝二首。饭稍多。

初九日(8月5日) 晴热，稍有风。读《国朝诗别裁》。饭后仍大热。葆、星来，席地棋。下午大风并雨，夜雷小雨，有风渐凉。请楫写诗。子芋气病更许，李君来诊。

初十日(8月6日) 终日有风，或微雨，稍凉。两次窥园。写唐碑百馀字。接朱懋勋观察来函，云驻师泾州瓦云驿，以通运路。去席。

十一日(8月7日) 终日雨，有风，可穿夹衣，夜月色颇佳。中丞嘱阅书院次科卷，看五十本，佳者绝少。骤凉，身体转疲软。

十二日(8月8日) 晴凉而爽。阅卷四十本。至园两次。晚，中丞请酒，在三堂，两席十一人，肴颇佳。与星翁围棋二局，俱负。学台来。

十三日(8月9日) 晴雨。阅卷二十五本，佳者仍寥寥。周福皆、云崑进署来谭。穿棉马挂。小腹作痛,夜午时茶,即川中神曲。

十四日(8月10日) 晴,下午变雨即止。小腹仍痛,服吴萸五分,粥三次,未饭。重阅卷廿二本,加批毕。夜,福皆、云崑来棋,三更外方罢,即睡。

中元(8月11日) 晴。红痢四五次,夜,秦医来诊,用当归导滞汤。终日偃卧食粥。夜观棋。

十六日(8月12日) 晴。服昨方一剂。痢仍四五次,疲卧如故,食粥未饭。夜读《北征》诗,又观棋。

十七日(8月13日) 晴。读《至奉先咏怀》等诗。仍粥未饭。痢两次渐止,而腹胀如故,夜服葆方一剂,用吴萸、干姜等品。吟帆为起稿三四件。

十八日(8月14日) 晴,月色佳。痢渐好,腹胀仍然,用火腿吃粥两次,胃略胜。读杜诗,观仇沧柱《表》《序》,元微之《叙系铭》。与云崑写扇一角。夜围棋。

十九日(8月15日) 晴佳。是日痢好,每次食饭碗许,腹亦渐清,仍服葆棠方,减去干姜四分,尚效。日间写榴轩比部少君信二纸,芍亭仆少信四纸。饭后及黄昏围棋三局,末一局颇费心思,敛子毕,复布局算之,就枕已四更后,不能成寐,可谓用心于无益,宜戒。

二十日(8月16日) 晴佳。饭后至秀绿亭,与云崑围棋两局,下午写绥之侍御信三纸,四弟信五纸毕。夜,中丞来谭,其四令弟是邱氏婿,而邱与二母舅是亲家,则尚有瓜葛也,系看三十年老《缙绅》,于福建大令中及之。

廿一日(8月17日) 晴,酉刻风雨骤作即止。临梁米札一过,颇有兴会。复马、李两军门稿二件。接漱芳信,解饷委员赵君带来,又建侯信。傍晚接巡司马封六月廿八日家信,各房俱好,二月中银信至发信时才收到,信号之迟,马递之速,不可以道里计矣。夜,云崑来棋,葆又谭,就枕已打四更。

廿二日(8月18日) 雨,昨四更起。中丞嘱改接正副主考启。

抄存左宫保复总理衙门长信稿，甚佳。夜棋。日间至湘圃、楫卿处。

廿三日(8月19日) 阴雨。江西臬道稿二件。至三堂。写复朱懋勋廉访信三纸，复润弟信六纸，复芝函信三纸，托葆递瓦云驿、太湖。云崑来，围棋两局。江南主考铭安、林天龄。

廿四日(8月20日) 早雨旋晴。湖北稿三件。添四弟信一纸。围棋五局。福皆、云崑来辞行。

廿五日(8月21日) 晴佳。云、福二君起行，入都引见，云崑道衔府，指四川，振琼，渭臣堂弟。福皆由府加捐道，欲分湖北江西。康禄，渭胞弟。子芋录科。申刻同子昂至贡院，登明远楼，三面山皆在目前，峥嵘可观，归至城隍庙看书帖，有《渤海藏珍》一部甚佳，抵暮而返。夜棋。

廿六日(8月22日) 晴。日来胃佳身健。临《牡丹诗》一过。稿四件。晚，围棋两局。子芋取第一。

廿七日(8月23日) 晴佳。临张二页。吃炒米粉。写漱芳信，并附生甫信，为母舅事托赵禄门司马恩祜带川。节稿一件。围棋。

廿八日(8月24日) 晴，有时阴。临张四页，笔格稍变。围(茶)[棋]日一夜二，皆负。申刻同子昂、吟帆至城隍庙观书肆，价甚贵。夜烧鸭。

廿九日(8月25日) 阴风，棉马挂。观左宫保所刻徐熙庵先生墓铭。折差昨日走，带去芍、绥、慧信。曾、李两相、崇将军稿三件。临张一页。接本月初三马封家信并母舅信，俱好。下午雨，颇冷，厚被。围棋二局，俱胜。

晦日(8月26日) 阴。临张一页。孟胪卿、唐子蕃启荫稿二，节稿三件。围棋二局，俱胜。

八月朔日(8月27日) 晴。临张两页。节稿三件，共督稿七，抚通稿一，中丞自来带去。棋二，俱胜。夜阅韩柳文数篇。许真君生日。

初二日(8月28日) 晴。左宫保稿一，缮总理衙门、恭亲王帖信一件。葆所谭。夜,办事大臣、将军、都统节稿二。星来棋,二局俱大胜。

初三日(8月29日) 晴佳。丁祭。中丞文庙回,考帘文题"树艺五谷,五谷熟而民人育",诗题"兵气消为日月光"。中丞来谭旧事。丁观察、各提台稿二。临张二张。围棋二局,皆胜。

初四日(8月30日) 晴。剃头,有白须一茎,拔之。临张二页。写唁左稿送去,又送去武营信。秋节致信者竣矣。围棋三局,俱胜。买纸一刀。

初五日(8月31日) 晴风。临张一页。各省藩臬道复节通稿三,各营稿一,又另复稿二。读柳文数篇。宋曦轩来。

初六日(9月1日) 阴,午刻骤雨。临张二页。午刻正考陆编修尔熙、副考孙司业贻经到署,大堂公宴,中丞、学使、司道、各帘官共十馀席,毕,同入闱。至鼓楼街观,适大雨骤至,过吟帆寓小憩,复同子昂至城隍庙一游,天气凉爽,归将抵暮。稿二件。棋二局。早洗足。

初七日(9月2日) 晴热,似木樨蒸。读《忠雅诗》。临张一页。起库、富两都统另单稿。小园[1]到,六月廿一日自江省起身。围棋三局,胜。

初八日(9月3日) 昨,五更大风,早雨。欲送子芋入场,不果。小园来,即答拜。怀翁来,银十两,连前合廿两。临张三页。稿一件。穿三薄棉。接选、篯信。

初九日(9月4日) 雨冷。临张三页,又临《成道记》二页,笔致较上年稍异。稿二件。围棋三局。同星、吟、昂、怀五人为小园洗尘,翅席,晚,设三堂,吟未到。月色好。

初十日(9月5日) 晴佳。临《西园雅集记》,小字书横幅一角。饭后同子昂至贡院门前接考,立候二牌放毕,子芋未出,由城隍庙街

---

① 疑指徐鹤藻,字立峰,号小园,吴江附贡生,议叙布政司理职衔。

回，观各书肆。小园送皮丝四包，豆豉二包，烟可支过今年矣。灯下围棋一局，又阅各信件。月色佳甚。

十一日(9月6日) 晴佳。临《牡丹诗》一过。闱题“不得中行”一节，“仲尼祖述尧舜”“劳心者治人”“秦地山川似镜中中”。买《左绣》两套，《读史论略》一本，围棋谱一本，用银一两零。复稿四件。灯下打谱一局。熟《论略》一总冒。月色佳。

十二日(9月7日) 晴。稍有不健。打谱一局。读《左传》十数首。看皮衣数件，价甚贵。读《论略·西汉》。

十三日(9月8日) 晴。临字二页。稿三件。阅贺禀数十件。围棋二局。接伯平六月涪关信并诗。中丞见示《闱中望月诗》四律，并嘱点窜，思索至三更后，改定七十馀字。

十四日(9月9日) 晴。昨子芋进署，场作不甚佳。写定诗改字，作笺寄中丞，并折扇请书，因须十六方送，又改数字。月色佳甚。

中秋(9月10日) 阴，有月而不亮。本署片贺，见者便衣揖，藩臬送片。湘圃、春峤、楫卿祖孙三代俱衣冠来，春峤云，闽中谢枚如孝廉现主教潼商。下午同子昂上街闲行，遇吟帆，即至其公馆小坐。夜三堂两席十七人，小醉。围棋两局，俱负。登太白楼，无月而有灯。三堂观斋月宫，坐话，徘徊至三更后。

十六日(9月11日) 晴，月色佳甚。临张二页。围棋一局，负。下午同子、怀至城隍庙一行，即回。两江督马被刺，可诧，遗缺曾相补，李少翁补直隶，小翁补两湖，杨石泉补浙江。见放学使全单，洪文卿得湖北，汪柳门得陕甘，忆甲子别后，只七年耳，而皆作皇华使者矣。读《论略·东汉》未熟。

十七日(9月12日) 晴。稿三件。同子、怀南院前多将军庙一游，买“雪渔”“曼生”“澂庵”丁(纯)[柱]印三方去，钱二千四百文。晚饭三堂翅席，八人，系李芳送小园，菜甚佳。围棋一局，胜。子芋入署。月色甚佳，坐话至三更后始睡。

十八日(9月13日) 晴。临张一页。读熟《东汉》，仍恐易忘。

院中桂子荷花，香气袭人，月亦好。吟帆示甘省场作二篇，极佳，必中。

十九日(9 月 14 日) 晴风。为小园起稿三。临张一页。棋三局。同子昂上街，至城隍庙，欲查《骈字类编》，云已售矣，仍由南院回。读《论略·三国》。

二十日(9 月 15 日) 晴，风。剃头。中丞出闱。临《牡丹诗》一过。围棋二局，夜又一局，星四大败。

廿一日(9 月 16 日) 晴佳。临张一页。读《论略·两晋》。倦。围棋三局。至花园。刘庚夫愚，江西安福人。来。

廿二日(9 月 17 日) 晴佳。临张二页。夜围棋一局，负十七子。午刻刘湘翁终南仙馆招饮，两翅席，同集二十人，一部郎，一府，九大令，一盐场，五佐杂，惟予与湘圃、怀德非官也。葆信一件。

廿三日(9 月 18 日) 阴。临《辞世帖》《雅集图》小行书一页。复稿四件。读《论略·五胡》。写四弟信三纸，交折差带京。夜，中丞三堂集饮，十人，酒罢，对折片。回，围棋一局，食槟榔以消滞。

廿四日(9 月 19 日) 晴。写扇一角，以绢请子芋临《雅集图》。临《玉虹》一页。《论略·南北朝》事未备，增补一纸读之。秋节礼分十五两四分，欠平三钱。中丞请颖叔、梁景先希初，读颖叔《华山》诗。

廿五日(9 月 20 日) 阴，下午雨。稿二。临《黄庭》十行，颇适意。邓六云、谭斐亭、洪学伊、喻新吾四人邀饮，两席十九人，设终南馆，酒罢看猴，又至学伊处观碑林五十五种石刻，选十种托搨。夜围棋二局，中丞来，同坐小饮，有添肴。

廿六日(9 月 21 日) 晴。稿二。临《黄庭》十二行。买玻璃二方，千六。早晚皆有添肴，晚，三堂小饮。围棋二局。是日早起洗足。天气稍凉，有风之故。

廿七日(9 月 22 日) 晴。稿五。临《黄庭》四行。补纸窗。接芍亭回信，知四弟并未到京，甚为诧异。夜围棋，未终局。至葆处谭。

廿八日(9 月 23 日) 阴。稿四。临《黄庭》七行。开请客单。

写四弟信，并请中丞作函问王啸崖学使，即递山西。夜，为星四致杨庆翁稿一。

廿九日(9月24日) 晴。临《黄庭》十五行。稿八件，案上清楚。两江督马被刺死，见邸抄，云其表弟也。夜写伯平信，至葆处阅建侯信。读《论略》。与葆面谭脩帐，今年除川支六十，陕支百四十，尚馀六十金矣。

九月朔日(9月25日) 晴。稿三，星士稿一。与星史、子昂、傅怀翁、葆棠、小园六人请酒两席，八菜，一品锅，四轩晕碟，四素碟，薄饼，设终南仙馆，客十四人，喻、郭二君未到，此举本为葆、吟饯行，每派银三两二钱。围棋一局，欲上街，风起未果。

初二日(9月26日) 晴。临《黄庭》十一行。稿二。夜写端甫信。与子昂至城隍庙，买《古文奇赏》两函十六本，计钱二千六百文，尚有二、三、四三集未买。

初三日(9月27日) 晴。临《黄庭》九行。稿二。写与伯平兰谱。读《论略·唐朝》。夜，围棋二局，子芋处谭。中丞请三堂吃蟹，一席，用三十馀枚，皆小，系首县送，云须十馀金也。

初四日(9月28日) 晴。洗足。临《黄庭》八行，《虞恭公碑》百馀字。至湘圃处谭。小园稿一。中丞持鸥舫信来谈。夜与星四棋。接到稚枚八月初十嘉兴书，知七月十三午刻得子，笠弟九月初六行聘礼，闰月迎娶，并诗两首，又接到芝函中秋前四日无锡书，知其兄弟已分炊，子坚、端士赴秋试，笠弟未去。三更后至葆处，谭至四更后归睡。

初五日(9月29日) 晴，风。临《黄庭》《虞公碑》一页。杨庭、湘圃、树屏来。中丞进贡院填榜。晚饭何汝真同席小饮。三更后挂榜，子芋落第，陕中百四人，徐铭勋小如子、李寅湘圃婿。元刘登瀛长安,副车①。甘中十八人。内年六十者一人,四十外者三十八人。慰子芋,就枕追忆五次被放,不能成寐,雨声颇大。

初六日(9月30日) 早大雨,葆不能行,须改日,起迟。稿三件。临《黄庭》八行。夜围棋一局,又子芋处谭。

初七日(10月1日) 晴。临《黄庭》八行。午刻同星史、子昂至城隍庙看书肆,抵暮而返。与葆谈预支及兼文案事,托转达中丞,云必留意。

初八日(10月2日) 晴。天明起,葆棠巳初行,送至东门外。临《黄庭》八行。缮李小翁另单。围棋大负。

重阳日(10月3日) 风日清美。临《黄庭》八行,《虞公碑》五行。写八言对一幅,大不惬意。登太白楼。

初十日(10月4日) 阴。早起,作五古三首送吟帆,以折扇嘱书,字小未能满,又补作一首。稿共六件。

十一日(10月5日) 雨甚大。临《黄庭》七行,写成吟帆扇,又书条一幅,尚应手。前日对补款,细阅甚劣,以后当专力于《虞公碑》《黄庭》,或可稍立间架,并得笔力也。大堂观坐鹿鸣宴新举,到者约二十人。读《忠雅堂诗》。观石庵墨迹。

十二日(10月6日) 阴。临《黄庭》廿四行,欧数十字。稿二件。至花园登太白楼。阅《成化阁帖》兰州本。

十三日(10月7日) 有日。临欧五十字。作贺左宫保十月初七日五十九寿辰信,颇费工夫,尚觉典雅。中丞赴宴,司道请主考、学台。吟帆来。

十四日(10月8日) 晴。作挽联二十二字。临欧五十字,赵五行。阅正副主考送联扇,取回闱墨一本。发伯平信。吟帆辞行。灯下钞《舒母墓志》一篇。

---

① 刘登瀛为本科解元,系长安县人,此处"长安"非指名字,副车疑为刘以前应试曾中副榜。

十五日(10月9日)　晴。临《黄庭》十六行。钞旧作散骈文二篇。与诸君送吟帆行，遂至南院前看骨董，为星四买砚二枚，归，吟已来署，晚饭后交古文三篇，请质王翔云太守。

十六日(10月10日)　晴。早起同惺四、子昂送吟帆至西关太白庙，少坐而别。临《黄庭》七行，赵跋二纸。稿二件。终南仙馆请主考、学使、方观察。

十七日(10月11日)　有风。稿二件。临赵《兰亭》并跋五纸。写大条一幅。酉刻接到八月十三日巡司马封家信，俱好，费树臣四月病故，三叔恒春管账，笠弟暂就恒昌坊，冬间完姻。

十八日(10月12日)　晴。稿三件。临《兰亭》跋三纸，同子、小至城隍庙，买《礼记》一部，《尔雅》一部，《律赋必以集》二本，石刻《千金宝要》五本，计钱两千文。阅星翁新得八大家帖，颇佳。夜，围棋一局。

十九日(10月13日)　晴。稿三件。写润信七纸，三叔信二纸，母舅信五纸，至三更方毕。山西王学使回信，云四弟六月中旬起身入都，而无信来，可怪。

二十日(10月14日)　阴雨。中丞杜公祠赴林颖叔请。写稚枚信三纸，诗二纸，芝函信二纸，递嘉兴，山信封就递巡厅同发。临《兰亭》二纸。夜，写上年在川出入总数，一年两月共用二百金，虽有应酬及买书帖正用，亦甚费也。

廿一日(10月15日)　晴。临《兰亭》一纸。算清三月起用数，亦四十金矣，尚宜节省。

廿二日(10月16日)　晴。临《兰亭》一纸。稿六件，并缮王学使山西信，问四弟行踪，案上清矣。围棋一局。

廿三日(10月17日)　晴佳。午刻接四弟七月十九日京信，于初十到京，寓虎坊桥白衣庵，将考到录科，心中大慰矣。终日临《兰亭十三跋》，一周。灯下复作字甚多，觉赵比董为易，试从事数月，看功效何如。

廿四日(10月18日) 晴。读唐赋数篇。临《黄庭》九行,以后学楷。同子昂上街,至城隍庙,仅买古钱数枚归。夜,围棋一局,负五子。两主考动身回京。

廿五日(10月19日) 晴。临《黄庭》卅二行。子芋为祁家讼事致信首府,外议沸腾,主人辞之。闻廖扬廷断弦。

廿六日(10月20日) 晴。临《黄庭》卅二行,绳之以格,用新笔,用墨合取其光,又临《虞公碑》十行。围棋一局。阅顺天名录,四弟未中,中者无一人相识。

廿七日(10月21日) 晴。临《黄庭》卅二行一纸。星翁说写折事。接本月初六巡司马封信,家中俱好,六月下旬银信并前后各信均到矣,一慰。夜,中丞添四大菜,因其二令弟得孙故也。与子昂、怀德谭四川事,三更外睡。

廿八日(10月22日) 阴,临《黄庭》廿一行。谭斐亭委署洛川县。晚,罗星翁为子芋饯行小饮,请合七人。

廿九日(10月23日) 晴。以单托洪学伊买皮统等。临《黄庭》廿七行。写楫卿楷字折扇一柄。子芋搬出署。楫卿换小墨合去。夜,星翁来围棋,胜,与谈家用事,文案仍无分,亦无法也。

十月初一日(10月24日) 晴。学伊、斐亭俱搬出署,子昂迁文案处。学伊来,带到皮统数件。围棋一局。斐来辞。临《黄庭》四十馀行,凡五日一过,约三千字。看刘仆歧指、左大指两头相并。昨日霜降。

初二日(10月25日) 晴。临《黄庭》十六行,《虞公碑》数行。阅《两般秋雨盦》。围棋一局。王林回家。

初三日(10月26日) 阴。临《黄庭》十行。渭臣稿一件。读《五代论略》并补未备。三更后睡,小雨。

初四日(10月27日) 风雨。早缮渭臣信四纸。接端甫中秋上海函。至子昂处,湘圃亦来。临《黄庭》十行。围棋大负。

初五日(10月28日) 阴冷。稿六件毕。写白折三伯字,《黄庭》十二行。支脩廿两，费力。夜即鱼饮一杯，头痛。

初六日(10月29日)　阴雨，穿厚棉袍。临欧百五十字，《黄庭》八行。至子昂处。重装照壁，读《论略》数遍。

初七日(10月30日)　阴雨。稿一件。临《黄庭》廿四行。看鞠。学伊为买定皮统三件，计银廿四两四钱。

初八日(10月31日)　阴，雨，夜更大。为扬廷起禀稿二件。至湘处。读《论略·宋事》，计六页，并查《宋史》大概。

初九日(11月1日)　阴。临《黄庭》十六行。与小翁言借百金，星翁又言写折，允之。穿棉裤、棉长袖褂、棉帽。稿二件。

初十日(11月2日)　阴。终日写折子，计九百字，觉大小不能匀。晚，中丞来，同饭小饮。围棋负。两夜俱见月。

十一日(11月3日)　放晴，黄昏又雨。以昨折未匀重写，约千字，未了。夜棋一局。灯下试作细楷，又读《论略》。

十二日(11月4日)　阴。太太生日，早起至中丞处贺，早面终南馆，两席。写折字二百。子芋来。至斐亭处送行，步去。夜棋一局。饮酒，小有头晕，即睡。

十三日(11月5日)　阴。写折字一百，计白折一扣，安折三扣，并封已毕，尚觉匀净可观。临《黄庭》十六行。洗足换衣。

十四日(11月6日)　又雨。饭后中丞来谭。未写。查元代事，读《论略》。斐亭又来辞行。接稚枚诗札，九月十三发。

望日(11月7日)　阴。缮罗讦廷嘉福信。临《黄庭》十六行。亥时立冬。饭后中丞邀至终南仙馆闲谭。读《论略》，查明代事。罗星翁赴音尊回，围棋大败而去。

十六日(11月8日)　晴。临《黄庭》十七行。读《论略》明代略熟。稿三件，缮一件。夜围棋大负，知凡事皆不可忽。

十七日(11月9日)　晴。中丞考武闱。饭后同罗、萧、傅、廖至估衣铺，买皮袍褂两件，皮袖两双，计银四十五两。涪州陈枝莲有信云，夏伯平兄于重阳日卯时作故，夏家只此一人，乃又客死，可惨之至。

十八日(11月10日) 晴,阴,更冷。同萧子昂至西街买绸,又至校场看马射。何汝真来,同晚饭,试饮百岁酒。

十九日(11月11日) 晴。裁衣。临《黄庭》十三行。闻刘铭传督办陕西军务。月色好。通读《论略》一过,半熟。

二十日(11月12日) 晴。接八月初十家信,由蔚丰厚。临《黄庭》十六行。左宫保送湖笔、燕窝,作谢稿一件,颇用心。毛袜。

廿一日(11月13日) 晴。早起观小市,饭后同怀、子观步射,并至喇嘛寺一游。稿二件。连日颇畏寒,已穿丝棉袄。

廿二日(11月14日) 晴,夜雨。稿四件,又左宫保另单。湘圃来。灯下作《陕西武乡试录序》。围棋一局,负。

廿三日(11月15日) 晴。改正武试录序,录送中丞。托学带育公信。灯下读曾、沈、乔、吴奏稿一大本。围棋胜卅子。

廿四日(11月16日) 阴。早吃面。送洪学伊回楚。子芋来。灯下阅王山长、林方伯拟墨,各加一批。

廿五日(11月17日) 晴。中丞来,取去昨批文。阅江南名录。为星四写挽曼叔联①。皮袍做来。表修好。

廿六日(11月18日) 晴。终日无事,甚静。临《黄庭》十六行,又大楷二百,又临《牡丹诗》一纸。夜读石笥骈文。

廿七日(11月19日) 晴。早起至小市,买《潼关甲铭》。饭后同小、星、子至南院前看古董,回至广济街买棉袍,又至城隍庙买小楷帖一本,极得《黄庭》笔意。作致绥之书,问四弟事,并问估衣价。中丞入闱试,默武经,并写榜,四更时归。

廿八日(11月20日) 晴。临《潼关甲铭》一过,三百馀字,又临昨买霍松轩树清小楷九行。午刻接四弟、绥翁九月由信局寄来信,悉

---

① 同治庚午八月初六日,潼商道吕俊孙(字曼叔)卒于任,此处曼叔当指吕氏。

四弟已聘定仪征何小岩大令锡俨女，可入赘，场作亦颇纯熟，可喜，复各致一函，同昨信并交折差明日带京。

廿九日(11月21日) 晴。昨五更南广济街失火。写夹片一件，看包折两匣，书白折一开，写袁公信。晚小饮。

晦日(11月22日) 晴。写寿儿信一纸，批还字一纸。夜写润弟信六纸，又一纸，又薛来信一纸，明日递袁公转送。子芋来。

闰月朔日(11月23日) 阴。稿两件。穿棉袜，床上铺麦草，颇暖。洗足。录《升庵外集·金谷序》一篇。

初二日(11月24日) 雨，晚晴。武举大堂鹰扬宴，到者颇多。临霍楷廿三行。支脩五十金送来。穿新羊皮袍。

初三日(11月25日) 阴雾。临霍楷数行。写三叔祖、岳母信五纸。稿两件，为夏伯翁归榇事。

初四日(11月26日) 雨，风。写竹伯信三纸。临董《西湖诗》三大纸。接畲香丁内艰讣。子芋来。今日棋大负，以前皆胜。

初五日(11月27日) 午后雪，冷。写三叔信六纸，笠弟二纸，麟弟一纸，润弟四纸。中丞邀至终南馆谈。晚饮，鹊噪。

初六日(11月28日) 瓦上积雪。写寿儿信一纸，改还来信二纸，摘存大略，封好，共八函。至沈韶轩处送行，便拜何汝真，不值。晚酌，用红肉包子，稍饱，迟睡。

初七日(11月29日) 阴冷。稿三件。昨封家信，托小园送蔚丰厚寄上海，汇去曹纹百两。买《先正事略》一部，价二两。晚，三堂陪余石生农部九谷、冯蕙襟司马秀莹。

初八日(11月30日) 阴。炙火，用手炉。缮刘省三军门铭传另单。读《读史论[略]》两过，唐五六过。夜至四更外成寐。

初九日(12月1日) 大晴。早鹊噪。小园借大玻璃一方，嵌纸窗上。临《黄庭》八行。夜读《唐略》五六过，熟矣。

初十日(12月2日) 大晴。临《黄庭》十六行。代中丞书对一联。余石孙进署阅宏道书院卷。始食冬笋。夜读《三国论略》至熟。

罅漏处。兑银三两九钱五分。王林搬至子芋房内。

初五日(12月26日) 晴。临霍楷八行。柳门回三原,闻欲按试。午后同石孙、星四看估衣,抵暮返,稍疲。

初六日(12月27日) 晴。临霍楷十六行。起谢左宫保貂褂稿一件。刘省三统铭军到陕进城。夜录李、左稿存阅。

初七日(12月28日) 晴。写折子开半。稿三件。子芋行矣。刘军门、林远村、吕庭芝俱来拜中丞。

初八日(12月29日) 晴。写折子开半,并封,毕事。缪小珊来,接幼耕信。饭后同子昂至刘省三营前,由南北柳巷而归。

初九日(12月30日) 晴。临米二纸。至西门拜缪小珊,送鸭一只,点二匣,晤吴幼岑,亦系公车。

初十日(12月31日) 阴,甚冷。临董、张二纸,三更时复临颜《祭侄文》一过。营务王、文案左皆入署。阅袁文注[①]。连日食南糖甚多。

十一日(1871年1月1日) 晴。终日无事,读帖,剃头。署中请刘军门、袁学士。夜核用帐。

十二日(1月2日) 阴。临鲁公《十二笔法》二纸,颇挥霍有致。围棋子取去。夜谭,散后阅《蜀道驿程》。

十三日(1月3日) 晴。京信两件,并缮。湘圃来,二王帖六部。写绥信两纸,慧信三纸,折差带京,十五走。

十四日(1月4日) 阴。营务王兰士廷康,山阴、文案左琴舫琛,云梦来拜,即答。写笠弟信五纸,润信三纸。夜睡迟。

十五日(1月5日) 晴。封家信,交小翁递角司。中丞请林、吕、施。同石孙至城隍一观。阅《大云山房文集》。

十六日(1月6日) 晴。临颜《祭侄季明文》一过,颇佳。王林病去。阅《大云山房》。小园畅谭。

---

① 此处疑指袁枚之文章,徐敦仁著有《随园骈文补笺》。

十七日(1 月 7 日) 晴。临颜《十二笔意》一过，计四纸，《祭侄文》一纸。石孙夜谭甚久。汝真来，同夜饭。接芝信。

十八日(1 月 8 日) 阴。临颜《祭侄文》两遍。同石孙至南院一步。夜至文案处谭。早为星四缮信一件。

十九日(1 月 9 日) 晴。临《祭侄文》两过。灯下临《成道记》一纸。稿三件。阅《大云山房文》。

二十日(1 月 10 日) 晴。临《祭侄文》两过。写安折。夜陪石孙、星四，主人小园、汝真与沈吉四太守应奎。王林来。

廿一日(1 月 11 日) 晴。写驿折一件，约八百字，申刻发。鹊噪。中丞邀陪石孙、星四、兰士，又谢贻孙比部燕，宜黄烤席。与星四借《唐四家帖》一函，留此。

廿二日(1 月 12 日) 晴。临颜《十二笔意》一过，三纸，有笔趣。陪同湘、新、扬、子、怀六人公饯石孙、星四，设终南馆，小园未到。为中丞写余小栏、韵翘乔梓八言对两幅，尚好。夜至文案处借银，亦无。

廿三日(1 月 13 日) 临《祭侄文》一过。以银十两与石孙易马褂。写四弟信两纸，绥兄信一纸，并送绥蓝川缎袍料一件，计银六两。封就托石孙带京。

廿四日(1 月 14 日) 晴风。临《祭侄文》一过。早面，星四、石孙行，与小园同车出东门送。阅京报。夜，三堂与中丞同饭，署中同人更少，不免岑寂。读《忠雅堂诗》数十首。

廿五日(1 月 15 日) 晴和。临颜《十二笔意》一过，计四纸。稿三件。闻马化瀧在老湘营乞抚信。

廿六日(1 月 16 日) 晴。早起同小园看小市。中丞坐大堂请令，戮买不托不偿值杀死孩童者一人。临《十二笔意》四纸，又自书二纸。早睡。

廿七日(1 月 17 日) 晴。兑银。临《祭侄文》一过，又自书一纸。稿三件。宜黄谢贻孙燕进署。鹊噪。是日仍在外间，四人同饭。买怀素《千[字]文》，未成。

廿八日(1月18日)　晴。临《十二笔意》一过。送同乡尤宅吊礼。与小园言用银,云无有,难矣。接本月初三马封家信,三弟喜期改十一月十一日,备哉亦择廿九日娶,时敏弟县试三名,三叔祖已于闰月廿二日葬灵岩山,家中均好。

廿九日(1月19日)　晴。写白折两开。临虞世南小楷《用笔赋》。写元旦贺折并安折六扣及封,约二百字。起贺左宫保抚马回并送丽参、鱼翅稿。

晦日(1月20日)　晴。临虞小楷一过,计四百字,磨墨合。小园谈加修一百事,似有不能多用之意,乃与语,大凡光景不离一难字也。鹊噪。

腊月朔日(1月21日)　晴。写密考折并清单,约六百字。夜起督抚年稿九件。四更大风。中丞来谭。

初二日(1月22日)　晴,风冷。起藩臬年稿二件,另稿二件。湘圃来。同小登太白楼,并至曦轩处。数日心绪颇扰。夜磨墨。阅《秋雨盦》。鹊噪。

初三日(1月23日)　阴。临虞小楷二百字,颇有静穆之致。读杜诗,觉见地又进一层。

初四日(1月24日)　阴。写条与怀翁,支银五十,仅付廿两。买宣炉一只,三千二百,臂阁一块,六百,伪三桥印一方,一千二百,共五千文。小园煮羊肉,汝真来同晚饭。夜睡不成寐。

初五日(1月25日)　阴。写片一件,又重写密考折、清单各一件,密考折至末行误一字,又重写,共四件,约千字。接吟帆信。夜睡不着,有思归之念。

初六日(1月26日)　阴,风颇大。终日不适,未作一事,煎丽参五钱,饮两次,读杜诗数首,早睡,日来心绪甚不好也。丽参服之,转觉气不舒。

初七日(1月27日)　晴风。中丞设坛城隍庙求雪,断屠。下午写学政声名附片,约百馀字。终日不快,夜饭,饮葱酒二大白即睡。

初八日(1月28日) 晴。早起重写奏调张秉堃、周瑞松夹片,约二百馀字,午刻折弁行。同贻孙等五人至估衣铺买衣未成,回至西街买皮统。

夜,中丞来久谭。睡至四更外方成寐。

初九日(1月29日) 晴。求雪三坛已满。读杜诗,登太白楼。夜至文案处,回起稿一件。小园又来久谭。马慕尧来,为中丞逋事。

初十日(1月30日) 晴。买颜《三表》、苏书诗翰、怀素草书三种,计钱六百文,不甚佳。子昂为购《玉虹楼》一册,系小楷金经,大有可观。起各营年稿,又各省藩臬运道复稿数件,约略毕矣。为中丞撰挽林方伯太夫人联句。

十一日(1月31日) 阴风,有欲雪意,夜月出。中丞又求雪。为中丞测早字。稿一件。临《金刚经》。夜至文案处谭,小园亦来,三更后睡。

十二日(2月1日) 晴和。饭后同子昂、扬廷西街买小帽、皮领、绸布等物,回看成衣剪袄裤、小衫裤各一件。夜又与怀德言支脩事。

十三日(2月2日) 晴。写白折两开。阅石笥词数首。柳门断弦,送讣来。稿一件。

十四日(2月3日) 早晴,午刻阴,黄昏雪,约寸许。饭后同小园进满城看迎春,士女塞路,未刻首府、二、三府、两县轩轿从东门入,先仪从而行者,有抬阁八座,高跷八人,颇热闹,回遇子昂、子钰、扬庭、谷虚,又同入府署看春牛,由鼓楼归。夜至文案处谭,雪已积矣。

望日(2月4日) 阴。临永兴小楷二百字。饭后登楼看雪,已消尽。中丞邀看牡丹、海棠、红梅、玉兰各两盆,皆唐花也,翁方伯所送。夜,三堂小饮,薄饼。是日立春,未贺,送片。灯下阅一年所临各种帖,无甚进境。

十六日(2月5日) 晴。阅《忠雅堂词·堆帛美人·多丽》一阕,绮丽多致,欲学作长短句。

十七日(2月6日) 晴。临《虞公碑》二百字。阅词,灯下书“大[江]东去”一阕。饭后同子昂上街,路滑而返。晚,小园请慕尧,汝真亦到,六人同席。

十八日(2月7日) 晴。临欧百字。稿二件。写复葆棠信。灯下填《汉宫春》一阕,颇有情绪。剃头。怀德煨羊肉。送普茶半饼与贻孙。

十九日(2月8日) 晴。临欧四百字。早起写林太夫人挽联,款做“芬留苹藻”,金字,挽柳门夫人。

二十日(2月9日) 晴,阴。临欧二百字。舒端甫到,住三堂。折差回,无信。赏福字到。中丞请客。上午文案处谭。稿二件。送子昂笔。

廿一日(2月10日) 晴。临欧二百字。午时封印,各衣冠贺。同子、贻二君南院街一看,并无可买之物。晚,封印酒,两席,终南馆,十四人,二更后至三堂谭,睡迟。端送物四种。稿一件。

廿二日(2月11日) 早阴即晴。临欧四百字,颇有笔趣。同子、贻、扬三君至西街买衣帽靴等物。送柳门夫人祭额,带三原去。

廿三日(2月12日) 阴,洒细雨数点。临欧一纸,自书一纸,四百字。同端、小赴汝真处,饺子小饮,又同端至慕尧寓,车回。扫中间尘。夜洗足。连日春气已动,不觉大冷,一冬屋中未曾冻冰,较之蔚州之寒,甚易过矣。算置衣用数,已百馀金。

廿四日(2月13日) 早阴即晴。早起邀子昂同观小市,遂步出北门外,城壕水尚不浅,有鱼。扫室中尘。买旧棉袍、旧夹衫各一件,共钱十七千五百文。兑银七两一钱九分,价仍三千六百廿文。灯下起稿四件。做羔皮袍、军机褂成。

廿五日(2月14日) 阴,有雪意。临欧一纸。写条与帐房要银。起各处复稿十件,案上清。送旧书笺封与王司阍栋。晚,怀德请端甫,中丞亦添肴,同席小饮。

廿六日(2月15日) 雪积寸馀。临欧二纸。登太白楼看雪景。

文案处谭，湘圃亦来。夜接本月初三马递家信，计三叔、明斋叔、笠第、润弟、寿儿、袁絜斋父台六函，悉家中均好，闰月寄银已到，笠弟已于冬月十一日完姻，诸事俱顺，可喜也。怀德送节礼八分来，即作字转致前日所要廿金，可勿再付。

廿七日(2月16日) 快雪时晴。临欧两纸。饭后剃头，除服易吉。日间买鸭子猪肉清炖，请端甫邀慕尧来，同席小饮，小园添肴数品。

廿八日(2月17日) 晴。饭后同小园、端甫出门，遇楫卿，带来临潼节礼一分，三人同车至南院前看各古董铺，各购数事，予但买牙牌一幅而已，及归已抵暮矣。开消各处银款。

除日(2月18日) 阴风。早起，车至湘翁公馆祝七十寿辰，同杨廷诸君一席，酒面。整齐室中各物。又兑银三两馀，开销节赏等清楚。兰耜来辞岁，馀俱删繁文。晚，中丞、小园、贻孙、端甫、怀德六人同席饯岁，身上微觉作寒，更许又至中丞房中茶话，梅胎含隔岁之春，笋脯品故乡之味，尘事俱扫，雅谭载清，亦度岁一乐也①。

---

① 该日日记后另起一页，有字一行："乙卯年新春重订。"但笔迹不似徐敦仁。

人名字号音序索引

---

① 疑指任玉森,然从日记中看,任似司账房,并非司阍。

附　录

日损斋诗文稿[①]

日损斋散骈文十一篇，古今体诗七十四首，光绪十五年嘉平月刻于江西书局。原稿诸名人皆有评语伟余，诗文未及汇刻，有诗三首，颇中予怀，刻之。顾子远云："壮怀旅思两难任，秦树吴云万里心。世事相磨惟老研，孤情可语只清琴。钱刀咄咄尔何物，风雨潇潇时独吟。渭水定知君此意，和愁流向浊河深。"谭仲修云："爱杉我良友，为别十年馀。云物依长剑，风尘老素书。空文垂复尔，吾道问何如。安得西湖畔，白头来卜居。""爱杉如古贤，志欲为世用。歌哭千秋心，文章九鼎重。白眼浊醪空，青春芳草梦。三万六千顷，胸次与谁共。"噫！生平足迹几遍天下，诗痴之符仅仅有此，一行作吏，此事遂废[②]，可慨也已。吴县徐敦仁自识。

---

① 据中国科学院图书馆藏《日损斋诗文稿》整理，清光绪十五年江西书局刻本。书名原注录为"日损斋文稿一卷诗稿一卷"，为简明计，据《民国吴县志》卷六十六徐敦仁传改作《日损斋诗文稿》。

② 此句化自嵇康《与山巨源绝交书》："一行作吏，此事便废。"

日损斋文稿

吴县徐敦仁爱杉

北行程记序

著雍敦牂之岁[1],候届馀春,序逢初夏,予与凤子芝函计偕北上。水程山驿,路逾乎三千;露宿风餐,时匝乎一月。疲骡得得,憩装则尚带斜阳;长日迟迟,适馆则犹多暇晷。于是凤子操不律,书赫蹄,纪耳目之所经,写行役之况瘁。或登怀古之什,或缀即事之诗。他日又取而雕饰之,猎六朝之馀艳,绘两人之游踪。夫仲宣灞岸,因之成篇;潘岳西征,辄以作赋。飞卿鸡声之句,青莲蜀道之歌,行路之难,古今同慨。余与凤子尘念早息,名心未除。方谓献策金门,襕衫利市,夺标日下,席帽离身。乃璞三献而就刖,书十上而不行。毷氉秋风,依然故我;飘零辞赋,各自依人。无马周之遭逢,作元瑜之书记;头颅如许,壮志消磨,岁月催人,前期杳渺。况乃妖氛四起,故国久沦。问姑苏之台,只馀瓦砾;望太湖之水,亦起波涛。发种种其堪愁,书迢迢而莫寄。则夫读《哀江南》之赋,唱《念家山》之词,能无泪下千行,愁量万斛也乎。两人身世之感,又有出于斯记之外者已。

书《存人编》后

《存人编》,颜习斋先生所著,以辟佛老者也。中名《唤迷途》者凡五,《第四唤》论昌黎贬潮州时,与老僧大颠往来,将行,留衣服为别,《与孟尚书书》又称大颠"聪明识道理",不免与贼通气[2];论东坡把笔作文,"何等气力,立朝何等风

---

① 按即戊午年,咸丰八年(1858)。

② 颜元原文评韩愈为"逗遛玩寇";"与贼声气"句系评王阳明:"阳明近禅处尤多,习欲移人,贤者不免,所谓与贼通气者,此也。"

骨”，乃作《大悲阁记》，“便卑鄙不堪，迷惑如田间村妇”。罪其佞佛，皆言之偏也。因作论，书其后。

甚哉乎！言之不可有所偏也。习斋先生著书，明圣道，辟佛老，其言沉怫而雷硠，惟论昌黎、东坡为溺于佛，则不免乎言之过，而适以自覆其辙也。

昌黎谏迎佛骨，犯颜诤谏，其《与孟尚书书》夷狄乎佛，禽兽乎佞佛之人，而一不顾乎其身之危，谓溺佛者而能如是乎？且宪宗朝沙门之教方盛，世无昌黎，吾恐缁流簧鼓浸以盛者，且家钵锡而人住持也。今不功昌黎而反坐以罪，不几诬伯夷以窃禄而跖视颜回乎，甚哉乎其言也。

东坡《大悲阁记》语杂乎佛氏，讥之犹可，然孔子圣人尝赞老子犹龙，将罪孔子乎，抑不罪之邪。若《四菩萨阁记》乃承先人志，送吴道子所画佛象与浮屠惟简，《记》但言得画之由，与所以舍之之故，未尝一言涉佛典。夫道子画，其先人所爱而嗜之者也，其父嗜之，其子必曰毁之，理乎？然且不敢留于家而归之佛子，则其平昔之不敢佞佛，盖可知已。

东坡之不佞佛，与昌黎同，而并罪之，庸非偏乎。然则习斋何为而有此言也，盖其忧世之心胜，胜故立言有所偏。昔有人投鼠者，鼠死而伤其器，非不顾器，投鼠之心胜，则意不及器也。虽然，偏则偏矣，而或者因之并没其救世之心，且并其不偏者而訾议之，是又因寸瘿而捐逾抱之槐，弃黄钟而责其追之蠡也。乌乎可。

上文少司空进呈李恕谷先生遗书启代

盖闻表章绝学，乃贤哲之深心；搜辑遗书，为国家之令典。学归乎实用，则有补于治功；书上乎朝廷，则可行于海内。国初，蠡县有李恕谷先生者，学以三物为主，功以九容为基。辨主静之非，则推原于居敬；驳良知之谬，则专力于存诚。以空谈性命为逃虚，而从事于视听言动之训；以卑视事功为背教，而有志于兵农礼乐之修。合汉儒宋儒为统宗，而不胶训诂；引南方北方以共学，而不峻门墙。其书无虑数十种，而皆本于躬行；其徒不下百馀人，而各传其心得。汲汲焉以圣贤之学为学，而能入圣贤之域也；皇皇然以周孔之言为言，而能接周孔之传也。

今者遗集流传，不全不备，斯文零替，若存若亡。而倾其风则顽懦可立，闻者皆兴；读其书则本末可观，厘然有当。五百年一名世，岂竟虚生；百里内有贤人，讵容澌灭。夫昔韩昌黎之文章，得欧阳表明而不磨万古；陆宣公之奏议，得大苏进御而可信千秋。

伏见大人东京硕学，海内名儒。矢致君泽民之谟，衍继往开来之学。而况久参机密，得陈封事之章；仰见圣明，屡下求书之诏。如其进之御座，颁在学官，以之治身心，则《年谱》一书可为圭臬；以之论文章，则《后集》一册可立根基；以之培养人才，则《大学辨业》《学规纂》实圣功之津筏；以之讲求政理，则《阅史郄视》《瘳忘编》实治道之纲维；以之绍往圣，则《论语》《学庸》《孟子》诸经《传注》多所发明；以之考典礼，则《宗庙》《禘祫》《郊社》诸制《考辨》资其订正；以之定经国大猷，则《平书订》《太平策》实有鉴胜朝流弊，而立治世之谟；以之修前人之绝业，则《学礼录》《学乐录》实可探往古心源，而得不传之秘。其见之也明，故其言之也切；其忧之也深，故其语之也长。

某生长边陲，自愧独学无友；沉沦末秩，空讥尺见咫闻。自得遗编，奉为前导。廿载访求传稿，未获其全；半生喜得师资，藉收其益。然事不质之儒宗，不足以定其是；书不呈之御览，不足以大其传。倘蒙采择，许为奏闻，庶几世教昌明，可端学术人心之本；遗文彪炳，益增圣经贤传之光。实大道之攸关，乃千秋之盛事。且事苟无因，则言之匪易；例有可案，则援之何难。谨考恕谷著述，四种业已采入《四库全书》。《周易传注》《李氏学乐录》载在著录；《学庸传注》《论语传注·传注问》见于《存目》。今若引其前事，借之立言，事非类于创闻，功自垂于不朽。不揣固陋，妄献刍荛，僭谬之愆，尚望垂察。

江亭送别图诗卷序

《江亭送别图》者，罗两峰山人所画，送钱唐吴谷人祭酒乞养南归者也。白云非遥，望亲舍而何在；来日苦少，膏吾车其将行。制就芙容，即遂初之服；赠来勺药，多将离之容。旧雨一尊，愁云四座。约群贤于上巳，设祖帐于东门。南浦消魂，一篇哀怨；河梁携手，五字悲吟。山人于是泼墨数升，绘愁满幅。水石点缀，留王宰之名；烟雨模糊，得倪迂之趣。日月其逝，风流以徂。则有王小秋观察，久作长安之居，偶来切利之市，适得是卷，夸为奇珍。仁几回西笑，徒事奔浮；三赋北都，尚迟科目。每当秋榜将悬之候，黄粱未熟之时。天近大罗，怕听康了；酒携小榼，暂憩刹那。亦尝徽徜乎斯亭之上，则见西风摇落，瘦蝶偎花，暮雨苍凉，寒鸦满树。寻诗梦而已冷，参画禅其云遥。过何氏之园林，飘零裙屐；问刁家之池馆，阒寂琴尊。剩有斜阳，曾照当年觞咏；更无老辈，来登此日楼台。今见斯图，剧增馀喟。我少丘迟之锦，学骈四俪六以难工；君偿持正之缣，合旧手新题而并赏。

蔚州疏濬城濠记

城必有池，古制也。今谓之濠，濠必岸高而底深，而后可以束水之流，而无有雍阏，盖非独形胜宜然，抑亦农田水利之所利赖者也。按《志》：蔚之濠，凿于明洪武五年德庆侯廖允中，继修于卫指挥使周房。时州与卫分城而治，至国朝康熙三十年，改卫为县，雍正六年并县入州，于是城与濠皆统于州治。然濠自嘉庆十八年前刺史胡公修浚后，迄今盖五十年，岸善崩，水之行地中者时时滞，不循旧理，州之人患之。

刺史王大夫布惠在民，治公事如营私家。以濠之废也，尝有志兴复，而费钜功大，乃捐廉俸为州人倡，至同治二年夏六月始得举畚锸之事。土出其垫于水者，岸崇筑加仞，自东而南而西，计丈而程之。大夫时巡工所，劝怠兴庸，讴筑汔力。会广漠风至，水坚腹不可斧，工乃止。越明年冰解，重兴徭役。至七月，西北之工以次毕。凡用金币若干，皆邦之人司其出入。

是役也，以数十年之废坠，一旦得复旧观，非大夫捆然身任，曷以跻其成。昔史起为邺令，引漳水溉邺，魏之河内以富；后汉邓晨守汝南，兴鸿隙陂，百姓得其便。大夫自下车，一复南乡之渠，前年壶流河涨啮城，足为堤障之，患乃平。今复兴此钜功，为一州保障。方之史、邓，事异而功同。仁恐其事久而无考也，因记其始末以示后人。濠以匠人之尺度之，凡深十八尺，广二十五尺，岸上旧栽白杨若干株，今存若干株。

祭周君文有序

周君名锡禄，字静甫，吴县诸生，以实录馆誊录议叙盐大使。同治丙寅某月日卒于京师，其生也在戊子，长余一年，而与君同游庠同应举，先后凡五次被放亦同也。悲其客死，邮文以祭。其辞曰：

游兆之岁，温风纪节。京邑书来，赴君淹殁。始疑梦怪，中情恍惚。继审匪讹，悲刺心骨。哀泪奔泉，颓叹凋日。谓才必显，君胡夭阏。谓善必佑，君胡黥卼。谓仁必寿，君胡遽卒。九阍上叫，昊鉴奚悖。忆昔相处，烟波之窟。称诗张坫，缀文折壁。君也一临，如剑鸣鞚。及游横舍，同佩巾帅。怒鹏飞枪，孤罴傲兀。落落朋俦，在十去七。春艇荡波，冬钉耀雪。相从嬉娱，嘲弄间发。洎入国雍，同驱北辙。角鹿精雄，目牛气杰。四搴赵旗，得隽未一。巨翮摧罡，良蹄蹶垤。怀刺无门，管记入室。杂还襒裾，隐轸镂笔。几载燕赵，景光飘瞥。不意南邦，戈鋋鼎沸。茂苑鹿游，长洲豕突。乔木江枫，累叶华阀。劫烧灰飞，故家瓦裂。兄季分张，乡里契阔。运丁蓟丧，口衔碑阙。往岁荆扬，威伸挞伐。宇县清澄，雾霁披豁。金陵既复，廉孝重察。君乃翩然，车驱偈偈。图南又阻，九万终遏。乃从微官，将谋禄秩。筮仕何所，之水曲折。山色临平，涛声罗刹。犹冀相逢，何图永诀。往共寝兴，决眦夜彻。劳目无精，厥名曰蔑。岂其以此，难登大耋。客馆苍黄，角枫谁楔。棺和谁题，邻舂谁辍。远望燕台，栖怆呜咽。君之行谊，履和端洁。度己以绳，接人用绁。君之文章，如果有核。雅韵铿訇，英辞典矞。遗稿谁哀，恐遭蠹啮。莱妇仳离，堪伤嫠恤。椎髻新鬘，槁砧望绝。尤可痛者，嗣无遗孑。线祚谁延，楹书谁述。柩庋京国，谁谋引绋。何日灵輀，得归兆穴。呜呼哀哉，魂难招屈。絮酒在尊，聊陈芳烈。魂兮有知，馨此苾苪。

书高垣吴氏死贼事

咸丰十一年，粤贼据杭州，馀郡县相继陷。六月二十七日至严州府建德县之高垣，县诸生吴君敦垕不受伪命，被戕死。

方贼之来，君率家人避于山，贼既掠高垣，入山见君，胁之降，不从，矛刺之，不从，又刺之，时君之妻、若妾、若子、若子妇、若孙、若孙女、戚属皆在侧，见君被创，伏地求。君叱之起，厉声曰："死尔，何求也。"遂绝。贼义之，虏少子延龄、延龄妻某氏以去，馀得脱。乃敛君以反于家，而家荡矣，无所得食。未几，君之妻某氏，未几，妾某氏、某氏，长子荫松、荫松之妻及二女皆死。得不死者二人，次子荫柏之妻，妻所生一子。子生时父先以瘵亡，贼至子尚孩，天不绝其世存一线之祚于怀抱之中，盖幸耳。荫松、荫柏之妻皆蔡氏，两蔡氏之生母周氏适省女在高垣，亦死。

余于蔡氏为中表兄弟姊妹，既求得其事，为书崖略，他日荫柏之子成立，以示之，使有以考其先世死难之岁月，而作其义愤之气也。

爱杉说

木之贵杞梓楩楠杶干栝柏，至于杉，弗之重也。庙堂之梁栋，巨室之宎廇，虡业之设，雕几之文，不闻有用杉者。然而编户之民，为阖扇，为寝床，为农具，为舟，为桥，为棺，皆用之。则虽不见重于世，而亦如布帛菽粟之切于日用者也。余爱之，因以为号。

后余入蜀，蜀之植多杉，往往而林。问之土人，杉之性直，自根而干而杪，特立无枝，挺然倜然，罔非直者，且易长，无蠹蚀，无瘿瘤，则又能以直道自立于天地间，而遗外物之累者也，何必与杞梓诸木争一日之贵哉。案杉，《尔雅》作“煔”，《说文》作“枯”，大徐补作“檆”，从木煔声，今作杉，从俗尔。

刘清溪先生遗墨赞

夫荩臣捐生，常留其光气；烈士赴义，必有其至性。故以苌宏惨血，今日犹碧；蒋侯奇骨，当年独青。傥非临危张其胆魄，曷令蹈刃彰夫从容。

癸丑之岁，粤寇肆扰，金陵遂陷，上元邑宰庐陵刘清溪先生死之。事闻褒恤，史册光耀，弗庸殚宣。若乃清臣楷则，忠烈载扬，伯英草书，精灵斯寄。喻夫一篗之丝，缫以冰茧；半蠡之水，奔其怒涛。漱芳太守夙从门游，载悼梁折，以先生所书便面装治什袭，博征阐题。仁与太守同以艺文见被奖拔，少时邑子，蒙识诸甄藻之年；此日英魂，但凭诸吉光之羽。怀贤感旧，聊用抒称。

赞曰：钟阜云墨，昆池火红。巨寇触羝，尸臣耿虹。英英刘公，西江孕秀。粲殉石头，名垂来宙。式瞻芳迹，载怆忠魂。直节劲气，灵爽中存。松风琴孤，桥亭研好。烟墨弗渝，永世共宝。

舒母张太夫人墓志铭代

同治七年春，某奉使布政于四川。时德兴舒君大章将入都谒选，其太夫人命与某偕来，使先观乎吏治大凡。嘻！太夫人之见远矣，逾年，太夫人以疾卒于家，大章闻讣奔丧，以志墓文为请，弗能辞。

按状：太夫人姓张氏，年十六归赠通奉大夫舒公讳某，未几祖姑、姑相继卒，太夫人主中馈，一门上下数百指皆禀承太夫人，秩秩然无相紊者。性勤俭，年六十馀，每祭祀宴宾客，犹著布裙入厨下，与婢子辈共杂作。平居子妇或以丰馔供，辄不悦。赠公好施与，太夫人常左右之。有先世远亲在乐平，乐平人挟嫌怨火其屋，赠公为直其事，赀给之,太夫人又为构材木以庇其居。有群从兄子卒,四世单传子生始三月,众利其有,赠公心危之,计非同居不能全,而以妇少有难色。太夫人曰:"吾媳其妇而孙其子,奚不可者。"遂共釜食二十年,其孤既生子,益之产,使别宅。德兴为县,介居山谷间,地僻而瘠,居人往往以贫废读,赠公乃仿吴中范氏义庄,捐田一百五十亩为试卷费,又捐田六十亩助书院膏火,事在道光丙午年。咸丰乙卯,粤贼扰江西,邑被兵,民间生计愈促。丁巳又捐田一千七百七十六亩,以其租散给邻里,又捐田二百五十六亩给本支加厚,先后共捐田二千二百四十二亩。太夫人既赞成之,乃告诸子曰:"此尔父馀泽所以贻于尔辈者也,其善承之。"明年赠公卒,贼时时至县境,县中人各东西避,或丧其家,太夫人悉有以赒之,仍岁给田谷如故,存活者无算。今德兴称好善,皆曰"舒家舒家"。

噫!自粤匪之起,扰及十馀省,小民流离失所,江左右尤甚。今四方以次平,朝廷轸念民依,时下诏抚恤,亟亟乎以元气难复为虑。使天下一乡一邑皆有好善者酌盈剂虚,以隐济于闾里间,元气之复何难。然则,太夫人之所为,盖亦有关于民生大计,而非区区解推之说之所得而比也。

太夫人生于嘉庆某年,卒于同治某年,年七十。子六,五即大章,县学生,候选知府加四级请封;女六,孙十六,降服者十二,曾孙四,降服者二。赠公先葬安徽婺源县肥珠山,今大章卜吉于某年月日,别葬太夫人于本县井坞里之寿草冈,去赠公墓二十里。

铭曰:维母之贤,戚党所共传也。见其子之循谨,而益信其然也。而惜乎离瑜之返其躔也。井坞之原,寿草芊芊,泷冈若接,表此欧母之阡。

凤天石传

《戴记》"朋友之墓有宿草,而不哭",而亦有不尽然者。

吾友凤君之死,距今十二年矣。此十二年中,欲求一如凤君者友之，不可得也。间作诗歌，无以证其是非也；欲有所行，而疑无与决也。既惜君早死，又自悲独学无友，欲不哭而不能也。

君长余一岁，咸丰丙辰始订交，时君年二十九。越两年戊午，与君偕试京兆，迄壬戌四次被放。君谓余曰："孟子所谓求则得之，舍则失之者，学问文章是也；所谓求之有道，得之有命者，科名是也。我与子当知所以自处矣。"厥后各以事散处四方，然驿骑常往来，有所作，辄见稿本。辛未秋八月，余在秦中闻君赴，哭之而恸。逾年归，复哭君于家。至今读君遗文，未尝不泫然也。

君名锡纶，字芝函，入吴庠，名友麟，更字天石，为吾师竹塘先生之长子。幼承家学，凡七应顺天乡试不中式，以国史馆誊录议叙盐大使，分两浙，历署龙头、杜渎等场，未补官而卒，年四十四。子曾饴，庠生；曾鉌。孙思庄，配溧阳史氏。君生平无所嗜，惟孜孜以读书为事，常中夜起，属稿数纸，若有追之者。所著《味道堂诗文》□[①]卷、《汉书札记》《三国志札记》各若干卷，未刻，藏于家。其就官浙江也，盖欲以闲曹读书终其身，非苟焉为禄仕，而竟不能卒其业也。悲夫。

论曰：自宋以经艺取士，士争趋之，而为古文者日少。君习举子业，每一艺率笔构成，既成，辄置之。或诟其非，亦不介意也。及为诗古文，穷日达旦，不以为苦，或冥思至数日，或稿脱而弃之，或一二字而数十改，尝谓此事必可以质古人而后可以质后世也。其与世异趋如此，非有得于中而能然哉[②]。

---

① 此处原留空待补，今代以方框。

② 文稿卷末有"男洋校字"四字。

日损斋诗稿

吴县徐敦仁爱杉

将出门二首

将出门，神皇皇，两代之亲俱在堂。男儿胡为去四方，去四方。亲勿咎，一升一斗，饥驱儿走。儿今不出门，何以供晨昏。儿今竟出门，何以乐晨昏。人言出门苦，我今出门苦更苦。将出门，神皇皇，中宵涕泪，千行万行。

将出门，阿耶止，阿耶且屡止。耶胡止儿行，出门多黄巾。黄巾满路，有关难度，仓卒遇之如遇虎。儿前致词，阿耶勿悲。古人负米，百里千里常奔驰。釜中之焦鹿之乳，盗贼见之不敢欺。阿耶勿悲耶弗悲，儿去决，儿去决，儿职缺。

游废寺

草长数丈高于人，病僧如丐出应门。金刚身坏树生腹，蝙蝠乱飞疑黄昏。浮云盛衰爽若失，散愁惟有杯中物。醉后狂歌声如龙，吓倒门前米汁佛。

高烈妇行有序

烈妇高氏，蔚州人，父某为州隶，素无行。以女颇有姿，年十四五时，欲令倚市门，不从；至十八，武生宋某聘为妻。宋故无赖子，博进负牛侩黄某钱，不能偿，黄恬妇色，谓宋曰："今若妇出侑酒，逋券当不计。"宋诺之。一日过宋，宋故入市，黄入室挑妇，妇走匿他所。宋归，复逼出见客，妇无计，遂服毒。时明雅利等国以鸦片售中土，数十年来食之者日益众，久食成病，名曰瘾。其生者有毒，以入口立死，宋素有瘾，室中多此物，妇取食，俄顷色变，大骂宋非夫，黄遁去，逾时妇死，时同治元年十一月十八日。黄惧事发，贿宋嘱勿言。刺史王君廉得之，收宋及黄，狱未具，一日方庭鞫，宋忽昏迷，有顷作妇人声，悉吐实，狱乃定。宋褫责，黄论绞，妇旌如制。时余客州幕，悉其始末。哀妇生于卑贱，所遇非人，而卒能自完其节，为难能也。作诗纪之，以风世焉。

万物皆有托，所托须求高。松柏生绝顶，凛凛起寒涛。设使生污泥，安能凌云霄。异哉此烈妇，守身篮白茅。秉性一何坚，百折终不挠。有如渭水清，泾浊不能淆。又如昆冈玉，烈火不能烧。非惟不能烧，因烧成琼瑶。妇本高氏女，父给州中徭。所业本卑下，所志尤轻谚。妇年十四五，有发初垂髫。虽非绝世姿，亦颇称娇娆。父不识女心，颓波起一朝。欲令强卖笑，藉以博丰饶。谁知根本固，恶风难动摇。松柏生绝顶，托根终坚牢。岂能辱污泥，坐使本性销。待年至十八，吉礼成同匏。嫁作宋氏妇，维鹊乃有巢。遇人又不淑，所天亦佻佻。终年恣游荡，匪类相招摇。无钱偿博进，逋负难相料。乃有刽牛子，悦妇颜如莪。但求通情好，不复惜钱刀。铸错竟聚铁，谰言相盟要。相将俱入室，目招复心挑。妇怒急走避，速去如惊飙。有凤翔千仞，有鸾集九皋。鸾凤羽翩翩，岂与鸠鸟曹。不意薄幸郎，相逼如咆哮。有死无他计，薄命轻如毛。无事尺组系，无事匕首操。有物阿芙蓉，来自西番遥。食之无几何，五藏如煎熬。妇死事则已，贞魂恨不消。堂堂刺史府，雪冤有明条。有石何荦确，有山何岹峣。有塚仅一尺，在彼蔚之郊。星辰光离离，白杨风萧萧。岸谷有迁变，女贞常不凋。

土　木

挟帝亲征事创闻，祸由阉寺起边氛。名藩继统唐灵武，绝塞蒙尘宋道君。复辟一朝奸党传，纪年两截史臣文。如今瓯脱承平久，古戍荒凉对夕曛。

泊舟嘉兴访秦稚枚敏树

槜李城中寻旧雨，语儿亭畔系轻舟。离家况值清明节，废址空怀烟雨楼。几载战场走狐兔，一城尸气泣骷髅。无情最是鸳湖水，洗尽繁华独自流。

重　到

重到钱唐江上村，劫灰满地剩荒屯。半帆雨色螺蛳埠，一线涛头鳖子亹。杜宇空江啼客怨，国殇青草入春痕。十年梦影无寻处，莫问西湖旧酒尊。

奉寄凤芝函友麟一百韵

凤子奇侅士，豪情世寡俦。才华今贾董，辞赋古枚邹。事业屠龙技，功名上水舟。写官名偶厕，史局叙从优。小就盐丞职，聊为斗石谋。命宫同磨蝎，交谊早盟鸥。犹忆怀西笑，相将事北游。公车随计吏，春粟聚乾餱。京兆名初上，樊舆迹暂留。鲤庭陪末坐，鹿野待鸣呦。著录蒙张禹，经桡共李尤。槐花忙角逐，楮叶苦雕锼。觅举聊温卷，陈诗望采輶。扬镳来上国，联袂入皇洲。岂谓抛梭误，翻成献璞羞。无因攀桂树，相与哭梧丘。赭白谁怜马，阑单竟类牛。驾言辞日下，障面别卢沟。李巽空回日，卢仝下第秋。麻衣犹未脱，艺圃且同蒐。瓠史资商榷，芸编互校雠。解颐诗并说，叉手韵争阄。窗映三冬雪，膏焚五夜油。名山常兀兀，急景去悠悠。秃灶惊残腊，春王属孟陬。特科逢庆榜，下诏又旁求。虎复登车搏，珠仍向暗投。频遭红勒帛，屡敝黑貂裘。笑任来猿獭，抢宜息莺鸠。元瑜聊记室，王粲且登楼。周北张南恨，残杯冷炙愁。冠巾馀了鸟，笔墨事粗糭。答教时多暇，微言绪独抽。时师伤破坏，异说爱攻掊。北学尊颜李，遗书述孔周。惧余坠阬堑，为我费冥搜。聚讼纷臧耳，谈玄杂楚咻。膏肓针许下，痼疾病期瘳。不惮戈操室，时看盾陷矛。至今存驳议，犹自比共球。自入庚申岁，同怀故国忧。苏台走麋鹿，茂苑叫鸺鹠。铏粟夫家尽，城蓑贼骑蹂。楼台成瓦砾，士卒剩骷髅。西北单身寄，东南沴气浮。桶中无宿米，堂上缺晨馐。家远飞无翅，书来重抵镠。一从居蠨蛸，四载感蜉蝣。弹老冯驩铗，羁深裴楷鞦。严关笳隐隐，冷署雪瀌瀌。半死桐谁惜，当归药枉收。陡传延劫烧，忽又逼咽喉。林屋妖氛炽，包山毒雾稠。将军金竞摸，都尉粟频骢。复壁藏无计，呼庚语效廋。巢难枝上寄，活觊草间偷。君乃回黄浦，予徒泣楚囚。家人劳代讯，急难肯相赒。推食情无已，衔环报莫由。上元逢蔀首，北辙又燕幽。边塞伤牢落，山川恨阻修。书虽通简帛，语未罄绸缪。往岁归程阻，征车客邸休。风尘劳说项，宾馆却依刘。数月烦供帐，长筵屡送钩。依依看蜡炬，往往忘鸡筹。离绪增梁燕，风轮趁海鳍。刀环新乐府，襆被大航头。观海难为水，还辕且息郰。八年伤老大，一室语嘲啁。季子空憔悴，征衣且浣漱。时刚听腊鼓，君适返旌斿。将泛之江棹，聊停故里驺。行踪怜岠躔，仕路送骅骝。近喜消兵劫，重看复井畴。荆扬还则坏，袍泽誓同仇。奏凯军归伍，擒渠馘献酋。纵传苞有蘖。会见贼除蟊，炎徼消残焰。朝那定古湫。潢池无盗弄，河岳告怀柔。帝载千年固，神功两大侔。庙谟隆日稷，雅化颂薪槱。虽复泥途辱，犹堪汗漫游。采兰逢上巳，鼓枻过杭州。俄顷停征棹，缠绵把酒瓯。离情量越水，别绪付星邮。闻捧毛生檄，新弘管子猷。望洋波淼淼，振咏韵翏翏。更喜长篇寄，居然大卷裒。气随龛赭壮，诗入陡亹遒。一水通消息，双溪漫逗遛。朋簪难盍聚，萍梗任飘流。仙独寻松子，楼时访隐侯。夺标虚五日，摊饭倦双眸。山果堆卢橘，岩花灿石榴。思君吟采葛，令我益饥调。五字嗟携手，千言笑赘胱。蛮笺裁幅幅，鸟语愧啾啾。居易诗先寄，微之句倘酬。愿言崇不朽，著作蔚彬彪。

题费树臣德元《饮马长城图》

昔我驱马长城边，河声如吼奔骈联。穹庐犹流汉代血，突骑尚挽秦时弦。黄须鲜卑吹觱篥，万马嘶断蜻蛉川。书生到此亦胆王，移封且喜向酒泉。风高时与豺虎斗，月黑常藉骷髅眠。即死何用裹马革，成功还望铭燕然。君始挟策来幽燕，陆机入洛方少年。曷为弃繻走绝域，鹘突亦复来胡天。喻糜千挺无所用，《羽猎》万言谁知怜。此时徒歌君马黄，惊砂振面无人烟。闺中几见花灼灼，远道空令思绵绵。雁飞不到瓯脱远，虽有尺素谁能传。乡心陡起指马首，一囊冰雪辞居延。归来尚带关陇气，塞云万里随吟鞭。且付粉本传好事，收取大漠归新篇。君才自是千里足，相马未遇九方歅。功名秃炷甘苜蓿，讲堂行集三公鳣。我今亦归骑款段，一竿闲钓槎头鳊。相逢重话吴苑月，举图示我夸鸢肩。为君作诗笔奔放，奇气郁勃来豪颠。呜乎自非行尽关山万里路，焉得奇气郁孛来豪颠。

哭周静甫锡禄

频年远别剧堪哀，凶问无端日下来。自是有生皆易尽，如君无命乃多才。吴中名士非求死，地下修文早见催。应为忧时成病肿，贾生含涕入泉台。前得都中书，知患水肿。

燕南落魄记前尘，憔悴青衫过十春。阮籍穷途馀痛哭，马周火色竟长贫。槐花冷落生前梦，渔火零星劫后身。君家枫江，苏城失陷，宅被毁，画《枫江渔火图》寄慨。才予一官年便促，苍天何太厄斯人。

身后何堪一一思，中宵起坐泪如丝。风尘埋骨燕台马，故国招魂楚些辞。镜破乐昌空有妇，夫人避乱，流离失所，或言在母家。书留楹下竟无儿。从今怕过山阳路，笛里徒增向秀悲。

苦热

火龙赩赫蟠晴穹，赤熛肆怒骄阳红。炎官热属相构煽，煎熮万类薰爞爞。我时惮暑不敢出，终日枯坐如痴聋。手挥羽扇敌对垒，背流骇汗波翻洪。解衣盘礴成裸国，束发髻紒犹儿童。苦盼乌踆骋疾足，迟迟晷影留墙东。箕师不知遁何所，树头少女潜无踪。有时密云竟不雨，徒闻虢虢声当空。屋中灼铄尚有然，何况陇畔耕田农。昔我绝塞居蠮螉，号寒所苦惟隆冬。盛夏无事竹簟展，卓午尚可绉絺蒙。颇笑南北殊气候，赤帝怕度关山重。今来此地作热客，逭暑无术增烦衷。因思世事有反覆，盈虚消长情难同。昔如文物聚上国，被服儒雅多雍容。今如扰攘值摽季，戈戟驰突相撞冲。秦法烦苛汉宽大，如环无端相始终。物理乘除类如此，胸中冰炭终无庸。况兹金柔火已老，夷则转盼回灰箭。炎凉递嬗几日耳，坐听习习吹金风。

武陵哀一首哭子香叔心丹

静静杨柳枝，相送春未暮。柳条尚有叶，行人已泉路。泉路亦非遥，棹入九疑去。岂爱武陵霞，死向桃源住。恻恻复恻恻，人世易旦夕。叔家当盛时，食指盈数百。兄弟号八龙，鳞爪各矜惜。飘瞥十年间，鸰原翦四翼。一叔被贼虏，生死无消息。消息望经年，叔又丧异域。凄凄暮雨急，冽冽秋风寒。寒虫号四壁，四壁声何酸。酸声并苦响，助我发长叹。问君叹何所，不为衣裳单。有叔事行役，客死江之干。江水幽且深，并入涕丸澜。丸澜涕未已，忽忆少年事。少年同飞扬，俯拾笑金紫。频年叹寂寂，驱车上帝里。毰毸悲名场，冷落槐花市。槐花嗟冷落，丧乱又踣起。乱离无乐土，饥寒急求仕。求仕未得遂，忽又他乡死。犹忆出门时，徘徊复徙倚。徙倚说归期，归期成逝水。有山名衡岳，衡岳高千秋。有水名潇湘，潇湘万古流。衡岳不为平，我恨无时休。潇湘不为竭，我泪无时收。伤哉《薤露》歌，楚尾连吴头。

闻念乔叔以立秋日卒作诗哭之

乍返湘江棹，劳生可暂休。梧桐惊一叶，人世忽千秋。死尚悲家事，魂应慰首丘。盛衰感门祚，危涕那能收。

寄凤芝函百韵诗重有此作

折来湖上柳，别意满杭州。君问西兴渡，吾登元畅楼。风吹千里梦，马负一函愁。百韵诗相寄，离情可解不。

冬日偶成

断雁难成字，寒花尚有香。闲阶猫向曝，虚牖鸟窥粮。地僻疏吟伴，书多累客装。十年谙旅况，赢得是清狂。

后圆圆曲

梁州重敞侯王宅，兰锜森沉列双戟。夫婿分藩妾作妃，专房新宠传翚翟。手捧鸾笺欲拜迟，几回凝睇费沉思。一朝骤贵终非福，受宠偏惊妾有辞。妾身本是苏台柳，一盼千金备箕帚。陡抱银瓶落井悲，自嗟锦瑟华年负。华年非复旧容颜，辛苦鸾篦夺得还。故剑纵多郎主意，绣裀敢忝女君班。愿君更谱求凰曲，清门重拣人如玉。好觅鸾胶续大弦，应教虎旅惊华族。自妾身以下皆圆圆辞封妃语意。十斛量珠百两迎，孰知五虎聘延平。花摧此日将军树，血洗当年妒妇津。惟有柳枝心自小，淡妆懒把蛾眉扫。且随宛若事神君，自爱翾风作房老。中妇翻蒙大妇怜，结成连爱意缠绵。风吹蝉髩空尘梦，月冷鸡关阅岁年。功勋煊赫兵权盛，南天半壁归形胜。夜郎自大渐披猖，将军跋扈多骄横。明眸自是识兴亡，臣节深规南越王。青史君看忠义传，黄衣妾愿道人装。道书手握星冠好，火坑拔出应须早。一卷真经悟宿因，数声戒律捐烦恼。青词漫谱曲无愁。夫婿争看在上头。已与太真同授箓，还寻燕子别居楼。劫灰忽扬昆明火，滇池妖气掀天簸。可惜英雄已白头，自加招讨称天下。天下谁知总一家，王师十万下褒斜。鲸鲵力大么麽视，空笑公孙井底蛙。末路徒成国狗瘈，力尽咆嗥犬先毙。六诏三川次第平，版图重列蜻蛉塞。西洱河边战血腥，舞衫歌扇尽飘零。只馀绝粒花姑在，尚抱仙坛未蜕形。转眼销亡悲一霎，人间剩有真灵业。步虚声里试回头，化城幸度刀兵劫。吁嗟乎，戒坛郁律将坛空，釜底游魂暮气终。风雨迷离鳞爪幻，论君尾段是神龙。年年杜宇啼吴苑，往事间搜咽悲管。向日勾栏何处寻，东南孔雀飞何远。君不见，锦树成林傍惠泉，玉京当日亦寻仙。同时两个黄冠子，一样千秋谢自然。

火轮船歌

古闻虞姁始作舟，洪涛利涉功千秋。奇巧乃有西域贾，以火济水夹以辀。使船如马马惊逸，穆王八骏腾交舖。风轮一驶千万里，长舵大艑安能侔。其中梱载多大贾，货贝填溢高山丘。我时南辕归路阻，海客为我谈瀛洲。试呼宝筏登满愿，乘槎博望疑封侯。且拚郑注作水族，神工鬼斧闲寻求。机牙中伏司橐籥，钼铻旁列悬银镠。辘轳床转自旋绕，桔槔车踏相环周。如鱼丽阵严部伍，如浑天仪包气球。钩连交互如结琐，琤琮考击如鸣球。有牝有牡扃以镝，载脂载辖膏以油。外辅两轮圆其廓，内横一轴钉其头。下有大冶炙毂锞，鬼薪如锢城旦囚。上有曲突涨飞焰，烽燧如起蛮方仇。有时寸管出叫啸，呜呜绝塞吹箜篌。有时来船防抵触，摇摇大纛张旌斿。逆风不似六鹢退，夜行直挟双龙游。捩柁有盘针脚转，系舟无杙波心留。更观制器悉精巧，厨灶圊溷罗边陬。汲水出井通溟涬，招风入橐吹飕飗。胭脂深藏闭窟室，周陆备御森戈矛。估客局促处辕下，华夷纷遝牛羊牢。畛域各分戒侵越，汤沐不具忘盥漱。言多庬杂用重译，人随箕扬同春扰。大会无遮结趺坐，小罪颂系圜墙幽。我学诸侯用夷礼，且斟乳酪消烦忧。向思榑桑观日出，豪情差喜今堪酬。五更披襟倚舵尾，阑干河汉横斗牛。须臾烛龙衔初旭，神仙出没金银楼。回望世界成一粟，高吟奇句惊潜虬。天风浪浪吹诗袂，紫澜忽起蛟龙愁。吾闻商人争利便，鸡林行贾纷相投。东走辽碣南岭粤，夜发海岱朝闽瓯。身非孤注成一掷，人来海外小九州。乘风破浪亦至乐，方壶圆峤恣遨游。一任阳侯作颠怒，贪夫身殉夫何尤。但恐持衰不谨霹雳一声火轮爆，顷刻瓢裂瓦解望洋向若万事同时休。

李烈妇行

潇湘不能语，悲声流激楚。竹上泪斑斑，千年泣风雨。嗟哉徐烈妇，黄檗心多苦。十三学诵诗，十四织机杼。十八母遘疾，俞跗不能起。刲臂以疗之，至性动闾里。二十事夫子，夫子官刺史。家居郢中郡，问姓指秾李。翩翩双鸳鸯，葳蕤连理树。连理枝缅缅，悲风吹不已。一旦双鸳鸯，忽作孤飞羽。孤飞不可飞，宛颈至死所。阿父谓阿女，堂上有公姥。脂膏滑瀡瀡，子职宜汝补。阿女默无言，勉勉理门户。含泪向九泉，泉路何迤逦。阿翁惊子死，信使来东鲁。谓言怜细弱，车马相迎取。再拜谢阿翁，命薄已如此。不作孤雌生，宁为故雄死。中宵整衣带，擘取钗一股。寸寸肝肠裂，毕命深闺里。是岁斗指寅，同治纪年五。是日八月晦，肃气凝素序。一声黄鹄歌，凄惨弥四宇。亲戚闻此事，惊叹走衖衖。里党闻此事，相告各觇缕。大吏闻此事，驰书奏天子。诗人闻此事，作歌播彤史。光明一段锦，洁白无与比。练以素女霜，濯以长江水。更命湘东管，为妇书姓氏。

李烈妇行

同治五年八月晦，月魄死尽天如盖。夜色迢迢不能白，欲白不白，长离星坠。一解。长离坠，烈妇死，相从故夫地下，才旬有八日耳。二解。或谓烈妇，上有君舅，下有子女，奉养抚育责匪轻，死生有大义，死不如生。三解。自古良臣谋国，一死难塞责，程婴存赵孤，焜耀照史策，事君事夫此其则。四解。妇涕涟洏，谓此义非不知，奈我心匪石，难可转移，同生亦同死，君不见，连理枝。五解。金钗缺折，肝肠断裂，衣带中有绝命词，为李家继室十有八月，年二十一，痛与我父我舅一朝永诀。六解。潇湘水，啼二娥，泪痕斑斑竹上多。苍梧山高，烈妇之烈同嵯峨。七解。　天语煌煌，绰楔竖道傍，道傍人言，世间偷生不少，夫死称未亡，终不如烈妇殉纲常。八解。人间夫妇缘短，不及地下长久，地下长久，生前有誓死不负，徐氏女，李家妇，千载姓名在人口。九解。

岁暮芝函以书相招雨雪中至龙山有作

浙东西水行迢遥，遥见达蓬山影高。泥滑滑穿岭凹凸，风浪浪溅海波涛。鼓余雨雪之残兴，访子烟云于冷曹。把酒盏馀无个事，到三更坐对牢骚。

题芝函《沪城话旧图》

一昔伤离乱，相逢海国秋。低徊十年事，飘泊半生愁。夜雨春申浦，西风王粲楼。凄凉看宝剑，壮志孰为酬。

金粉飘零尽，江南只此城。湖山悲浩劫，烽火话馀生。愁绝《乌栖曲》，苍凉《猛虎行》。披图重有感，我亦庾兰成。

经沙陀作

一旅勤王卷甲趋，竟能杀贼入冤句。李花又结他家子，蒲草重生只眼苻。徐勣有功还赐姓，孙坚生子实开吴。摇鞭间向沙陀过，犹见鸦军日暮呼。

春　寒

定谁遮断春归路，不遣东风次第回。寂寂帘栊思远道，冥冥驿路滞初梅。沙痕黄卷边尘到，雨点白含海气来。灯市阑珊人病酒，瞢腾时节费疑猜。

赠别芝函

百岁堪经几别离，达蓬匝月惜分携。垂杨风峭催人去，芳草情多送客迟。小阁经灯留后约，春江碧水载相思。不须更作江淹赋，且写临歧墨泪诗。

鸟飞无定翼一篇

鸟飞无定翼，客行无定所。游子昔出门，言指兰江水。游子今出门，锦江水清泚。严冬北风号，寒声入机杼。机杼尚可织，高堂泪如雨。瞿唐滟滪堆，艰阻悲行旅。昨日一封书，归期说觇缕。今日一封书，去去万馀里。万里不为遥，客行靡有底。有酒琼为浆，有瑟玉为柱。酒亦不能饮，瑟亦不能抚。但愿子规声，早到旅人耳。妇携小女出，徘徊看庭树。庭树影婆娑，上有双飞羽。

自常山至玉山

急景促寒辔，役车无已时。山烧如泼墨，池冻若凝脂。书剑走风雪，牛羊感乱离。贼平近十载，满目尚疮痍。

赠南昌永福寺诗僧梅庵

阿师几生修得到，独与梅花住草庵。梅花一破佛一笑，草庵半掩僧半憨。黄金争把贾岛铸，白社时有陶潜参。我今行脚犹未定，安得长伴老瞿昙。

东　湖

西冷剩有残山水，桂子荷花异昔年。今见东湖犹好在，若逢春日更暄妍。苏翁祠外波三面，孺子亭傍屋数椽。回首杭州多劫烧，六桥衰柳只寒烟。

苏翁祠

苏翁祠内风飕飕，苏翁祠外湖波渌。一顷湖光半亩烟，当年种菜留高躅。天水忽已碧，江山只半壁。挟锄自广汉，老作豫章客。门前忽闻动驺唱，致书一函币百两。为问书币何从来，故人德远今宰相。欲觅人间卖菜佣，鬓眉画到云台上。云台何高高，草庐坚且牢，一瓢独挂许由逃。忆昔魏公提天戈，手挥六军欲渡河。符离之师三十万，一夜虫沙鱼肉烂。小朝廷看种冬青，虾蟆更断晚霞散。苏翁苏翁，尔胡不出，而佐魏公成大功。民谣纵闻起白雁，痛饮亦或抵黄龙。曷为出潜复水杳，魏公既失云卿，作箴自咎，“山潜水杳，邈不可寻”，箴中语也。高飞竟作冥冥鸿。岂知一德格天阁已造，权臣在内功难终。君不见湖边亦种苏堤柳，青青直接坡公后。北宋词臣南宋民，东湖可与西湖偶。

夜泊石钟山下大风骤起戏作长歌呈蒋璞山方伯志章

鲸鱼铿訇蒲牢吼，石钟响震彭蠡口。一钟未歇一钟鸣，大钟小钟乱舂叩。排山倒海势汹涌，掀船直欲上星斗。乾坤摆荡气郁勃，云垂海立蛟龙走。鄱阳湖非零丁洋，夜半壑舟趋孰负。我本江湖潇散人，风波狎习已成叟。沧溟记曾击数万，云梦亦自吞八九。观河面皱今可诧，奇书如读未曾有。却怪风姨太作剧，恐无馀力吹花柳。事反乎常古所戒，时当其可义无咎。和煦育物乃有功，发作无节焉能久。风雷雨露果妙用，世间人物皆老寿。我诗未成风渐定，足扣两舷呼红友。明当送客到浔阳，披襟笑酹一尊酒。

沔阳道中

莫怪舟行底样迟，连朝偏是北风吹。一春寒铸衾成铁，几首诗缫鬓作丝。陌上蘼芜闺里梦，村边杨柳酒家旗。渔人老向烟霞往，满地兵戈笑不知。

巫　峡

门户控三楚，夔巫形势强。山川赖疏凿，云雨本荒唐。石色千年黑，江流一雨黄。行人方入峡，枉说是归乡。西陵峡又名归乡。

过 峡

奔流直下下牢关，峡束重重控百蛮。峰峻石穿天上路，滩高浪滚雪中山。人同虎豹分崖住，身与蛟龙夺命还。深夜一灯照孤睡，篙头人鲊梦刀环。

峡中当无滩处舟行亦平喜作

漫言三峡皆奇险，亦有平漪百里馀。沙软客行江底路，日斜人钓石中鱼。酒斟琥珀浇愁垒，窗拓琉璃读道书。一样客怀差可喜，小诗自写滴蟾蜍。

峡中杂咏

八扇窗开三面水，十枝桨荡一江风。手持青竹船头立，共唤长年作太公。

主坐中舱仆舵楼，今朝滩说过黄牛。榜人歌亦声凄绝，不听猿啼客已愁。

青滩遥与叶滩连，布被蒙头客尚眠。忽打冬冬几声鼓，梦中知道欲开船。

过一重滩酹一杯，江边爆竹响如雷。船头赤脚团栾坐，五日花猪醉两回。

两日见峡中覆舟者二心用惴惴作诗自广且警焉

昨日覆一舟，今日覆一舟。舟覆则已矣，我心增烦忧。人生天地同浮沤，生死有命何容愁。轻身涉险古有戒，曷为掷同瓦注万里来遨游。又况山高有白帝，滩恶称黄牛。蜀中山水天下险，瞿唐滟预怪石森戈矛。既不同张骞凿空持使节，乘槎博望争封侯。又不同相如高车驷马，题桥名字夸千秋。不过饥饿落拓出随大夫后，元瑜记室仲宣作赋同登楼。沉舟侧畔傥竟葬鱼腹，数茎瘦骨何以归山丘。我于此时且作达，不须楚人对泣空学新亭囚。波涛仗忠信，我心终无忧。夷险视一致，陆沉随神州。记昔驱车上帝里，奔腾曾乱黄河流。前年归装附番舶，豪情直欲凌沧洲。河伯海若亦俱相怜惜，惟彼江神何遽作我羞。更闻成都古天府，山川形胜前贤古迹一一资冥搜。杜陵出峡复入峡，至今尚有草堂留。苏家父子俱蜀产，宦游踪迹穷边陬。行百里者半九十，长风破浪安能休。吁嗟乎，长风破浪安能休，我心终自增烦忧。君不见昨日覆一舟，今日覆一舟。

自万县至成都山行杂成

蟠龙山峻插青天，上有平畴数顷烟。斫破琉璃种瑶草，云中荷锸是神仙。

远系长绳到日边，笋舆还用十人牵。百盘到顶袒而示，汗血功勋在两肩。

鲇鱼上竹方険岭，瞎马临池又下坡。一落直愁千万丈，立身高处怕蹉跎。

万山排列势巑岏，苍翠如披画本看。行到最高峰一望，不成丘壑不成峦。

刺桐花落千山白，勺药花开十里红。分付舆人行缓缓，两边消受有香风。

白日长征夜梦还，说将奇景到乡关。一声杜宇千三路，半月肩舆十万山。

成都赠顾子远参军复初

东风若无情，吹君至三川。使我独凝伫，怅惘苏台前。西风若有情，招我峨眉颠。使我得见君，踪迹同夔蚿。凤皇一双翼，高飞翔九天。饥来无可食，竹实知何年。君今营禄仕，一障聊乘边。我亦抱笔研，来答临淄笺。局促复局促，与君倍相怜。愿君一双手，勿摘太华莲。莲子多苦心，苦心终徒然。愿君有十指，勿弄朱彩弦。朱弦多古调，世上无成连。且戴无颜帢，出处随方员。待有三径资，再赋归来篇。五湖浩烟水，共钓槎头鳊。

闻费浩川姑丈元辅卒于贵州张军门营中诗以哭之

无聊末路走黔西，草檄营门听鼓鼙。百万军中尊幕府，八千里外死羌氐。纵横著述文谁定，槁葬棺和字孰题。一样天涯同作客，酸风吹到倍凄凄。

百尺高楼每自夸，元龙意气本来赊。长年为客离乡惯，抵死求名作计差。胆比心粗好游侠，学因才大少专家。最怜九岁童乌小，客寄衡阳已失耶。

尚记当年赋北都，软红同踏困泥途。西风氍毹秋如梦，夜雨凄凉屋共租。一自烟尘惊海宇，各随萍梗泛江湖。十年弹指三生了，莫问黄公旧酒垆。

且收馀泪说生平，如戟须髯傲骨撑。两戒山河半游屐，卌年心血一长檠。惊人词赋将军客，入土头胪上舍生。如此才华埋异域，《大招》哀怨不成声。

接稚枚嘉兴见怀诗却寄

新月弯弯自东出，故人更在月之东。蜀国早凉吴地热，送君一阵好西风。

春水寄君一双鲤，凉风起时君未知。人道江流底许速，我道江流底许迟。

寄怀稚枚嘉兴

小别三年两地思，一般芳草各天涯。猿啼暮雨秋来易，雁影空江信到迟。舟泛五湖成独往，车生四角定何时。新诗读罢还愁绝，更听声声叫子规。

秋日杂诗

谁言秋夜长，而吾觉其短。客梦未到家，黄鸡已催唤。残灯耿屋壁，馀花独灿烂。故乡渺何许，天边少鸿雁。人生叹羁旅，日月速惊电。出门无所为，不如守乡县。

宿鸟先客起，鸣声喧树杪。披衣坐东轩，秋风生嫋嫋。庭中蕙兰花，幽色亦云好。芳馨无所赠，惄焉伤怀抱。荣悴各有时，迟暮见香草。空谷有足音，清芬慎自保。

哭蔡砚斋表弟顺祖

浮世何容恋，荣华本是空。君诚达生死，我为怨苍穹。坠地已为客，无愁不怕穷。芙蓉江上折，万里哭秋风。

君死何堪死，全家叫上苍。儿饥贫失学，亲老病支床。偏废悲鸾侣，孤飞断雁行。泉台知已矣，生者最堪伤。

秋日同孙鸥舫湛登城西楼

西北高楼犹似昔，昔人不见我登楼。风骚以往诗归蜀，汉晋之间统属刘。今古茫茫双弹速，鱼龙滚滚一江秋。偶来万里桥头望，城阙芙蓉无限愁。

登城楼有感

扁舟溯江源，沿缘入西蜀。漏天三伏雨，街市泥浊漉。闭置类新妇，懒惰责两足。今晨快秋霁，言就兴公约。逶迤步城西，树色若新沐。古庙飒灵旗，清池俯华屋。剧怜君子轩，残荷叶尚绿。丽谯亦高广，山翠豁双目。闲鸥笑人忙，晚鸦忽登木。失喜订重游，明朝趁初旭。

八旗列七校，俯视鳞鳞屋。缅维缔造初，新徙旃车族。驻兵守严疆，西顾天眷笃。生聚二百年，衣食渐迫促。困顿侪凡民，盛衰叹转烛。不见金陵城，万室遭颠覆。巍巍古馀杭，亦复变陵谷。佐领骁骑尉，一例惨荼毒。此邦幸保聚，馀风尚敦睦。圣恩实浩荡，矜恤深世仆。无复悲斯饥，坐见赍天粟。

同人游浣花草堂鸥舫作七古一首即次其韵

桤林漏日西风凉，蓼花两岸烟苍苍。锦江绕郭若衣带，高歌孺子清沧浪。江流滚滚去不返，水鸟拍拍飞且翔。前路草庵望不远，深情潭水终难量。会稽公子有逸兴，招邀近局连朝忙。客十五人主则一，云霞冠佩芙蓉裳。健步或携绿竹杖，善骑亦控青丝缰。联翩共集草堂寺，罗列肴核高筵张。数丛竹树风飒飒，一池荇藻鱼洋洋。醉后题诗壁可挤，兴来怀古情偏长。当时杜陵西入峡，布衣稷契老此堂。同谷七歌弟妹远，浣花一曲溪流香。蓬莱宫阙渺何许，莴苣菜把聊堪尝。至今独留诗史笔，更谁能挹天瓢浆。残膏剩馥幸沾溉，少时吟兴犹能狂。饥驱踪迹略相似，乱离天宝同苍茫。吴中只馀半间屋，秋风狼藉莼鲈乡。旧时燕子飞不到，空寻门巷乌衣王。长洲麋鹿几兴废，苏台花草无芬芳。桃源不复有鸡犬，麻姑重到悲沧桑。浮生转是此间乐，酒徒随处皆高阳。

春日和稚枚韵

蜀都赋罢赋西都，韦曲莺花感索居。作万里游怜匹马，慰三春别喜双鱼。故乡耆旧多风雅，上巳光阴正祓除。偏我因循归未得，漫劳诗句问何如。

春　感

笑策毛锥第一勋，驱人万里作参军。鬓边犹带峨眉雪，袖底新携华岳云。夜夜鼓声催走檄，年年闺怨织回纹。何当击汰五湖里，烟水微茫老隐君。

三春杨柳忆苏台，听到啼鹃壮志灰。家在枕边凭梦返，书从海外寄愁来。远游踪迹悲王粲,自荐功名耻郭隗。尺五城南花事毕,不曾怀抱暂时开。

秋至闻蝉

林居当夏日,蝉噪晚来纷。边地无多暑,秋天始一闻。孤吟抱黄叶,馀响入青云。寂寞三更后,思乡还为君。

送李堃臣显祖赴保阳

庾岭新归又入秦,幕中重见郗嘉宾。挑灯先写关山句,把酒同伤傀儡身。马磨劳生看鬓发,龙泉知已叹风尘。行藏共是中年后,欲问青天搔首频。

离聚无端是昔因,偏从客里送征人。鞭丝又别青门月,诗卷重寻燕市春。扬子鸿文宜有范,稽康龙性略须驯。骊歌一曲情无那,可信临岐语倍真。

航海入都朝考

双轮过海捷于飞,四度朝昏达帝畿。天上故人同慰藉,日边陈迹认依稀。招邀近局豪情在,阅历名场壮志非。一雨倾盆应为我,入门先与澣征衣。

与四弟宝晋夜话

有弟相离馀十载,凤城握手故殷然。何当夜雨联床日,偏是春风下第年。太学齑盐终落莫,弟官教习。大都车马各喧阗。深宵且尽杯中酒,莫把穷通去问天。

六月十八日恭应保和殿御试

玉阶鹄立鲁诸生,宫漏沉沉听唱名。唐代诗篇尊应制,汉家科目重明经。临轩一纸题先下,落笔千言艺早成。七十七人同上殿,居然掞藻向天庭。

七月初二日引见蒙恩以知县用恭纪

一样班排鹓鹭行，礼臣前引效趋跄。听来玉漏星河曙，吹到金飚殿阁凉。近阙先瞻宫扇影，惹衣共浥御炉香。卅年褪尽青衫色，腰下新垂墨绶长[①]。

---

① 诗稿卷末有"男洋校字"四字。

崦西小堂诗稿[①]

吴县徐敦仁爱山甫

书高垣吴氏死贼事[②]

咸丰十一年，粤贼据杭州，馀郡县相继陷。六月二十七日至严州府建德县之高垣，县诸生吴君敦垕不受伪命，被戕死。

方贼之来，君率家人避于山，贼既掠高垣，入山见君，胁之降，不从，矛刺之，不从，又刺之，时君之妻孥皆在侧，见君被创，伏地求。君叱之起，厉声曰："死尔，何求也。"遂绝。贼义之，虏少子延龄、延龄妻某氏去，馀得脱。乃敛君反家，而家荡矣，无所得食。未几，君之妻某氏，妾某氏、某氏，长子荫松、长妇蔡氏及二女孙皆死。得不死者二人，介妇蔡氏、孙某，次子荫柏之妻子也。荫柏先以瘵亡，贼至子尚孩，天不绝其世存一线之祚于怀抱之中，盖幸耳。两蔡氏之生母周氏适省女在高垣，亦死[③]。

---

① 据国家图书馆藏《崦西小堂诗稿》整理，同治抄本（实为稿本），蓝丝栏。该本封面无书签，"崦西小堂诗稿"为诗稿正文首页首行所题，下钤"敦仁"朱文方印、"蔼珊稿"白文方印、"散之心赏"朱文方印。诗稿前附一页，为《书高垣吴氏死贼事》；诗稿正文计六页，收诗十首，前有陆恩澍和谭献题识，又有沈铿浮签题跋。

② 此为该本诗集正文前所附文，文字与刻本《日损斋诗文稿》中所收基本相同，然其上涂抹窜改甚多，其后有凤天石批语，推测窜改为凤氏所为，今录改后文字及凤氏尾批，原稿文字与刻本相异者亦于注中指出，以便比勘。

③ 原稿此处作"亦死婿家"，改稿抹去"婿家"二字，刻本文字同改稿。

余于蔡氏为中表姊妹，既求得其事，为书崖略，他日其孙成立，以示之，使有以考其死难之岁月，而作其义愤之气也。“中表”下脱“兄弟”二字，“考”其下脱“先世”二字。

尾批：

序次简古，通身全是筋骨，子长子长。天石道人书于龙山寓楼，时丁卯八月二十有九日。

春秋谨严，公羊断制。九月初四日又书。

传作君文第一篇，兄所不及。初四日又书。

曰简曰洁。初五日又书。

后浙游草丙寅[①]

风骨道上，音节苍凉不懈，而及于古。《圆圆曲》搜前人所未到，《轮船歌》穷物态所难言，尝鼎一脔，已知全味，辱承下问，用志服膺。丁卯荷生日小弟沈铿拜跋[②]。

丁卯献八宝日，弟陆恩澍拜读[③]。

丁卯浴佛前一日，杭州谭献拜读[④]。

嘉兴泊舟[⑤]

槜李城中寻旧雨，语儿亭畔系轻舟。离家况值清明节，废址空怀烟雨楼。几载战场走狐兔。一城尸气泣骷髅[⑥]。无情最是鸳湖水，洗尽繁华独自流。

---

① 此为诗集正文首页第三行所题，系该稿本实际题名，“崦西小堂诗稿”当为包括“后浙游草”在内的徐敦仁某一时期诗集总名。

② 下钤“子坚读过”白文方印。

③ 下钤“允郇”朱文方印。

④ 下钤“臣献”朱文方印。

⑤ 刻本题作“泊舟嘉兴访秦稚枚(敏树)”，诗歌正文相同。

⑥ 此句稿本旁又改为“一堤残照聚凫鸥”。

题费树臣德元饮马长城图[①]

寄凤芝函百韵诗重有此作[②]

后圆圆曲[③]

苦　热[④]

火轮船歌[⑤]

望寒衣不至[⑥]

愁绝乡书飞不到，雁行空见几回过。饥寒岂便家人免，风雨无如客里多。剩有相思堪作著，聊随短布浸腾歌。思量酒力寒能却，争奈囊空阮籍何。

---

① 诗题同刻本，诗句亦大同，惟刻本“陆机入洛方少年”，“少年”稿本作“壮年”；刻本“惊砂振面无人烟”，“振面”稿本作“匝面”，故不俱录。

② 诗题同刻本，诗句亦大同，惟刻本“马负一函愁”，稿本作“马驮一函愁”，故不俱录。

③ 诗题同刻本，诗句亦大同，惟刻本“华年非复旧容颜”，“容颜”稿本作“红颜”；刻本“黄衣妾愿道人装”，“黄衣”稿本作“丹帔”；另外稿本比刻本少“应教虎旅惊华族”句下小注：“自妾身以下皆圆圆辞封妃语意。”故不俱录。

④ 诗题同刻本，诗句亦大同，惟刻本“屋中灼铄尚有然”，“铄”稿本作“烁”，故不俱录。

⑤ 与刻本诗题和诗句全同，兹不录。

⑥ 此首刻本无。

客中冬至[①]

瞥眼星杓转，人还异地留。一年今夕永，八口砚田谋。剧咳惊邻梦，寒衾裹客愁。灯花偏赚我，双蕊结绸缪。

徐烈妇行[②]

岁暮访凤大芝函龙头场大使署[③]

① 此首刻本无。

② 刻本题作“李烈妇行”，诗句大同，惟刻本“生前有誓死不负”，“誓”，稿本作“约”，故不俱录。

③ 刻本题作“岁暮芝函以书相招雨雪中至龙山有作”，诗歌正文相同。另稿本末尾有秦敏树跋：“丁卯长至夜，愚兄敏树读竟加圈。”

徐敦仁优贡朱卷[①]

履 历

徐敦仁，字厚伯，号爱杉，一号小崦，行一，道光己丑年十一月二十一日吉时生，系江苏苏州府吴县优行廪膳生，民籍[②]。

始迁祖三奇。号乐静处士，宋祥符时自浙江兰溪县迁居洞庭西山。

十二世祖凯。

十三世祖榕。工诗，见《七十二峰足征集》《湖山灵秀集》，自公始分为东宅支。

十四世祖煜。

十五世祖中。

十六世祖山。

十七世祖嗣。

十八世祖可立。

十九世祖国宗。

二十世祖明善。

本生十三世祖檃。自公始分为南宅支。

十四世祖烔

十五世祖震。明景泰十才子，见《列朝诗集》《府志》，诰赠通议大夫，吏部右侍郎。

---

① 据顾廷龙《清代朱卷集成》第 370 册所收徐敦仁朱卷整理。

② 以下为履历上栏内容。

十六世祖潮。诰赠通议大夫,吏部右侍郎。

十七世祖缙。宏治乙丑进士,翰林院编修,经筵讲官,吏部右侍郎,诰授通议大夫,赠礼部尚书,谥文敏,赐葬灵岩山,著经筵讲义六卷,诗文集二十卷。

十八世祖元佐。国学生。

十九世祖廷璃。邑庠生。

二十世祖光节。

二十一世祖涞。公以下南宅支出嗣,上东宅支。

二十二世祖橓。

二十三世祖元燡。

高祖守坊。太学生。

妣秦氏。

曾祖文钐。

妣曹氏。旌表节孝,建坊。

本生曾祖文铎。从九品,例授登仕佐郎。

妣金氏、秦氏。

祖治本。从九品,例授登仕佐郎。

妣吴氏。太学生息园公女,例封孺人。

父心安。从九品,例授登仕佐郎,晋赠文林郎。

妣蔡氏。道光辛巳孝廉方正、诰赠资政大夫、讳融嘻公女;道光壬午优贡,浙江温州府知府讳嘉玉,知州补用福建福清县知县讳嘉禾,庠生,盐运司同讳习经胞妹,例封孺人。

继妣严氏。太学生济美公女,例封孺人。

继母孙氏。太学生礼庭公女,例封孺人。

继慈侍下。

祖、庭训。

受业、知师:谨依先后为序。

胞叔芝田夫子,讳心诚。

叔尔昭夫子,讳心融。

叔蓉峰夫子，讳心倬。
张啸泉夫子，讳绍松。
曾叔祖遂锋夫子，讳文炼。
叔祖桐村夫子，讳治朝。
舅祖吴瑶舟夫子，讳昌莹。
舅父蔡静甫夫子，讳嘉玉。
姻伯凤竹塘夫子，名觐宸。
薛绥之夫子，名斯来。
方春波夫子，名浤。
刘清溪夫子，讳同缨。
何根云夫子，讳桂清。
春宇夫子，名宜振。
彭味之夫子，名久馀。
马雨农夫子，讳恩溥。
冯林一夫子，讳桂芬。
蒋心香夫子，名德馨。
太年伯潘顺之夫子，名遵祁。
林锡三夫子，名天龄。
沈幼丹夫子，名葆桢。
吴子健夫子，名元炳。

正取优贡第一名。
朝考等第□名。
钦用[1]。

胞伯高祖：守壤。

[1] 以下为履历下栏内容。

胞伯曾祖：文钚。从九品。

嫡堂伯、叔曾祖：文鉴、文铭、文铉、从九品。文铳。

嫡堂伯、叔祖：钟毓、府庠生。治华、太学生。治绩、从九品。治宏、治朝、岁贡生、候选训导。治纬

从堂伯、叔祖：治勋、治励、治勷、治休、治一，治策、治哲、治襄、治赋、治经。

胞叔：心诚、邑庠生。心和、国学生。心善。从九品。

从堂叔：懋、国学生。邦庆、浙江候补主簿。福、八品衔。心廉、从九品。心丹、府庠生、实录馆议叙盐大使。虑安、从九品。心康，心田、正八品。自新、从九品。心源、国学生。心壹、心倬、府庠生。心从、国学生。心谦、庚申拒贼被难，见《昭忠录》。心存、赏戴蓝翎五品衔。遇恩、国学生。心范、邑庠生。心容、国学生。心惠、心敏，心臧。国学生。

再从堂伯、叔：心人、心逸、心泉、心藏、国学生、貤封奉直大夫。心慎、心锦、心睿、心仪、心恒、心涵。

胞弟：敦义、国学生。敦礼、邑庠生。宝晋、原名敦智，癸酉科举人，咸安宫教习。敦信、敦常。幼读。

嫡堂弟：敦原、国学生。敦诗、宝恒、浙江候补典史。敦咸、从九品。敦素、国学生。敦乐、宝鼎、从九品。敦雅、凤鸣、府庠生。敦正、敦典。

再从堂弟：敦朴、从九品。敦煌、敦裕、敦德、敦骏、敦学、敦庞、敦谨、敦秩、敦穌、敦志、敦熙、敦行、敦品、敦俗、敦济、敦教、敦赞、敦宗、敦兴、敦临、敦三、敦五、敦睦、敦成、敦彝、敦谐、敦禾、松寿、鹤寿。

堂兄弟：敦厚、敦诏、敦馀、国学生、诰封奉直大夫。敦宽、敦贤、敦业、敦书、敦熺、敦夑、敦化、敦博、敦坚、敦实、敦佑。

胞侄：孝隆、孝通。

嫡堂侄：孝昌、孝纯、孝笃、孝方、孝顺、孝钧、孝莹、孝宸、孝岳、孝鏶。

再从堂侄：孝培。

堂侄：孝福、国学生、五品衔候选州同。孝禄、国学生。孝明、孝忱、孝

恪、孝敬、孝根。

堂侄孙：友松、友柏、友桂、友益。

胞姑母一。

胞妹四。

胞侄女一。

妻孙氏。太学生聚成公女。

子：沣。邑庠生。

女二。

族繁，只载本支。

世居洞庭西山北徐村东宅河[①]。

江苏优贡卷光绪丙子科。

正取优贡第一名徐敦仁，系江苏苏州府吴县优行廪膳生，民籍。

钦命翰林院侍读学士、弘德殿行走、提督江苏学政林，

钦命兵部侍郎兼都察院右副都御史、江苏巡抚吴，

钦差大臣兵部尚书兼都察院右都御史、两江总督沈，

会同考取。

总批：

统观各协，实具众长。七卷并佳，悉是丝丝入扣；千人皆见，洵为矫矫不群。至其八法之工，尤属一时之冠。银钩铁画，既擅其长，金马玉堂，行膺其选。榜后来谒，知生夙敦行谊，久著才华。庠序蜚声，群服大苏作论；弟兄其墨，先教小宋登科。播乐府于秦中，筹笔抒匡时之略；续图经于吴郡，纂言分修志之功。大器晚成，壮心未已，奇文共赏，老手咸推。此时贡入成均，噪才名于江左；他日泽绵少宰，绳祖武于崦西。

---

① 以下为科份名次、考官批语及选刻朱卷。

敬事而信节用而爱人使民以时徐敦仁

以心宰政，可为道国者揭其要焉。

夫敬而不信，节而不爱，使不以时，非所以为政也。道国者尚其宰之以心哉？

且王者以一心管庶务，其必先有治一心，而后可以治庶务也。顾或者几康敕矣，而诏诰未见其推诚；度支舒矣，而群黎不闻其遍德。即不然而宫功是执，致废田功，将验之宫府上下之间，而内无以摄神明，即外无以昭治象，虽版图式廓，奚为者？

千乘之国，果何以道之哉？盖必有由本及末相济焉，而治具毕张；以简御繁渐推焉，而治功独懋者也。

深宫之劼毖，实与庶政相纲维。古圣王黈纩凝旒，怠荒诫而虞诈皆无，侈汰惩而慈祥共被。即下至筑城筑邑，必酌公旬。抚数万井之提封，而握要以图，朝野均归乎擘画，则主宰精也。

夙夜之纠虔，悉与群情相流贯。古贤侯宵衣旰食，冠带铭而豚鱼咸格，珠玉捐而雨露胥沾。即或有大阅大蒐，必乘农隙。垂数十世之统绪，而宅中图大，臣民俱受以范围，则规模远也。

言有事也，宜将以敬，然质诸帝天，固无愧怍，而宣诸纶綍，或少真诚，敬不病于虚乎？是必继之以信。

言有用也，贵示以节，然浣衣濯冠，固昭其俭，而咨寒怨暑，或屯其膏，节不近于啬乎？是必进之以爱人。

若至于民，安能不使。然漫以使之，将虹藏驷见，忽紊其常，水耨火耕，或乖其候，不几荒农桑之本乎？是必准之以时。

此盖有循序以图者焉。信不先以敬，则心无主，而布告空烦；爱不先以节，则心多欲，而噢咻徒切。斯即因时为使，鼛鼓弗勤，亦属末俗苟安之计，王者无是道也。惟循其次以行之，旦明既凛，祝史岂等于矫诬；贡献即蠲，海宇即隆夫怙冒。合之民安作息，化理益见其周详，国脉之舒长，悉本君心之密勿，而一切议富议强之说，可无庸已。

此更有兼综以理者焉。敬不加以信，则心不实，而戏豫仍萌；节不加以爱，则心不慈，而骄奢仍伏。斯即使必以时，追胥弗竭，终非盛时经远之谟，王者无是道也。惟兼其功以出之，勿叁勿贰，根朝乾夕惕而来，无虐无戕，从保泰持盈而出。推之民乐安甿，治法益征其完备，王心之宥密，实操政体之大全，而其馀大臣小臣之谋，不足尚已。

此道国之全模也。

自今以始岁其有君子有谷诒孙子徐敦仁

丰年穰穰，垂裕后昆矣。夫岁之有，不自今始也。诗人以之颂君子，亦曰宜尔子孙，式谷似之，匪仅颂有秋耳。

且我周以穑事开基，贻来牟之种，緜瓜瓞之生允矣，俾尔戬谷，克昌厥后矣。顾觇景运于天家，邠土宜禾，实建卜世卜年之业；而播声歌于侯国，海邦告稔，亦启寖昌寖炽之休。占鱼梦者数百年，请从今日；诒燕谋者数十世，永迪前光，可谓善颂而善祷焉。

《有駜》之诗，颂僖公也。斯时君歌眉寿，臣奏肤公。玉烛调则四时和，铜雀鸣则五谷熟。一人有庆，兆民赖之，有固然者。爰进颂曰：“自今以始，岁其有。”

昔也无麦，群兴悬耜之嗟；今也有禾，共志崇墉之喜。田祖有神，应亦念暑雨祁寒，始锡此千仓之庆，则当场开祷碌，有不胜其冀幸者矣。书上稔于鲁邦，更何论风曰和风，雨曰甘雨。

庚呼曾效，炊秔断比户之烟；酉熟今逢，尝稻饫翻匙之雪。田畯至喜，应亦从瞻蒲望杏，始见此四鬴之登，则当祝遂篝车，有不胜其慰藉者矣。歌屡丰于宗国，更无问干曰有干，年曰有年。

虽然，仅言岁之有，不足以尽君子也。盖作善降祥之理，惟君子能契于微；积善馀庆之征，惟君子能求其实。子子孙孙勿替，引之遗泽，其孔长矣，更颂之曰：“君子有谷，诒孙子。”

龟蒙凫绎之邦，常钟间气，所诒者谷，则宜君宜王，人心附焉。泽启诗书，秉礼守一家之法；光昭淑问，献囚宏万世之谟。所谓维其有之,是以似之也。统孙与子以计之,支派虽繁,要各有敦宗睦族之思,以维持于不敝。烝尝世守,诒之以白牡骍刚;琛赆远来,诒之以朱绶贝胄。正不独时和年丰,足以绥我士女也。衍谱牒于万年,姬篆如新,芹藻常留于泮水,岂仅颂金枝玉叶之蕃哉。

狼跋鸿飞而后,代有贤君,以谷相诒,则建极锡极,国脉舒焉。邑开常许,版图拓先代之封;位即隐桓,昭穆式当年之序。所谓匪且有且,匪今斯今也。合孙与子以验之,典型虽远,要皆有创业守成之意,以延庆于方来。畜牧常饶,诒之以駉駉之马;旌旗丕焕,诒之以哕哕之鸾。又何但遗秉滞穗,足以立我烝民也。主宗盟于百国,屏藩永建,葛藟犹庇其本根,岂仅赓麟趾螽斯之句哉。

夫是以君臣相乐,乐未央也。

《中国近现代稀见史料丛刊》已出书目

第一辑

莫友芝日记
汪荣宝日记
翁曾翰日记
邓华熙日记
贺葆真日记
徐兆玮杂著七种
白雨斋诗话
俞樾函札辑证
清民两代金石书画史
扶桑十旬记(外三种)

第二辑

翁斌孙日记
张佩纶日记
吴兔床日记
赵元成日记(外一种)
1934—1935中缅边界调查日记
十八国游历日记
潘德舆家书与日记(外四种)
翁同爵家书系年考
张祥河奏折
爱日精庐文稿
沈信卿先生文集
联语粹编
近代珍稀集句诗文集

第三辑

孟宪彝日记
潘道根日记
蟫庐日记(外五种)
王癸避难日志　辛卯年日记
嘉业堂藏书日记抄
吴大澂书信四种
赵尊岳集
贺培新集
珠泉草庐师友录　珠泉草庐文录
校辑民权素诗话廿一种

第四辑

江瀚日记
英韶日记两种
胡嗣瑗日记
王振声日记
黄秉义日记
粟奉之日记
王承传日记
唐烜日记
王锺霖日记(外一种)
翁同龢家书诠释
甲午日本汉诗选录
达亭老人遗稿

第五辑

袁昶日记
吉城日记
有泰日记
额勒和布日记
孟心史日记·吴慈培日记
孙毓汶日记信稿奏折（外一种）
高等考试锁闱日录
东游考察学校记
翁同书手札系年考
辜鸿铭信札辑证
郭则沄自订年谱
庚子事变史料四种（外一种）
《申报》所见晚清书院课题课案汇录
近现代“忆语”汇编

第六辑

江标日记
高心夔日记
何宗逊日记
黄尊三日记
周腾虎日记
沈锡庆日记
潘钟瑞日记
吴云函札辑释
新见近现代名贤尺牍五种
稀见淮安史料四种
杨懋建集
叶恭绰全集
孙凤云集
贺又新张度诗文集
王东培笔记二种

第七辑

豫敬日记　洗俗斋诗草
宗源瀚日记（外二种）
曹元弼日记
耆龄日记
恩光日记
徐乃昌日记
翟文选日记
袁崇霖日记
潘曾绶日记
常熟翁氏友朋书札
王振声诗文书信集
吴庆坻亲友手札
画话
《永安月刊》笔记萃编
浙江省文献展览会文献叙录
杨没累集

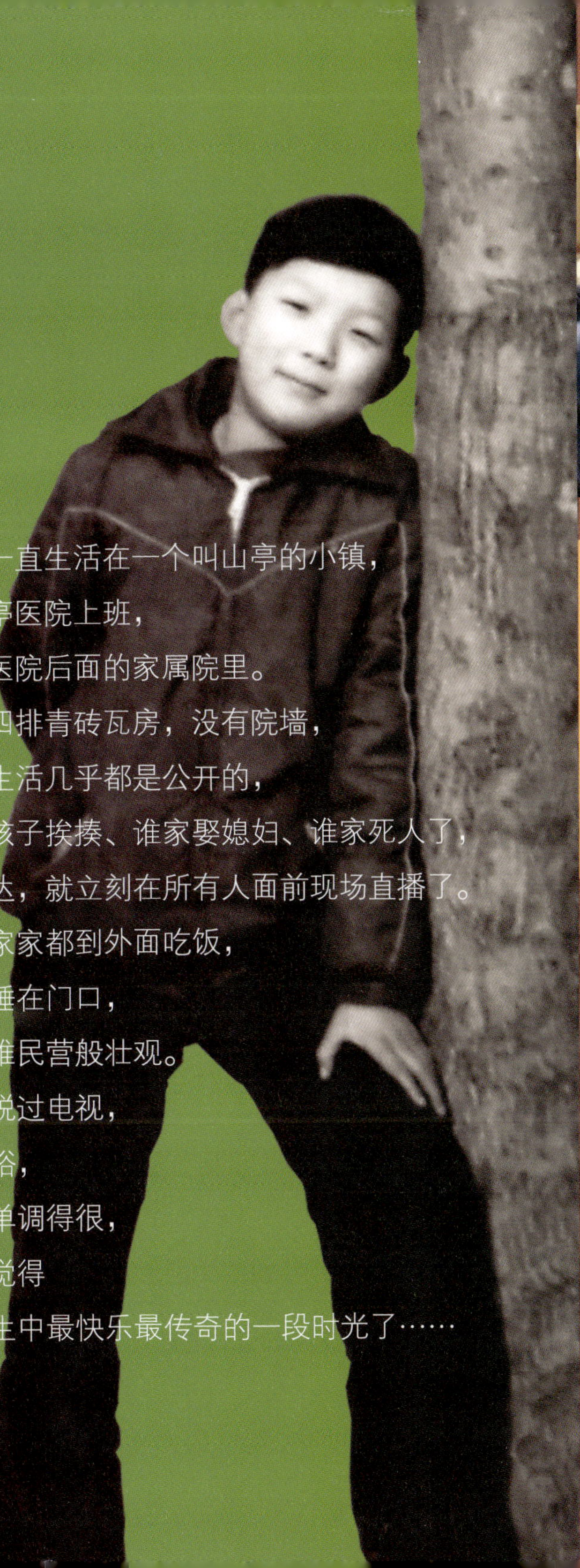

六岁之前我一直生活在一个叫山亭的小镇，
父母都在山亭医院上班，
我们家就在医院后面的家属院里。
家属院一共四排青砖瓦房，没有院墙，
每户人家的生活几乎都是公开的，
夫妻吵架、孩子挨揍、谁家娶媳妇、谁家死人了，
根本无需传达，就立刻在所有人面前现场直播了。
到了夏天，家家都到外面吃饭，
夜里铺凉席睡在门口，
一眼望去，难民营般壮观。
那时还没听说过电视，
大家都不富裕，
业余生活也单调得很，
而我却一直觉得
那要算我人生中最快乐最传奇的一段时光了……

刘慧东，1971年生，山东滕州人，1999年从事影视编剧工作至今。共创作影视剧数十部，其中电影《与你同在的夏天》荣获吉隆坡电影节最佳亚洲电影大奖和最佳编剧奖提名，电影《琴动我心》荣获圣地亚哥电影节最佳电影奖，电视剧《篮球部落》荣获“五个一”工程奖优秀作品奖，电视电影《成成烽火》荣获“百合奖”最佳故事片奖和最佳编剧奖、影协杯优秀剧本奖。